VAMP IN LOVE

Saison 3

KIMBERLY RAYE

VAMP IN LOVE

Saison 3

Traduit de l'anglais (États-Unis)
par Christine Barbaste

Fleuve Noir

Titre original :
Your Coffin or Mine ?

This translation published by arrangement with Ballantine Books,
an imprint of Random House Publishing Group,
a division of Random House, Inc.

ISBN 978-2-265-08761-3

Pour Debbie Villanueva
ton éternelle bienveillance, ton soutien indéfectible
et ton inépuisable patience lorsque je t'ai traînée
de force à la librairie
pour acheter mon dernier roman !

1

J'étais suivie.

Le fait était déjà assez glauque en soi, mais comme en plus il faisait nuit noire, que je me trouvais dans une ruelle malodorante près de Times Square et qu'il n'y avait pas un chat à la ronde, on se serait carrément cru dans un film de Wes Craven.

Pour moi, ce n'était pourtant jamais qu'un jour de plus dans l'existence d'une fantabuleuse vampirette héréditaire de cinq cents ans (et des poussières). Mon nom ? Comtesse Lilliana Arrabella Guinevere du Marchette, mais mes meilleures copines m'appellent Lil.

Étant une vampire héréditaire, je suis une bombe de sex-appeal, et comme celui-ci est sublimé par un ensemble qui frôle le sublime (un corps d'enfer, un visage admirable, et un balayage qui déchire), les traqueurs, j'en ai eu mon lot. À l'instar de mes congénères, j'attire le sexe opposé *en masse**.

Bon, d'accord. *En masse**, j'exagère peut-être un peu. D'autant que je n'ai pas eu un seul rencard digne de ce

* En français dans le texte

nom depuis... Eh bien, à vrai dire, je ne me souviens plus très bien à quand remonte le dernier. (Les rencontres manigancées dans mon dos NE COMPTENT PAS, mère.) Pour ne rien arranger, je venais *plus ou moins* de me faire larguer par un chasseur de primes canonissime, au terme de notre première et seule nuit ensemble. *Snif.*

Mais rien de tout ça ne découle d'un manque de séduction de ma part. Raison du Déficit Rencard ? Mon choix. Si, si, je vous assure. J'ai renoncé aux aventures sans lendemain pour me consacrer à la recherche de mon compagnon d'éternité, celui avec lequel je vais me caser et perpétuer l'espèce.

Quant au chasseur de primes... je suis bien certaine (je croise les doigts) qu'il va réaliser sans tarder combien je suis une créature délicieuse et venir implorer mon pardon. Et naturellement, à ce moment-là, je lui dirai – comme toute fille qui s'est fait larguer sans même un « A + » griffonné sur un Post-it –, d'aller se faire mordre chez les... Bref.

En tous les cas, c'était mon fantasme de revanche du moment, entre le fantasme *Numero Uno* – je lui arrache ses vêtements et on fait ça comme des lièvres – et le fantasme *Number Three* – il m'arrache les miens et on fait ça comme des lièvres.

Je sais, d'accord ? Ce n'était qu'une seule misérable nuit. Je devrais m'occuper de ma vie (ou de mon éternité, en l'occurrence) et le chasser de ma tête. Ne plus penser à ses baisers. À ses caresses. Au goût qu'il a.

Oui, j'ai bu son sang, aussi, mais en toute chasteté. Je suis faible, mais pas faible *à ce point*. La petite libation a eu lieu avant les ébats : un pieu m'avait transpercé l'épaule, et Ty avait insisté pour m'aider à recouvrer mes forces. Et depuis que j'ai bu son sang, il y a entre nous cette connexion mentale : il peut m'envoyer des pensées, et vice versa.

Cela étant, voilà un bail qu'il s'est bien gardé de m'envoyer quoi que ce soit : ni excuses désespérées, ni petites attentions, ni fleurs. Pas même un *Mille mercis pour cette nuit inoubliable, cette danse du matelas endiablée, sauvage, exceptionnelle.* Ça ne mange pourtant pas de pain, si ?

Raison de plus, donc, pour me le sortir complètement de la tête et me remettre sur la bonne voie. J'ai raison, non ? Évidemment que j'ai raison.

Donc... Où en étais-je ?

Ah oui. La ruelle sombre et malodorante. Quelqu'un à mes trousses. Rien de bien dramatique.

Pour l'instant.

Dans mon dos, des semelles compensées martelaient le trottoir, et ce bruit résonnait dans ma tête. J'ai bifurqué dans une ruelle perpendiculaire. Une forte odeur de laque mélangée à celle d'un déodorant a agressé mes narines. J'ai fait volte-face et, avant que mon traqueur, saisi, n'ait eu la présence d'esprit de plonger derrière une benne à ordures, j'ai pu apercevoir des ongles au vernis écaillé et un petit appareil photo jetable.

De la part d'un homme, ce comportement ne m'aurait nullement étonnée (je vous renvoie aux développements qui précèdent) mais d'une *femme* ? J'ai beau savoir que, tous les jours, des nanas archi sexy se font draguer par d'autres filles (et je pense que je suis capable d'apprécier une photo d'Angelina Jolie comme n'importe quelle autre fille dotée d'une certaine maturité, sexuellement épanouie et raisonnablement rongée par la solitude), dans le cas présent, j'avais le pressentiment que ma traqueuse n'était pas simplement une groupie éperdue d'amour qui cherchait à alimenter sa petite usine à fantasmes.

J'ai continué à fixer la benne à ordures jusqu'à ce que la femme risque un œil hors de sa cachette. J'ai croisé son regard l'espace d'une nanoseconde et son CV a défilé dans ma tête comme le générique à la fin d'un film (un autre des avantages liés à ma condition de vamp, c'est qu'il me suffit de regarder quelqu'un dans les yeux pour lire dans son esprit).

Gwen Rowley. Trente-neuf ans. D'origine italienne. Prof de collège à plein-temps, et détective privé à mi-temps. Divorcée, mère de trois enfants. Elle haïssait les hommes. Plus encore, elle haïssait sa mère, qui l'obligeait à suivre une entremetteuse insignifiante quand elle aurait pu : a) corriger et noter les copies qu'elle devait rendre le lendemain et b) filer le train à son ex et sa nouvelle copine. Ils allaient au bowling. Gwen détestait le bowling, également.

Elle a battu précipitamment en retraite derrière le mastodonte métallique, et la connexion a pris fin avant que j'en sois arrivée aux infos vraiment dignes d'intérêt.

Par exemple : qui, nom d'un chien, était sa mère, et pourquoi lui avait-elle demandé de me suivre ?

Et, plus important encore, Gwen s'était-elle remise sur le marché du célibat et donc des rencards ?

Pour votre info : en plus d'être une vampirette aristo pur jus, sexy et dans le vent, je dirige également l'agence de rencontres la plus en vue de Manhattan.

Quand Gwen a sorti la tête hors de son abri, œil rivé sur le viseur, mon instinct m'a hurlé d'activer ma fonction Super Vamp, et de faire comme les honoraires de ma toute dernière cliente – *pouf !* Autrement dit, me volatiliser dans la nature.

Et plus vite que ça.

Ce n'est pas en roulant des mécaniques que ma race, et la douzaine d'autres qu'on trouve sur Terre, ont survécu depuis des milliers d'années. Nous nous sommes exercés à la prudence, nous avons évité à tout prix les compagnies mêlées et les appareils photo.

J'ai fait un effort pour ne pas bouger et, tout en rajustant ostensiblement ma chaussure (des escarpins Prada en serpent, pour celles et ceux que ça intéresse), j'ai offert à Gwen mon meilleur profil. Ben oui, quoi ? Qui dit escarpins dit *mucha* douleur. Je n'avais pas le choix : je devais m'accorder le temps de me dégourdir les orteils.

Et de soulager ma conscience. Que voulez-vous que je vous dise ? J'ai un faible pour les clientes potentielles. Je dirais même plus : sitôt que j'en vois une, surtout si elle est affublée d'une mère directive et dominatrice (ÉVITEZ de me lancer sur ce sujet), je me transforme en marshmallow géant.

Le déclencheur de son appareil photo a émis un premier clic, puis un deuxième. Considérant que j'en avais assez fait et qu'il était temps de basculer en mode action, j'ai avancé d'un pas, et de là, mes pieds se sont déplacés si vite que l'instant d'après j'émergeais un demi-bloc plus loin, à Time Square. Gwen n'avait pas encore eu le temps de cligner des yeux, et encore moins de s'élancer à mes trousses, que je m'étais déjà engouffrée dans un immeuble puis dans l'ascenseur. (Ai-je déjà mentionné que nous autres, vamps héréditaires, sommes dotés d'une vélocité hors du commun en plus d'être des bombes de sex-appeal capables de lire dans l'esprit des humains ?) Franchement, je n'avais rien contre le fait de prendre la pose si cela permettait à Gwen de ne pas rentrer les mains vides, mais en même temps, je n'avais pas emprunté la Route des Ruelles par désir de pittoresque. Qui a envie de se faire tirer le portait devant une telle toile de fond ?

Je suis sortie de l'ascenseur au huitième étage, pour pénétrer dans le hall de KNYC, une télé câblée locale qui diffusait des bulletins d'infos régionales, pléthore de talk-shows, et la dernière coqueluche en matière d'émission de téléréalité, *Amour, Gloire et Télé*.

AGeT était une version new-yorkaise de *The Bachelor*, qui offrait à un des célibataires les plus en vue de la ville de rencontrer cinquante femmes triées sur le volet et toutes obsédées par le mariage. À lui ensuite d'arracher les mauvaises herbes pour ne garder que l'Élue.

Du moins était-ce l'idée. Le dernier célibataire à avoir participé à l'émission – un financier de Wall Street – s'était débrouillé pour élire Reine de la ruche une croqueuse de diamants qui avait empoché le cash et pris le large. La belle avait filé au Mexique, et le financier s'était retrouvé à pleurnicher devant les caméras du Dr. Phil.*

Le célibataire de cette année ? Un de ces Monsieur Météo au physique avenant qui sévissent sur les télés locales. N'étant pas une téléspectatrice assidue (exception faite d'*On a échangé nos mères* et de *I Love New York*, mais ce, strictement dans un but professionnel), je n'aurais su dire duquel il s'agissait précisément. Mais en ma qualité de vampirette dotée d'une intuition hors pair, je n'avais pas besoin de le voir pour connaître toutes les infos primordiales le concernant : il avait un vrai boulot, et il n'était pas trop mal de sa personne – sinon il aurait prédit l'avenir dans une baraque de foire à Coney Island, pas à la télé.

Dans le hall d'accueil, dont les murs jaune pâle s'ornaient de miroirs dorés Art Déco, l'épaisse moquette mordorée a offert un délicieux soulagement à mes orteils meurtris. Des rangées de fauteuils en cuir cannelle étaient disposées tout autour du périmètre, ponctuées par des tables basses croulant sous des piles de magazines. Un homme, un casque autour du cou et un bloc à pinces à la main, semblait monter la garde près d'une porte vitrée marquée STUDIO A – un homme, un seul, dans une pièce qui grouillait de femmes célibataires, séduisantes, intelligentes, professionnellement épanouies, et prêtes à tout.

* Talk-show américain dans lequel le présentateur Phil McGraw, ancien psychologue, offre ses conseils à ses invités.

Vous parlez d'un environnement riche en cibles.

Au cours des quelques mois précédents, je m'étais occupée de plusieurs vamps et d'un certain nombre de garelles, mais les créatures surnaturelles sont bien plus difficiles à caser qu'un humain lambda. Les vampires, par exemple, se focalisent beaucoup trop sur le quotient orgasmique (le nombre de fois où une vamp chante *Happy Days* au cours d'une seule relation sexuelle) et sur le taux de fertilité (un petit chiffre qui reflète la possibilité pour un vampire mâle de mettre dans le mille le jour où il lui faudra procréer). Quant aux garelles, elles font une fixation sur la testostérone et les cycles lunaires. Dans la mesure où ma mission d'entremetteuse m'interdit toute discrimination, et où la dette de la nation, comparée au montant de mes factures de cartes de crédit, c'est *peanuts*, j'avais décidé de me prendre la tête le moins possible, et d'étoffer ma clientèle humaine.

J'ai extrait un petit paquet de cartes de visite de ma pochette Prada, et je me suis avancée, tout sourire, vers le premier groupe de clientes potentielles.

À l'instant où j'allais glisser une carte dans la main d'une femme séduisante – une infirmière de 25 ans qui en avait sa claque des pauvres types avec des ego démesurés et des pénis riquiqui – j'ai entendu une voix grave, familière.

— *Aide-moi.*

2

Mon corps tout entier s'est figé et mon cœur a calé à mi-battement. (Oui, j'en ai un, et il bat la mesure en rythme aussi bien que le vôtre.) Si je n'avais pas été une vampirette tenue de faire honneur à ses royaux ascendants et de ne froisser sous aucun prétexte son tailleur Christian Dior, je serais tombée raide morte sur-le-champ.

Ça ne pouvait pas être... Ty ?

Et d'ailleurs, ce n'était pas lui, ai-je réalisé quand, après quelques instants de flottement et de panique, j'ai entendu à nouveau la voix. Une voix plus haut perchée cette fois, moins virile – et bien moins émoustillante.

— Si quelqu'un pouvait m'aider, ce ne serait pas de refus. Je crois que j'ai les nichons de traviole.

Mon cœur a recommencé à battre, et je me suis retournée pour voir la femme qui avait surgi derrière moi.

Elle (et j'emploie ici ce pronom dans une acception très libre) avait de longs cheveux roux lâchés sur les épaules, des lèvres peintes avec un gloss beige pâle (Spring Sunset, de chez MAC) et la peau voilée de poudre bronzante pailletée. J'ai poursuivi mon examen :

une robe moulante écarlate, des mollets joliment galbés, et une paire de sandales à talons en daim rouge, avec tout un tas de lanières.

Pas mal, les pompes.

J'aurais pu n'y voir que du feu si, à ma naissance, je n'avais pas trouvé dans mon berceau le super package Privilèges qui échoie à tout vamp héréditaire : acuité auditive exceptionnelle, vision nocturne infaillible, capacité à lire dans les esprits, beauté inégalée.

Mon regard a accroché de grands yeux noisette cernés de khôl.

John Schumacker. Quarante-deux ans. Expert en assurances. Divorcé. Sans enfants. L'épouse avait une liaison. Non parce que John l'avait bien cherché. Il travaillait énormément – oui, et alors ? C'était pour lui offrir de belles choses. Il ne s'était nullement ingénié à éviter les contacts intimes à cause d'un certain trouble de la fonction érectile, et quand bien même ç'aurait été le cas, à quoi bon en faire tout un plat ? Partout dans le monde des hommes rencontraient le même problème. Il était simplement un peu rapide à la détente, c'est tout Rien de bien grave. Et rien qui justifiait, assurément, que Melba se précipite dans les bras de Julio, un Latino qui avait un gros compte en banque et pas que le compte en banque...

J'ai détaché mon regard du sien pour me concentrer sur sa bouche au dessin parfait. Question de genre mis à part, cet homme savait se servir d'un crayon à lèvres.

— Qu'en pensez-vous ?

La voix était empreinte de douceur et légèrement voilée, apparemment pour mieux me convaincre qu'il était Jane plutôt que John. Il a remué les épaules pour remettre en place une bretelle de soutien-gorge qui le gênait.

— Je pense que les services d'une conseillère en achat ne seraient pas du luxe.

— Comment ça ? (Il a baissé les yeux.) J'ai tout acheté hier chez Macy. C'était la tenue présentée sur le mannequin. C'est le truc le plus tendance de la saison.

— La robe est super. Mais c'est une *robe*.

— Et alors ? (Il m'a dévisagée, sourcils froncés.) Une nana doit s'interdire les jolies robes ? C'est nouveau, ça.

— Je déteste annoncer de mauvaises nouvelles, mais vous n'êtes pas une nana.

Il a étréci les yeux.

— Un peu mon neveu, que j'en suis une ! Une nana de premier choix. Catégorie supérieure. Une nana jusqu'au bout des ongles. Je suis...

— Les nanas ne disent pas *nana*, l'ai-je coupé. Quand je fais référence à une de mes sœurs de genre, je dis *fille*. Ou *femme*. Ou, éventuellement, et très exceptionnellement, *pétasse*. *Nana*, c'est un terme de mecs. Comme *poupée* et *quadra sexy*. Mais les chaussures ne sont pas mal du tout, cela dit.

Comme je n'avais pas lu « Transformiste » à la rubrique Hobbies de son CV, je ne pouvais m'empêcher de me poser la question.

— Enzo Angiolini ?

— Quoi ?

Travesti, mon œil.

— Non : qui, pas quoi. Enzo Angiolini est un créateur de chaussures. (Je l'ai toisé de la tête aux pieds – ouah ! pas mal, la pédicure – puis des pieds à la tête.) Et vous, vous n'êtes clairement PAS une nana. Ni de près, ni de loin.

— Mais puisque je vous dis que si !

Sur son visage, le désespoir a cédé le pas à la panique, et j'ai soudain eu l'impression d'être un inspecteur des impôts qui avait eu le bol de se voir confier le contrôle fiscal de mère Teresa. Du coup, sans réfléchir, j'ai attrapé sa main et lancé :

— Suivez-moi.

Quand j'ai vu qu'il ne bougeait pas, j'y suis allée d'une légère pression vampirique et je l'ai traîné sur la moquette.

— Allons, ma petite demoiselle, a-t-il grincé d'une voix redevenue grave. Ne me dénoncez pas. J'essaie juste de gagner ma vie. (Il s'efforçait de me résister en enfonçant les talons dans la moquette, mais n'a réussi qu'à trébucher.) Je suis ici incognito, d'accord ? a-t-il repris, d'un timbre encore plus grave. Je bosse sur un dossier de fraude aux assurances. Vous voyez la blonde, là-bas ?

Je me suis arrêtée et j'ai tourné la tête vers le groupe de femmes qu'il me désignait. Toutes blondes.

— La grande. Avec une robe bleue. Et une belle paire de jambes. Elle va encaisser un chèque pour blessure invalidante au dos.

— Elle m'a l'air en pleine forme.

— Exactement. Elle ment, a-t-il chuchoté d'une voix de conspirateur.

Tiens donc – comme si j'avais besoin de lui pour le savoir.

— Ah bon ? Vous pensez ?

Il a hoché la tête.

— Elle veut se faire du fric sur le dos des assurances. Je la suis depuis quinze jours.

J'ai regardé les chaussures de la fraudeuse. Des escarpins, avec des talons de huit centimètres.

— Qu'attendez-vous, alors ? Confondez-la.

Si la hauteur des talons ne constituait pas un motif d'arrestation, il en allait tout autrement de leur couleur blanche, surtout que l'été n'était pas pour demain la veille.

— Je ne peux pas. Oui, ces chaussures constituent une violation directe des recommandations de ses médecins, mais pour tenir la route devant un tribunal, il me faut d'autres munitions. Concrètement, elle n'a rien *fait*. Pour l'instant. Mais à la seconde où elle pose un pied sur une piste de danse, fait du ski nautique, du saut à l'élastique, ou n'importe quelle autre connerie à la mode pendant ces rencards en groupe, je la coince. C'est pour ça que vous ne pouvez pas me dénoncer. Je suis en filature. (Il a brandi une pochette bordeaux.) Et j'enregistre tout sur cassette.

— À quoi bon ? L'émission est enregistrée, non ?

— Si tant est qu'elle arrive jusque-là. Mais si ce n'est pas le cas ? Elle pourrait ne pas franchir le cap des sélections, et moi, je dois résoudre cette affaire le plus rapidement possible. C'est mon augmentation qui est en jeu.

Une augmentation dont il avait désespérément besoin vu que son ex-femme l'avait plumé et qu'il vivait désormais dans un studio où il mangeait tous les soirs des raviolis en boîte.

Ma poitrine s'est serrée.

L'excitation, me suis-je dit. Un type divorcé ? Reclus dans sa solitude ? Voilà qui fleurait bon le client potentiel ! N'allez pas vous imaginer que sa solitude de divorcé me touchait de quelque façon que ce soit.

Bon, d'accord. Elle me touchait peut-être un peu. Vous avez déjà senti des raviolis en boîte ?

— Venez.

Je l'ai entraîné de force dans le couloir.

— Attendez, a-t-il protesté d'une voix de plus en plus rauque, en suivant le rythme tant bien que mal. Arrêtez. S'il vous plaît. Ne faites pas ça. Mademoiselle. Vous ne pouvez pas me dénoncer. J'ai besoin de ça. J'ai besoin…

— D'un soutien-gorge digne de ce nom, ai-je complété en le poussant sans ménagement dans les toilettes pour dames.

La porte a claqué derrière nous. J'ai vérifié que nous étions seuls, puis je me suis tournée vers John :

— Le meilleur conseil que je puisse vous donner : baleines. Sinon, vous risquez de perdre le rembourrage. Qu'avez-vous mis là-dedans, d'ailleurs ?

Je me suis avancée pour mieux examiner les bosses grumeleuses.

— Mes chaussettes de gym.

Pas étonnant que ce type soit seul !

J'ai fouillé dans mon sac, j'en ai sorti une carte de visite de Vamp'n'Love, et j'ai griffonné une adresse au dos.

— Demain, à la première heure, vous foncez chez La Perla. (Je lui ai tendu la carte.) Je vous ai noté l'adresse. Demandez une paire de coussinets en silicone, et *ensuite* vous demandez le soutien-gorge.

Il a regardé fixement la carte.

— Vous êtes en train de m'aider ?

J'ai haussé les épaules.

— Vous êtes un pauvre type qui a besoin d'un mentor, et il se trouve que je dirige une agence de rencontres. La meilleure de Manhattan, soit dit en passant. Lil Marchette, à votre service, ai-je ajouté en tendant la main.

— John.

Comme si je ne le savais pas déjà. Il m'a gratifiée d'une rapide poignée de main avant de réexaminer la carte.

— C'est bien aimable, mais je n'ai pas besoin de rencards.

J'ai accroché son regard, mais je ne l'ai pas vampé. C'était inutile. Une étincelle a brillé dans ses yeux et il a hoché la tête :

— Bon évidemment, si j'ai mon augmentation, je pourrai me permettre de sortir à nouveau avec des femmes. Et un coup de main pour me remettre en selle ne serait sans doute pas du luxe.

— Exactement. En attendant, ai-je ajouté en regardant sa poitrine, voyons ce qu'on peut faire pour vous aider dans l'immédiat.

J'ai mis mes mains en coupe autour des chaussettes de gym.

— *J'ai besoin de toi.*

Je me suis raidie en entendant ces mots résonner dans ma tête.

— Écoutez-moi bien, mon coco. Tout ça est strictement professionnel. (J'ai tâté la marchandise pour essayer de l'uniformiser.) Ne croyez pas que je m'intéresse à vous personnellement. C'est juste que je ne supporte pas qu'on gâche une belle paire de pompes à lanières sous mes yeux. Pour ce qui est des chaussures, vous avez plutôt assuré. C'est tout le reste qui cloche. Redressez les épaules ! Et le dos ! Bombez le torse ! Vous êtes capiteuse, vous êtes fière, vous êtes une *femme*. Comportez-vous comme telle.

— *J'ai vraiment besoin de toi.*

— Hé, je ne plaisante pas ! l'ai-je tancé en fronçant les sourcils. Ce n'est pas parce que je vous remets les nichons en place que vous devez vous faire des idées. Si j'ai envie de peloter des nichons, j'ai ce qu'il faut sous la main, merci. Et si je veux plus, j'ai un partenaire.

Bon, d'accord – *j'avais eu* un partenaire. Et ce pendant six heures – six heures et demie grand max. Mais de là à penser que j'étais aux abois et prête à sauter sur le premier type qui me laissait le peloter... Sans compter qu'il était humain. Les humains, j'ai rien contre – c'est top pour les parties de jambes en l'air, ou les petits creux – mais on ne peut pas les présenter à ses parents. Pas aux miens, en tout cas. Déjà que ma mère était en train d'hésiter entre l'arsenic et les services d'un tireur d'élite pour se débarrasser de la fiancée de mon frère...

— *Nom d'un chien, tu vas m'écouter, à la fin ?*

La voix grave et vibrante a interrompu mes pensées et cette fois, je lui ai accordé toute mon attention. Mes mains se sont tétanisées sur les faux seins de John et mon cœur s'est arrêté.

— *Je n'ai pas beaucoup de temps, Lil. Il faut que tu m'écoutes. J'ai besoin de toi. Je suis...*

Le reste de la phrase était inaudible, mais peu importait. Mes tripes s'étaient nouées, ma gorge était serrée. Je venais de comprendre.

Je n'avais pas été victime d'hallucinations auditives lorsque j'avais entendu ce premier « Aide-moi ».

C'était bien sa voix, n'est-ce pas ?

La voix de Ty Bonner, le seul et unique. Ce branleur de mordu qui m'avait envoyée balader.

Et il avait des problèmes.

De gros, gros problèmes.

3

Tu ne devrais pas faire ça.

L'avertissement a résonné dans ma tête pour la cent millionième fois depuis que j'avais quitté les locaux de la chaîne de télé, mais je n'y ai pas prêté attention, trop occupée que j'étais à pénétrer par effraction au domicile d'autrui.

Je me trouvais en plein cœur de Meatpacking. Si l'ancien quartier des abattoirs était tombé aux mains des lanceurs de tendance, des galeries d'art et des restaurants chic, la branchitude n'était cependant pas encore arrivée jusque dans cette portion de Washington Street.

Il était à peine 20 heures, mais l'ancien entrepôt qui abritait le loft de Ty était plongé dans le noir, et semblait inhabité. L'imposante porte métallique, décorée de ses incontournables graffitis – des traînées orange et bleues qui barraient les ventaux en métal rouge et avaient éclaboussé les briques alentour – était noyée dans une poche d'ombre. Un culot d'ampoule électrique pendouillait au-dessus de ma tête, et de minuscules particules de verre scintillaient dans les fissures du trottoir. La seule source de lumière provenait des appartements situés de l'autre côté de la rue. Cela dit, elle ne m'était nullement nécessaire.

Mon regard a percé l'obscurité pour se poser sur le petit bouton d'interphone à côté de la porte massive. Comme à l'époque où j'étais recherchée pour meurtre, Ty m'avait aidée, soutenue et hébergée, je savais de source sûre qu'il avait des voisins aux premier et deuxième étages. Donc j'ai sonné, et j'ai attendu.

Et attendu.

Bon – peut-être les voisins avaient-ils déménagé. Le type du second, en particulier. Personnellement, je sais que je serais partie me mettre quelque temps au vert si deux vamps (dont l'une recherchée par la police pour avoir émincé sa victime en julienne) avaient dégringolé de mon plafond pendant que je faisais la bête à deux dos.

À défaut de réponse, j'ai commencé à triturer le loquet, qui, après quelque résistance, a fini par céder. Puis j'ai appuyé les mains contre le ventail et j'ai poussé. Le bois du cadre a gémi, s'est fendillé et finalement, le ventail a basculé vers l'intérieur. Je me suis engagée dans l'étroit couloir, pour gagner le monte-charge tout au bout.

J'ai glissé un doigt sous l'imposante grille métallique, qui s'est soulevée en crissant, comme des ongles qui rayent un tableau noir. J'ai appuyé sur le bouton du troisième étage, l'engin a grogné, des roues se sont mises en marche et le mastodonte a commencé son ascension.

Je ne sais pas trop ce que je venais faire ici, je savais juste que je *devais* faire quelque chose. Deux bonnes heures s'étaient écoulées depuis que j'avais capté le message de Ty.

Et depuis ?

Nada.

Pendant que je distribuais mes cartes aux studios de KNYC et que je me prêtais au test des dix minutes d'interview filmée (non parce que je souhaitais être sélectionnée – ma mère en aurait crevé – mais parce que j'avais bien été obligée de suivre le mouvement), j'avais essayé de me convaincre que ce message m'était parvenu par erreur. Ty avait de toute évidence composé un faux numéro. Il cherchait à joindre la Marie-couche-toi-là pour laquelle il m'avait laissée en plan.

« Il faut que tu m'écoutes. J'ai besoin de toi. Je suis... »

Il était quoi ?

En train de se livrer à des activités peu avouables et il avait senti que s'il n'appelait pas une main amie à la rescousse, il risquait de devenir aveugle ?

Ou alors, il était sous la douche et il avait besoin de quelqu'un pour lui ramasser le savon ?

Ou bien encore, il était humeur à siroter quelques gorgées de AB–, et il avait besoin d'une donneuse tiède bien disposée ?

Franchement ! Qui savait combien Ty avait de fers au feu en ce moment ? Il se laissait probablement siroter à petites gorgées par le premier vagin assorti d'une paire de crocs qui passait. Il pouvait être relié télépathiquement à toutes les vampires de sexe féminin de Manhattan, sans exception.

Ou alors, il pouvait effectivement avoir de sérieux problèmes. Mon esprit penchait pour la première explication. Mes hormones pour la seconde. Et mon cœur ?

Allons, les filles, un peu de sérieux.

Je réservais cette pièce de mon anatomie au Comte Est Bon. Ty étant un converti, et moi une vampire héréditaire, s'installer à la colle, pondre quelques bébés vamps et vivre heureux jusqu'à la fin des temps relevait du conte de fées. Les vampires créés ne peuvent pas procréer. Pour ça, il me faut un congénère. Un vampire héréditaire aussi délicieux que Ty, mais en possession de l'ADN idoine. Quelqu'un comme, disons, Remy Tremaine.

Remy est le chef de la police de Fairfield mais, en parallèle, il est propriétaire d'une boîte de sécurité privée qui lui rapporte des cents et des mille. Au début, il ne me plaisait pas. Nous sommes amis depuis toujours, et je l'ai vu en culottes courtes. C'est tout dire.

Cependant, peu auparavant, Remy m'avait aidée à sauver ma peau des griffes d'une vampire assoiffée de vengeance. C'est tout de même marrant qu'un mec gagne à ce point en pouvoir de séduction dès lors qu'il botte le train d'une péronnelle de la haute.

Cela dit, Ty lui aussi gagnait sa vie en bottant le train des malfaiteurs. Jour après jour, il affrontait le danger avec un D majuscule. Raison pour laquelle j'avais un mal fou à les chasser de mes pensées, lui et son corps nu de sale type.

Raison pour laquelle, aussi, il en avait probablement agacé plus d'un et s'était fait pas mal d'ennemis. Des gens qui l'auraient volontiers blessé. Ou pire...

Le monte-charge s'est immobilisé avec une secousse. Je me suis engagée dans un autre couloir, lui aussi enjolivé de graffitis bleus et orange, mais agrémenté d'une petite touche de violet cette fois, et d'un mot de cinq lettres pour la bonne mesure.

Arrivée devant sa porte, j'ai tourné la poignée. Avec un peu de chance, l'appartement serait sens dessus dessous et regorgerait d'indices qui me mettraient sur sa piste. Le métal a grincé, puis a émis un bruit sec, et la porte s'est entrouverte.

Mon regard a fendu l'obscurité et balayé le vaste loft. Pour ce qui était de la mise à sac, j'avais vu juste. Les meubles étaient renversés. Les coussins avaient été éventrés, les tiroirs, délogés des commodes. Un bazar indescriptible jonchait le sol. C'était évident qu'il suffisait de se pencher pour trouver des dizaines d'empreintes digitales et de traces d'ADN.

Malheureusement, mon package Privilèges n'incluait pas la méthode d'analyse d'une scène de crime, et je n'avais pas l'ombre d'une idée de la marche à suivre, ni par où commencer.

À défaut, je me suis donc concentrée sur ma respiration. Ce n'est pas une nécessité absolue pour ma race, mais en cas de légère panique, c'est assez pratique.

Respire. Lentement. Inspire. Expire. Inspire...

Je me suis avancée dans la pièce et aussitôt, je me suis sentie barbouillée. Aussi, plutôt que d'absorber le spectacle qui s'offrait à moi d'un trait, j'ai décidé que j'allais le siroter, peu à peu.

Le clair de lune qui pénétrait à travers les baies vitrées éclairait ce qui avait été autrefois un canapé en cuir bleu marine. On l'avait lacéré, tout comme le fauteuil assorti qui se trouvait à côté. La table en verre et piétement chromé était renversée, tout comme les équipements hi-fi et vidéo. Des tessons de verre étaient éparpillés çà et là, mêlés à des fragments d'appareils électroniques fracassés. Le grand écran de télé n'était plus qu'une cavité béante, remplie d'écheveaux de fils et de composants réduits en miettes.

J'ai senti une brûlure dans ma gorge lorsque j'ai tourné mon regard vers la cuisine. Enfin... vers ce qui avait été autrefois une cuisine.

C'était à croire que quelqu'un s'était acharné sur le réfrigérateur avec une batte de base-ball. Le sol était, là aussi, recouvert de verre brisé, vestiges de ce qui avait été des flacons de O+. D'ailleurs, les riches effluves de sang flottaient encore dans l'air. Il y avait des flaques sombres et coagulées çà et là.

Je sais, je sais. Je suis une vraie peste. Et moi qui accusais ce pauvre garçon de planter ses crocs dans tout et n'importe quoi portant un string quand, en réalité, il ne démordait pas d'un régime pasteurisé.

Parce que l'idée de boire le sang d'une fille dont le nom ne commençait pas par *L* et ne finissait pas par *il* lui était insupportable ? Bon... C'est l'argument que martelait mon cœur et, ni une ni deux, l'espoir a ressuscité en moi. Les talons de mes escarpins mordillés par la culpabilité, j'ai continué mon chemin jusqu'au fond du loft, là où se trouvait la chambre.

Les montants du lit n'étaient plus qu'un tas de bois éclaté. Un des matelas avait volé contre un mur. L'autre, dressé sur la tranche, s'affaissait contre la commode. La couette bleu saphir, lacérée, gisait par terre, à côté de plusieurs tâches rouge sombre.

L'espoir et la culpabilité se sont désintégrés dans un accès de terreur.

C'est dingue, je sais. Je suis une vampirette. Rien ne devrait m'effrayer, pas vrai ?

En même temps, je ne devrais pas non plus être folle, raide dingue amoureuse de Brad Pitt (un humain, pour l'amour de Dieu !), ni être harcelée par des sociétés de recouvrement à cause de factures que je n'ai pas les moyens de payer (tous les vampires héréditaires sont cousus d'or), ni faire la moitié des choses que je fais tous les jours – apporter un *latte* à Evie, mon assistante humaine, glisser un billet de cinq dollars au SDF du quartier, ou encore accorder plus de prix au sourire d'un vampire héréditaire qu'à son taux de fertilité (ne cherchez pas à comprendre, c'est un truc de vamp).

Oui, vous l'avez enfin compris : je n'ai rien de la vampire aristo de base.

Mains tremblantes, peau hérissée par la chair de poule, j'ai enjambé, précautionneusement, un monceau de fringues, pour examiner de plus près une des tâches coagulées.

J'ai su, avant même de sentir la richesse de son arôme, qu'il ne s'agissait pas du breuvage d'importation qui éclaboussait le sol de la cuisine. Ces tâches-là étaient plus larges, leur couleur était plus intense. Et l'odeur...

L'odeur était trop entêtante.

Trop virile.

Trop *Ty*.

J'ai essayé de chasser la boule qui m'obstruait la gorge mais, brusquement, cette dernière ne voulait plus coopérer. Mon cœur a calé, l'air s'est emmagasiné dans mes poumons (ce qui n'avait rien d'une sensation agréable puisque les miens ne sont pas conçus pour ça) et mon sang de rang supérieur est devenu tout froid.

Aussi froid que la gueule du canon qui venait de se loger entre mes omoplates.

— Justice sera faite, a dit une voix tout aussi polaire. Il est mort, et maintenant, c'est ton tour.

4

Pas de panique. Pas. De. *Panique.*

Après tout, ce n'était jamais qu'un homme armé qui proférait des menaces de mort.

Pas de quoi fouetter un chat.

Du moins en ce qui concernait le flingue et les menaces de mort. Je suis une vampire. Traduction : je suis capable d'esquiver les balles et d'enjamber des gratte-ciel d'un seul bond. Enfin, non – ça, c'est Superman. Mais vous avez capté l'idée générale.

Un flingue ? *No problemo.*

La mort ? Techniquement parlant, c'est déjà fait.

Non : le détail qui me donnait le tournis et mettait mes nerfs à rude épreuve, c'était la proximité d'un *homme*, dans mon dos, d'une masse compacte de muscles et de chair tiède. Dont la température a encore grimpé, m'a-t-il semblé, lorsqu'il s'est rapproché davantage.

Je me sentais comme un marshmallow léché par les flammes d'un feu de camp.

Je sais, je sais. Avais-je donc le feu au ***, pour ne serait-ce que songer à fondre sur ce type comme un ruban de guimauve ? J'étais chez Ty, dans son appartement, empêtrée au milieu de ce qui ne pouvait être qu'une scène de crime majeure, et voilà que j'étais prête à me liquéfier pour un autre homme.

Et un humain, par-dessus le marché.

Du moins il me semblait en avoir toutes les caractéristiques. Mes narines se sont dilatées et j'ai senti son odeur. Qui penchait, sans conteste, plus vers la savonnette que le beignet à la crème.

Pour votre info : les vampires héréditaires dégagent une fragrance riche et sucrée, qui est propre à chacun et n'est perceptible que par leurs congénères. L'éventail des parfums va du roulé à la cannelle à la tarte au citron vert, ou encore de la crème brûlée au kirsch. Votre fantabuleuse servante ? Barbe à papa.

N'ayant rien détecté de cet ordre, mon agresseur ne pouvait être qu'un humain, un mordu, ou un Autre. (Les Autres rassemblent la nation des garous – loup-garou, caniche-garou et tout être qui ne rentre pas dans la catégorie des humains.)

Je me suis concentrée sur son odeur, en cherchant à déceler un relent, même ténu, de croquette pour chien, ou de litière à chat. *Nada*. Et sa main, sur mon bras, était brûlante. Résolument trop chaude pour un mordu. (Non pas que les convertis soient des glaçons, ainsi que Hollywood pourrait nous le faire croire. Ils sont plutôt tiédasses. Sauf, naturellement, lorsqu'ils halètent, transpirent et se livrent à des ébats torrides. Dans ces circonstances, ils se réchauffent direct, comme n'importe qui.)

Mes pensées s'étant égarées vers Ty – dont le corps avait incontestablement connu un pic de température significative à la faveur de ladite circonstance, la Capitaine Feu aux Fesses s'est métamorphosée en Vamp Maman Poule. J'ai réprimandé mes hormones et me suis raidie.

— J'espère que ce n'est pas un pistolet que vous tenez à la main et que vous êtes juste extrêmement content de me voir, ai-je lancé à mon agresseur. Dans le cas contraire, si vous ne reculez pas, il va y avoir du vilain. (Plusieurs secondes ont passé, et le souffle d'un gloussement a balayé le duvet sur ma nuque.) Rira bien qui rira le dernier, mon coco. Profites-en tant que tu le peux encore.

— Vous ne vous appelleriez pas Lil, par hasard ?

— On se connaît ?

— Pas encore. Mais j'ai entendu parler de vous. Vous êtes un sacré numéro.

Un sourire m'a chatouillé les lèvres.

— Effectivement, j'ai un style hors pair.

— Ça, j'en sais rien, mais vous êtes grande gueule, c'est sûr.

Le pistolet s'est écarté d'entre mes omoplates et je me suis retournée pour découvrir mon agresseur. J'ai croisé son regard et... Rien. Ce qui anéantissait ma théorie sur le fait qu'il était humain. Je peux lire tout le contenu d'une tête humaine plus rapidement que le dernier numéro de *InStyle*. Je pouvais également laisser tomber la piste *garou*. Je ne percevais aucune vibration émanant de ce type, autre que de nature sexuelle.

Et il était plutôt appétissant, avec ses cheveux coupés très court et son teint halé. Il avait les iris les plus sombres qu'il m'avait été donné de voir – si sombres que je me reflétais dans leur profondeur – et des lèvres qu'on pouvait avoir envie d'embrasser. (Non pas que je songeais à le faire, attention ! Mais si j'avais été une Capitaine Feu au Train décidée à tenter sa chance, je n'aurais pas hésité une seconde.) Il portait une chemise noire DKNY classique et un jean Levi's – soit une tenue trop peu stylée pour me faire saliver, mais qui l'était suffisamment pour satisfaire ma *fashionista* intérieure.

— C'est vous qui étiez recherchée pour meurtre, il y a quelques mois de ça, a-t-il poursuivi. Ty s'est mis en quatre pour sauver votre peau, et vous, vous l'avez fait devenir chèvre.

— J'ai sauvé ma peau toute seule comme une grande, merci. (Voyant le regard lourd de sous-entendus qu'il m'a décoché, j'ai nuancé.) D'accord, Ty m'a un peu aidée. Mais comme au moment où j'avais vraiment besoin de lui, il était dans les vapes parce qu'il avait mangé de l'ail, j'ai dû prendre les rênes de la situation pour sauver ma peau et la sienne. (J'ai étréci les yeux.) Vous êtes *qui* ?

— Ash, a-t-il répondu en gagnant les baies vitrées.

Il a jeté un coup d'œil dans la rue, comme s'il cherchait quelqu'un. Ou quelque chose. Puis il s'est retourné vers moi, et il a repris, le regard pétillant.

— Ash Prince.

Bon... Question suivante.

— Vous êtes *quoi* ?

— Inspecteur au département homicides du NYPD.

— Ce n'était pas ma question, et vous le savez très bien.

Son regard s'est éclairé, et l'espace d'un bref instant ses yeux se sont illuminés et remplis d'or liquide.

— Je pourrais vous le dire, mais ensuite il me faudrait vous supprimer.

— Je suis une vampire. Vous pouvez toujours essayer, mais sans garantie de résultat.

— Oh, ça, c'est vous qui le dites, m'a-t-il rétorqué avec un clin d'œil. Ça pourrait arriver, et plus vite que vous ne le pensez.

J'ai levé les mains au-dessus de la tête.

— Allez-y. Essayez donc de m'empaler. Je pourrais vous transformer en bâtonnet glacé sans vous laisser le temps de choisir le parfum.

— Rien ne m'oblige à vous empaler. Je connais d'autres moyens.

Parce qu'il n'était pas un Autre ordinaire. Ou qu'il était, du moins, différent de ceux auxquels j'avais eu l'occasion de me frotter. Ce qui, pour être franche, ne voulait pas dire grand-chose parce que je ne suis pas la vamp la plus expérimentée de la planète. Certes, j'ai cinq cents ans (et des poussières), mais j'ai toujours mené mon petit bonhomme d'éternité de façon très pépère – du moins jusqu'à l'ouverture de Vamp'n'Love.

Car depuis, en effet, j'ai eu l'opportunité de côtoyer personnellement plusieurs garelles (vingt-huit, pour être précise), des tripotés de mordus du sexe fort, et même une garelle-chihuahua du nom de Rachel. J'ai incontestablement élargi mon horizon.

Cependant, en regardant Ash, j'ai eu la certitude que je ne l'avais pas élargi tant que ça. J'ai décidé de changer l'orientation de mes questions avant d'être mise dans le secret de ses *autres moyens*.

— Où est Ty ?

— J'allais vous poser la même question, a-t-il répondu en me regardant droit dans les yeux.

— Je n'en ai pas la moindre idée. C'est pour ça que je suis là. Je le cherche.

— Moi aussi.

Il a observé encore une fois ce qui se passait dans la rue, puis il s'est retourné pour embrasser la pièce du regard.

— Comment connaissez-vous Ty ?

— Il me file un coup de main sur une enquête, à l'occasion, et je lui renvoie l'ascenseur. (Il a contemplé le chaos qui avait pris possession du loft et s'est frictionné le menton.) Nous avions rendez-vous, hier. Et il n'est pas venu. Il n'a pas appelé non plus, alors je me suis dit que j'allais passer voir ce qui le retenait.

Son regard s'est attardé sur les tâches poisseuses de sang.

— Il y a eu du vilain, ici.

— Non ! Vous croyez ?

Il m'a décoché un regard agacé qui ne m'a fait ni chaud ni froid, avant de gagner la cuisine, où il s'est agenouillé pour examiner les débris de verre. Il a passé le doigt sur les éclaboussures de sang, puis l'a reniflé, preuve incontestable (s'il avait subsisté un doute dans mon esprit) qu'il n'était pas un mordu. Sinon, il l'aurait goûté plutôt que senti.

Tout ça m'a donné une petite fringale, mais le moment était mal choisi.

— Il a l'air assez frais. Pas de coagulation. Ce qui signifie que celui qui a fait ça était encore dans les parages il y a peu.

En d'autres termes, au cours des dernières semaines, Ty n'avait pas été dans l'incapacité de décrocher un téléphone pour m'appeler. Il n'en avait tout simplement pas eu envie. Pour ce qui était d'apaiser mon ego, c'était loupé.

— En revanche, a repris Ash en s'agenouillant près de la tâche la plus sombre et en recommençant le même manège, Ty n'est plus ici depuis un bon bout de temps. Ici, c'est son odeur, et pour le coup, c'est coagulé.

Je répugne à admettre que cette bribe d'information a illuminé ma journée jusque-là assez sombre, mais le fait est qu'elle l'a illuminée.

— Vous croyez ?

— C'est mon boulot. Je ne crois pas. Je sais.

— Et si c'était vous, la cause de sa disparition ?

Mon cerveau commençait à assembler les pièces de ce puzzle, et la suspicion était en train de s'installer. Une bouffée de rage m'a envahie. J'ai senti mes mâchoires se contracter. Et la pointe de mes crocs effleurer ma langue.

— Qui me dit que ce n'est pas vous le coupable, et que vous n'essayez pas de couvrir vos traces ?

Je me suis avancée vers lui d'un pas intimidant. Enfin, qui aurait intimidé n'importe qui d'autre – humains, vamps, ou Autres.

Mais Ash... Quelque chose, chez ce type, semblait presque invincible. Je sais, c'est dingue. Il existe effectivement quelques créatures puissantes de par le monde – et je suis l'une d'elles – mais aucune n'est invincible. Superman a sa Kryptonite, les vamps, les pieux en bois, et les garous, les balles en argent. Ash (et ça, j'en étais à peu près certaine) avait lui aussi un talon d'Achille.

Non, vraiment.

Il m'a dévisagée, les yeux dans les yeux, mais cela ne m'a pas empêchée de faire un autre pas vers lui.

— Qui me dit que vous ne vous prenez pas pour le « Cannibale de Milwaukee » ? Et que Ty n'est pas en petits morceaux dans le réfrigérateur ?

Tu oublies un détail, espèce de buse. Tu es liée à lui par la pensée. Si ce type l'avait démembré, il aurait un peu de mal à t'appeler.

D'une part. Et d'autre part, la porte du réfrigérateur était dégondée et révélait un compartiment vide ; on avait arraché la veilleuse, démoli les étagères.

J'ai fait un autre pas, avant de caler. (Bon, d'accord, mon courage avait fondu ; mais on parle ici d'invincibilité.) Tout en attendant sa réponse, j'ai calculé à vue de nez à quelle hauteur je devais lever le genou pour mettre dans le mille avant qu'Ash ne s'en prenne à moi.

Dans *le cas où* il s'avérerait un tueur de vampire, évidemment.

— Vous avez raison, a-t-il convenu finalement après m'avoir toisée avec insistance. Je pourrais vous mener en bateau. (Son regard de velours a cherché le mien et ses yeux se sont illuminés, troquant cette fois leur noirceur d'obsidienne pour la palette pimpante d'une tequila sunrise. Et puis tout s'est refroidi.) Mais ce n'est pas le cas.

Je l'ai cru. Ben oui – n'avais-je pas des sens de Super Vamp ? Et surtout, ses vêtements étaient immaculés. Si Ash avait été coupable de quoi que ce soit, j'aurais forcément remarqué certains signes révélateurs.

J'ai commencé à lui parler du lien mental que j'avais avec Ty, mais je me suis vite ravisée Après tout, je ne savais absolument rien sur ce type, sinon qu'il avait *mucho* sex-appeal, et des fringues plutôt cool.

Non mais… où avais-je la tête ?

Pour moi, *mucho* sex-appeal et des fringues cool arrivent en pole position sur ma liste des qualités indispensables que doit offrir un compagnon d'éternité. Par opposition à l'habituel 1) taux de fertilité astronomique et 2) taux de fertilité astronomique. Lui parler ? Quelle perte de temps ! J'aurais mieux fait de lui sauter dessus direct.

Cette idée a fait surgir une image d'un réalisme assez cru, qu'est venu balayer un élan de culpabilité. Culpabilité mal placée, me suis-je rappelé à moi-même. Ce n'était tout de même pas moi qui avais planté Ty sans même un « À plus tard ».

Le problème, c'est que c'était peut-être lui qui s'était, pour ainsi dire, « planté ». Et si, après notre nuit sauvage et endiablée, il avait été kidnappé ? Il aurait été dans l'impossibilité de me dire au revoir, ou de me laisser un petit mot. Peut-être qu'en ce moment même, il était roué de coups, torturé.

Voire pire. Mon regard a fixé la tâche sombre.

— Vous ne pensez pas qu'il est…

— Définitivement mort ? Empalé en plein cœur ? Décapité ? Découpé en petits morceaux ?

Arrêtez ! Je vais vomir.

— Eurg, me suis-je étranglée. Quelque chose dans cet esprit-là.

Ash a secoué la tête.

— Non. Il n'y a pas assez de sang. Aucune artère n'a été sectionnée. Et il n'y a pas de trace de viscères.

Stop ! Je vais *vraiment* vomir.

— Mais à mon avis, quoi qu'il soit en train de faire, a poursuivi Ash, il n'est pas en grande forme. À en juger par la taille de cette flaque, il a perdu pas mal de sang.

Et ça, ça signifiait qu'il était affaibli. Sujet à des éclipses de conscience et des crises de délire ce qui, encore une fois, expliquait complètement pourquoi il n'avait pas rappelé.

J'ai contemplé à nouveau le chaos qui nous entourait et ma poitrine s'est serrée. Je me suis remémoré l'appel au secours que j'avais entendu et mon sang n'a fait qu'un tour – sensation généralement réservée à la vue des relevés de cartes de crédit qui s'entassaient en cet instant sur la moitié de mon bureau.

— Nous devons l'aider, ai-je dit en piétinant mon dernier soupçon de vengeance.

Hé, je suis une femme et, à ce titre, j'ai le droit de changer d'avis. À en juger par cette dernière info, j'étais désormais convaincue que Ty n'était pas un branleur de la pire espèce, et j'étais plus que disposée à lui laisser le bénéfice du doute. Ash avait raison. Il y avait eu du vilain.

Ash a contemplé le chaos, puis il m'a regardée moi.

— Vous avez une idée de ce qu'on pourrait faire ?

— C'est vous le flic. À vous de me le dire.

— On va commencer par la petite amie.

— La petite amie ? Vous êtes en train de me dire qu'il a une *petite amie ?*

Et moi qui venais de tout lui pardonner cinq secondes plus tôt ! Quelle cruche ! Il ne perdait rien pour attendre ! J'allais le retrouver – ça, il pouvait compter sur moi – et le décapiter de mes propres mains. J'ai réprimé une vague de rage et j'ai essayé de prendre un ton indifférent.

— Et c'est qui, sa petite amie ?

— La fille que j'ai devant moi.

Je fais volte-face, et la vérité me frappe de plein fouet. Je refais volte-face, et, cette fois, une volée de cheveux blonds me gifle le visage.

— Moi ?

— Tout juste.

— Hé là, minute ! Vous pensez que je suis sa petite amie ? C'est lui qui vous l'a dit ? Et si oui, quand ? Et comment ? Dans quel état d'esprit était-il quand il vous a dit ça ? Heureux ? En colère ? Au bord du suicide ? (Les questions fusaient sans que je puisse en tarir le flot. Non pas que je voulais le tarir. Je voulais *tout* savoir. Je voulais un compte rendu précis et détaillé de tous les commentaires super adorables que Ty Bonner avait faits à mon sujet.) Vous croyez qu'il le pensait ? Est-ce qu'il a mentionné autre chose...

— Hou là ! Du calme ! s'est récrié Ash en levant les mains. Je crois que vous vous emballez un peu. En fait, il n'a rien dit de tout ça. C'est une simple supposition de ma part.

— Pourquoi ?

— Parce que. (Il a haussé les épaules.) Je l'ai deviné.

— À quoi ?

— Parce qu'il m'a dit que vous n'aviez pas la langue dans votre poche.

Mentalement, j'ai refeuilleté l'album de la nuit que nous avions passée ensemble, et j'ai étréci les yeux.

— Le sale petit mouchard ! Je ne peux pas croire qu'il vous a raconté que...

— Il ne m'a rien raconté du tout, m'a coupée Ash. Il ne m'a pas dit un mot sur vous, personnellement. Il vous a juste comparée à un moulin à paroles.

— Et comment un moulin à paroles devient synonyme de petite amie ?

— Les mecs aiment bien parler des filles qu'ils se tapent mais dont ils n'ont rien à fiche. « Je me suis fait cette nana », ou « j'ai visité le Sud avec celle-là ». Vous connaissez la chanson.

Non, mais j'étais bien partie pour la découvrir.

— Mais jamais ils ne parlent de leur femme, ou de leur copine, a ajouté Ash. Ce serait trop bizarre.

Bon, d'accord – le raisonnement tenait à peu près la route. Et mon ego ne tenait qu'à un fil, ou quoi ?

— Donc, pour résumer, il a dit que je parlais beaucoup. Et c'est tout ?

Ash a hoché la tête.

— Mais je crois que ça lui plaisait bien. La moulinette à paroles, je veux dire. Il semblait exaspéré. Mais en même temps, je pense qu'il vous trouvait marrante.

— Marrante... Ça peut s'entendre en bien ou en mal.

— Non, non, marrante dans le bon sens.

J'ai inspiré profondément et j'ai laissé mes poumons s'emplir d'oxygène pour apaiser mes nerfs. Bon d'accord, j'étais la petite copine rigolote. Ce qui n'était pas tout à fait pareil qu'une petite amie sexy, délicieuse, irrésistible, mais ça ferait l'affaire.

— Comment vais-je pouvoir vous aider ?

— Eh bien, a répondu Ash en souriant, pour commencer, vous pourriez me dire ce qu'il vous a dit lorsqu'il vous a contacté par télépathie.

5

Une fois le choc passé, je me suis lancée dans le compte rendu de ma conversation mentale avec Ty.

— C'est tout ? a demandé Ash lorsque j'ai eu terminé, cinq secondes plus tard.

J'ai haussé les épaules.

— Que voulez-vous que je vous dise de plus ? Les grands bruns taciturnes, pour moi, c'est du nectar

Littéralement.

Ma remarque a réveillé un souvenir (moi et Ty en train de... *miam)*, et je me suis empressée de refermer cette fenêtre. Et ce d'autant plus précipitamment que je n'avais pas encore dîné et qu'Ash avait plus de sex-appeal que Brad Pitt, Toby Keith et ce type de Nickelback réunis. Mes hormones, les sales petites traîtresses, étaient pour leur part à la fête.

— Il a dû vous donner une indication sur l'endroit où il se trouve. Une adresse. Une description de bâtiment. Un bulletin météo. *Un quelconque détail.*

— Il n'a rien dit d'autre, l'ai-je assuré en secouant la tête.

— Vous n'avez pas eu une sorte d'image mentale ? Une photo des lieux ? D'un visage ?

— Je peux faire ça ?

Il a haussé les épaules.

— J'en sais rien. C'est vous le médium. À vous de me le dire.

— Je suis assez novice en la matière. Quand je l'entends, je ne vois rien. (Enfin, peut-être quelques images choisies de Ty avaient flotté dans mon esprit chaque fois que j'avais entendu sa voix grave et séduisante.) C'est comme un grand trou noir.

— Ouais. (Il m'a dévisagée d'un air entendu, comme s'il voyait mes pensées s'envoler de ma tête.) J'en doute pas.

J'ai songé à user sur lui de mon don de persuasion vampirique, mais j'avais le pressentiment que ça n'allait rien donner.

— J'aurais aimé avoir plus d'éléments, mais ce n'est pas le cas. Il a arrêté d'émettre.

Ash a semblé réfléchir.

— Peut-être qu'il n'a pas arrêté. Peut-être que quelqu'un l'a empêché de continuer.

J'étais moi-même parvenue à cette conclusion. Enfin, entre autres. Je m'étais aussi dit qu'il était tout simplement trop occupé à visiter le Sud avec une effeuilleuse méga savoureuse prénommée Bambi. Ou Bubbles. Ou Colette. (Vous ai-je déjà parlé de cette Comtesse Couche-toi-là qui m'a fauché mon tout premier petit ami ?)

Attention, c'était son droit. Ty et moi n'étions aucunement engagés l'un envers l'autre. Nous avions passé un peu de temps ensemble, et il m'avait empêchée de moisir à Riker's Island pour le restant de l'éternité. Mais franchement, si on oubliait toutes ces histoires de vie et de mort, notre relation se résumait à une seule fantabuleuse nuit de sexe.

Mais le truc, c'est que je l'aimais bien, et qu'à mon avis, il m'aimait bien aussi. Et je savais qu'il pouvait s'abandonner à des étreintes torrides dans les bras d'une autre sans que cela modifie ses sentiments pour moi. Mais quelque part, ça tuait mon fantasme de bonheur éternel.

Un fantasme qui était un secret bien gardé, devrais-je préciser.

Voyez-vous, les vampires héréditaires n'ont pas la fibre romantique. Je dirais même que, pour nous, tout tourne autour du sexe. Nous arrêtons de vieillir lorsque nous perdons notre virginité. Notre quête du compagnon d'éternité repose entièrement sur les taux de fertilité et les quotients orgasmiques. L'amour, si tant est que cela – ou quelque chose qui y ressemble – existe, n'entre tout simplement pas dans l'équation.

Vous comprenez donc pourquoi cela me gêne d'avouer que dans mes rêves, Ty m'emporte sur son destrier vers le soleil couchant (chaussée d'une paire de bottines Sergio Rossi à talons aiguilles de la mort). Mes semblables penseraient que j'ai un peu forcé sur la bouteille. (Le sang pasteurisé affecte à la longue les réflexes, et un vampire héréditaire lent à la détente, c'est un vampire bon à enfermer.)

C'est du moins ce que prétend mon père. Qui, soit dit en passant, a manqué de se décapiter avec une paire de cisailles au-dessus d'une haie d'azalées lors d'un épisode du conflit sans merci qui l'oppose à sa voisine garelle – un sombre micmac auquel je refuse catégoriquement de me mêler.

Quoi qu'il en soit, n'ayant aucune envie d'être l'invitée vedette du prochain épisode d'*Intervention*[1], je gardais mon fantasme pour moi. D'autant que ma mère, anéantie par les noces imminentes de mon frère Jack avec une humaine, glissait déjà un valium dans son verre de AB–. Pourquoi gâcher pareille aubaine et risquer

1. Série de documentaires télévisés consacrée à des témoignages sur les addictions de toutes sortes, alcool, drogue, jeu, sexe...

d'entrer dans le collimateur de la désapprobation maternelle ?

— Et vous, avez-vous essayé de le contacter ? a repris Ash.

— Oui, mais il ne répond pas. Ou alors, je ne sais pas m'y prendre.

— Vous vous concentrez ? Vous projetez ?

J'ai hoché la tête.

— Il me semble. (Ash m'a lancé un regard exaspéré et je me suis empressée d'ajouter :) Je n'ai jamais eu de lien mental avec quelqu'un avant ce jour. J'ai encore beaucoup à apprendre.

— Persévérez. En attendant, je vais voir ce que je peux trouver ici. (Il a sorti une carte de visite de sa poche arrière.) Voici mon numéro de portable. Tenez-moi au courant si jamais il vous recontacte.

Je lui ai tendu en échange une carte de Vamp'n'Love.

— Je vous appelle si je trouve quoi que ce soit, a-t-il dit en la rangeant dans sa poche.

— Ou si jamais vous vous sentez seul.

Un grand sourire a fendu son visage et mon rythme cardiaque s'est accéléré.

— C'est la pire réplique pour emballer quelqu'un que j'aie jamais entendue.

J'ai lancé un énorme *La ferme !* à mes hormones et j'ai froncé les sourcils.

— Je ne cherche pas à vous emballer. Je dirige une agence de rencontres. C'est mon boulot d'aider les hommes et les femmes qui souffrent de solitude de par le monde. Alors… ? ai-je demandé en lui coulant un regard.

— Alors quoi ?

— Vous vous sentez seul ?

— Non.

— Vous êtes marié ?

— Non.

— Vous avez une copine ?

— Non plus.

— Un copain ?

— Non.

— Une poupée gonflable prénommée Ginger ?

Il a secoué la tête.

— C'est vrai que vous parlez beaucoup.

— Ça fait partie du boulot. Vous ne passez quand même pas tout votre temps à travailler ?

— Eh bien justement, si.

— Croyez-moi, vous devriez sortir davantage. Songez à toutes les expériences exaltantes qui vous passent sous le nez. Bon, d'accord, ai-je concédé en interceptant un regard un poil exaspéré. Songez à toutes les femmes suprêmement désirables qui vous passent sous le nez. Ne me dites pas que vous n'aimez pas les femmes.

— Je les aime. À petites doses. En fréquenter une régulièrement ne m'intéresse pas.

— C'est ce qu'ils disent tous ! Mais tôt ou tard, le virus de la solitude prolifère en vous, et vous pousse à accomplir un acte vraiment désespéré. À un moment donné vous êtes peinard devant la télé, et la seconde suivante, vous vous retrouvez à draguer sur Internet, à surfer sur les chats, à éplucher les profils sur MySpace. Vous finissez par engager une conversation cochonne avec un joli petit lot, une Suédoise prénommée Inga... ttt ttt. Tragique.

— Et pourquoi ça ?

— Parce qu'en réalité, Inga est un Japonais de deux cent cinquante kilos, affublé d'un énorme bide et d'oignons aux pieds, mais ça, vous l'ignorez parce qu'il a mis en ligne des photos de rêve. Vous foncez à bride abattue dans un échange sincère et profond et lorsque, au final, vous découvrez le pot aux roses, vous vous retrouvez avec un cœur en mille morceaux. Après ça, vous êtes traumatisé à vie, vous redoutez de faire confiance à qui que ce soit. Vous vous transformez en ermite, vous investissez dans deux douzaines de chats. Et un jour, on vous retrouve le visage écrasé dans la litière. Raide mort. Seul.

Il m'a longuement dévisagée.

— Est-ce que cette histoire marche, en général ?

— Oui. Parfois, je la raconte avec des chiens à la place des chats. Ou des Chia Pets[1]. Mais vous n'avez pas l'air d'avoir la main verte.

— Écoutez, a-t-il répondu avec un grand sourire amusé. Appelez-moi si vous entendez parler de lui à nouveau, d'accord ?

J'ai hoché la tête. Comme si j'allais rester les bras ballants, à me ronger les sangs ! Ça, c'est un rayon dans lequel je n'excelle vraiment pas. Non, j'allais faire preuve d'initiative : j'allais lui envoyer un message toutes les heures, et entre-temps, j'allais bosser.

J'avais des factures à payer, après tout, et la situation avait beau être très inquiétante (Ty était porté disparu et je ne savais toujours pas pourquoi j'avais été suivie), la soirée s'était révélée productive. J'avais rencontré John, l'enquêteur des assurances, qui avait manifestement besoin d'un sérieux coup de main dans le domaine de la recherche de l'âme sœur, j'avais distribué des tonnes de cartes, et plusieurs candidates m'avaient même laissé la leur en retour.

L'amour était indubitablement dans l'air.

Malheureusement, il n'y était pas seul. Je m'en suis aperçue lorsque l'odeur m'a assaillie, sitôt que je suis sortie de chez Ty et que j'ai commencé à marcher dans la rue. Mes narines se sont dilatées, et plus j'avançais, plus la puanteur gagnait en force et – *beurk*.

1. Figurines en argile représentant des animaux et sur lesquelles on fait pousser du *chia* (une variété de sauge sud-américaine) en guise de pelage.

J'ai baissé les yeux et c'est là que j'ai remarqué le truc mou et marron écrasé sous mon escarpin Prada. J'ai entrepris de gratter la semelle sur le trottoir. J'avais presque tout éliminé lorsque j'ai entendu un *miaou* discret résonner dans ma tête.

Mon premier réflexe a été de courir dans la direction opposée.

Je sais : les chats, c'est mignon, c'est câlin, mais ce n'est juste pas mon truc. D'une manière générale, les vampires ne sont pas très portés sur les chats, et ceux qui s'en entourent le font par pure nécessité. Comme mon grand-oncle Pierre, qui s'obstine à vivre au fin fond de la campagne française, à des millions de kilomètres de la civilisation – et de la société de consommation. Bien qu'il ait pléthore de petit personnel pour se sustenter, la monotonie, parfois, le lasse. Il aime bien varier les plaisirs, et comme le village le plus proche abrite une meute de loups-garous, il se tourne vers ce qu'il a sous la main, à savoir, son chat. Je *sais*. Les poils en guise de fil dentaire, ça doit être un cauchemar. Mais chacun son truc.

Miaou. Miaou. Miaou. Plus j'avançais vers l'entrée d'une ruelle, plus le miaulement gagnait en puissance et en désespoir.

Franchement, je m'en fichais un peu. *Pas de chat.* C'était mon mot d'ordre. Non seulement à cause du problème des poils, mais aussi parce que j'étais résolue à ne pas finir le visage dans la litière.

En même temps, mon devoir civique me dictait de veiller à ce que les trottoirs de New York ne soient pas jonchés de crottes de chats errants. Rien de pire pour vous flinguer une paire de superbes pompes.

Mes Prada, les pauvres, ne seraient plus jamais les mêmes.

Je me suis engagée dans la ruelle qui longeait le bâtiment. Ma vision a fendu l'obscurité et slalomé le temps de localiser la source du miaulement. J'ai humé une odeur de poil mouillé et de caca. Les *miaous* se sont intensifiés. J'ai dépassé des bacs poubelles et une benne à ordures et je l'ai vu. L'assassin de Prada, en chair et en os.

Enfin, pour ce qui était de la chair, il n'en avait guère. À première vue, il avait la taille d'un chat adulte mais il était si famélique qu'il ne devait pas peser plus lourd que la pochette de maquillage Mac que je trimbalais dans mon sac. Son pelage noir était feutré. Il m'a fixée de ses grands yeux vert vif et scintillants et une sensation déplaisante m'a étreint la poitrine. J'ai essayé de la dissiper en fusillant le chat d'un regard menaçant, du genre *tu-es-foutu-mon-coco.*

— Tu me dois six cents dollars. Et comme tu ne peux pas me rembourser, je vais appeler la fourrière. Ils vont venir te chercher, et les rues redeviendront sûres pour les chaussures de créateur.

Le chat a cligné des paupières et j'ai frissonné.

— Arrête de me regarder comme ça. J'appelle la fourrière. Tout de suite.

Un autre clignement. Un autre frisson.

— Tu ne peux pas rester là, à crever de faim et à souiller les trottoirs. La fourrière te nourrira et te trouvera un toit.

Ou mettra un terme à tes souffrances si personne ne veut de toi. La pensée s'est imposée malgré moi, et la culpabilité ne s'est pas fait attendre.

Hé, minute ! Je n'aime pas les chats ! Je ne les ai jamais aimés. Et ce n'est pas demain la veille que ça va changer. Un chat, ça passe son temps à perdre ses poils et à souiller sa litière, et je ne veux même pas penser au goût que ça a.

Miaou.

— Non, tu ne viens pas avec moi à la maison.

Pardon ? Marche arrière, la Ferrari. Je n'envisageais pas – je répète, PAS – de ramener ce destructeur de chaussures chez moi.

N'est-ce pas ?

J'ai dû me triturer un peu les méninges pour en faire jaillir la bonne réponse.

Non, je ne l'envisageais absolument pas. Certes, les animaux de compagnie étaient tolérés dans mon immeuble, mais ce terme désignait de jolies petites choses au pelage soyeux. Pas un ersatz de félin squelettique et flapi.

À ma gauche, un rat, assez gros pour supporter d'être sellé et monté, a détalé sous un tas de cartons.

— Tiens, regarde ! Tu n'as qu'à ripailler en croquant Mickey, et moi je suis tirée d'affaire.

Il n'était pas exclu, cependant, que ce soit plutôt Mickey qui ne fasse qu'une bouchée de Killer. Le rat était sans conteste assez costaud pour mettre le chat au tapis. Imaginons que Mickey sorte victorieux du combat. Non contente d'être coupable de ma non-assistance, cela ferait de moi la complice d'un meurtre.

Je sais pertinemment que le plus souvent « vampire » est synonyme de « meurtrier », mais je suis bien moins sanguinaire que la plupart de mes congénères. Si, si, je vous assure. C'est vrai. C'est mon vilain secret.

Qui ne serait plus vraiment secret si j'embarquais Killer avec moi à la maison, lui donnais un bain et lui offrais une soucoupe de lait. Avant de me pelotonner avec lui sur le canapé.

Le chat a miaulé et m'a refait le coup du battement de paupières – je-suis-seul-j'ai-la-pétoche-et-tu-es-ma-providence.

— Ça ne marcherait pas. Tu ne tiendrais pas cinq secondes chez moi. Fais-moi confiance. Je suis impitoyable.

Ouais, c'est ça, a semblé dire le chat.

— Si, si, je t'assure. Tu n'as pas envie de me mettre en rogne.

J'ai dégainé mes crocs, histoire de, ce qui aurait fait détaler la plupart des animaux dans la direction opposée.

Mais le chat n'a pas bougé. Il a continué à me fixer. À m'implorer du regard.

— Les câlins, c'est pas ma tasse de thé.

Et alors ? C'est pas la mienne non plus. Les câlins, c'est pour les chatons. Moi, je suis vieux. Caractériel. Ronchon.

— Et je n'aime pas trop qu'on fasse du tintouin dans la journée pendant que j'essaie de dormir.

Faible comme je suis, j'arrive à peine à lever la tête, alors pour ce qui est de faire du boucan...

— Et tu as plutôt intérêt à garder tes poils parce que je ne compte pas passer l'aspirateur après toi.

S'il y a une chose que je déteste plus que les chats et les cabinets de recouvrement mandatés par Visa, c'est bien la corvée d'aspirateur. Ça m'exaspère. Je ne le passe pas. Je n'ai aucune intention de le faire. Fin de l'histoire.

Tsss, regarde-moi. Je suis presque chauve. Quels poils veux-tu que je perde ?

— Et ne t'imagine pas que tu vas pisser sur le tapis.

Je suis vieux, pas incontinent.

— Ou te faire les griffes sur les meubles. Certes, je n'en ai pas des masses – ça ne fait pas très longtemps que je suis partie de chez mes parents –, mais le peu que j'ai, j'y tiens.

J'ai à peine la force de faire ma toilette, alors gratter... Je suis faible. Je meurs de faim.

— Et si on doit cohabiter, ai-je ajouté en ramassant cette pauvre chose pathétique, il est hors de question que tu fasses tes besoins où ça te chante. Ce sera dans la litière, sinon, je te promets que je t'expédie en FedEx chez mon oncle Paul.

6

Lorsque je suis arrivée chez Vamp'n'Love une demi-heure plus tard – après m'être arrêtée dans une épicerie pour acheter une brique de lait –, il était 22 heures passées et Evie était déjà partie.

Ou alors, il lui avait poussé des milliards de boutons, une tignasse épouvantable, des pieds pointure quarante-six et un pénis.

Je me suis arrêtée net et j'ai dévisagé le jeune mec assis au bureau de mon assistante.

— Bonsoir ?

— Yo.

Il devait avoir dix-neuf ou vingt ans. Humain. Une chevelure brune qui rebiquait de partout, un piercing dans l'arcade droite, des lunettes à monture métallique réparées, sur le nez, avec du scotch électrique noir. Les écouteurs d'un iPod vissés dans les oreilles, il écoutait Disturbed à fond.

— Je suis Lil.

À peine a-t-il daigné détourner son regard de l'unité centrale de l'ordinateur d'Evie. Une petite boîte à outils était posée et ouverte sur le bureau.

— Cool.

J'ai balayé d'un geste la petite pièce qui faisait office de réception.

— Et je suis propriétaire de cette agence, véritable joyau de la décoration d'intérieur.

— La classe.

— Tu as un nom ?

Le dos de ses mains s'ornait d'un tatouage : *Die Slut*[1] pour la gauche, *Kill the Whore*[2], pour la droite. Ses ongles, vernis en noir, voletaient sur le clavier d'Evie et des lignes de chiffres et de lettres défilaient sur l'écran.

— Juste.

O... kay. C'était pas gagné.

— C'était une question – avec un point d'interrogation à la fin.

— Juste.

— Non franchement, tu peux me dire comment tu t'appelles ?

S'il avait levé les yeux, je me serais passée de sa réponse, mais ils étaient scotchés à l'écran.

— Juste, a-t-il répété en retirant ses écouteurs, mais sans me regarder pour autant. (Il a pioché un minuscule tournevis dans sa boîte à outils, et a tendu la main vers ce que j'ai reconnu être un disque dur externe.) C'est mon nom. Ça en jette, non ? Il me vient d'un ancêtre que je n'ai pas connu. Un arrière-grand-oncle, un truc du genre. Chais pas. Je l'ai jamais rencontré.

Tandis qu'il troquait son tournevis contre un autre, encore plus fin, j'ai posé l'ersatz de chat par terre. Tout en vacillant, il s'est enroulé autour de mes chevilles et est resté calé là, entre mes pieds, une patte posée sur la pointe de mon escarpin. Ma poitrine s'est serrée. Certes, cet animal était un boulet mais, à sa façon efflanquée et

1. Meurs salope.
2. Tue la putain.

crève-la-faim, il était aussi assez touchant. Et il savait incontestablement apprécier les belles choses.

Mon regard a coulissé du chat efflanqué au jeune homme émacié.

— C'est quoi, ton nom de famille ?

— Dalton.

— Tu es parent avec Evie ?

Evie est mon assistante dévouée. Elle peut gérer en simultané cinq lignes de téléphone, un gobelet XXL de *latte*, un ordinateur caractériel et un tube de gloss Morning Sunrise de MAC sans se mettre à transpirer. Si Evie n'avait pas été une humaine, j'aurais juré que nous étions des sœurs siamoises séparées à la naissance. Cette fille assurait grave.

— C'est ma cousine au troisième degré. Je continue à espérer qu'elle sortira avec moi puisque nous sommes si éloignés, mais elle dit que l'idée lui donne la chair de poule.

Je me suis doutée que c'était plutôt Juste qui lui donnait la chair de poule, mais j'ai gardé ce soupçon pour moi.

— C'est n'importe quoi, n'est-ce pas ? a-t-il repris. C'est une fille super, et moi je suis un génie. On ferait un couple d'enfer.

— Ou un sujet passionnant pour un épisode de Dr. Phil.

Juste a reporté son attention sur le disque dur externe.

— Vous êtes marrante. Et carrément sexy, aussi.

Ça, je le savais déjà, mais ce qui m'intriguait, c'est que lui le sache, vu qu'il n'avait pas levé les yeux une seule fois vers moi.

Regarde-moi, lui ai-je ordonné par la pensée. Sans succès. *Coucou ? Re-gar-de-moi.*

Sa tête a oscillé. *C'est bien, mon garçon*... Il a coulé un regard vers moi. *Vas-y, tu vas y arriver*... Nos regards se sont croisés. *Bingo !*

Juste Dalton. Dix-neuf ans et neuf mois. Fan de musique – et tout particulièrement des groupes indéniablement politiquement incorrects Die Slut et Kill the Whore. Amateur de bière, de PlayStation et de bière, de bidouillages informatiques et de bière. Techniquement parlant, il n'était plus puceau, mais c'était tout comme. Pour des raisons qui, évidemment, le dépassaient totalement, puisqu'à ses yeux, il était un mec sexy toujours partant pour faire plaisir, et c'est d'ailleurs pour ça qu'il s'était fait placer un prince Albert…

Ouh là ! Cette image en particulier était vraiment de trop.

— Ça vous dirait de sortir avec moi, un de ces quatre ? a-t-il lancé.

En attendant ma réponse, il a attrapé un cordon et branché le disque dur externe sur l'unité centrale.

— Laisse-moi deviner. On irait boire des bières et peut-être écouter un concert de Die Slut.

Il m'a dévisagée avec cette stupeur émerveillée typique des hommes que je vampe.

— Vous kiffez Die Slut ?

Pas dans cette éternité. J'ai souri.

— Qui ne les aime pas ?

— C'est clair, a-t-il fait avec un sourire jusqu'aux oreilles. Alors, ça vous branche ?

Euh… non. J'étais une vampirette. Et lui, un snack. J'aurais dû me jeter sur lui pour lui déchirer sauvagement la gorge. J'ai contemplé ce scénario sanglant l'espace d'une nanoseconde avant qu'un grand frisson ne me secoue des pieds à la tête.

Bon, d'accord, je l'admets volontiers. En ce qui concerne les *must-have* de Super Vamp, je ne frappe que deux balles sur trois.

Juste me contemplait avec des yeux dégoulinants d'espoir. Exactement comme le chat.

Attention, n'allez pas croire que j'envisageais de le ramener chez moi, lui aussi. J'avais déjà explosé mon quota de B.A. pour la soirée. Mais je ne pouvais pas non plus piétiner ses espoirs et ses rêves. J'ai souri.

— J'adorerais, sincèrement. Mais j'ai déjà un petit ami. (C'était le cas, non ? Si j'étais, à en croire Ash, ce qui se rapprochait le plus d'une petite amie pour Ty, cela faisait de lui ce qui se rapprochait le plus d'un petit ami pour moi. Enfin, plus ou moins.) Mais si c'est un rencard qui t'intéresse, tu es pile poil au bon endroit.

— Je paye pas pour un rencard.

Nul besoin d'être une vamp télépathe pour savoir que c'était du pipeau.

— Et tu t'y prends comment, alors ?

— Quand j'aurai fini d'installer ce *Flash drive,* je ferai les mises à jour, et roule ma poule.

— Merci.

— Attendez d'avoir vu la note pour me remercier. J'accepte toutes les cartes de crédit les plus courantes, et les espèces. Mais si vous préférez, on peut envisager des solutions de paiement alternatives.

J'ai souri.

— Impec. Un petit troc, c'est jamais de refus.

Sa tête a pivoté si vite que j'ai bien cru qu'il s'était fait le coup du lapin. Il m'a dévisagée, les yeux exorbités ; sa pomme d'Adam ne tenait pas en place.

— Sérieux ?

— On ne peut plus sérieux. Je vais t'offrir un forfait « profil complet plus deux rencards ».

Ses yeux se sont rétractés dans leurs orbites.

— Je préférerais coucher avec vous.

— Oui, comme l'ensemble des mâles hétérosexuels qui peuplent la planète. (Je l'ai toisé.) Tu es adorable, dans le genre piercé et tatoué. Et je suis sûre que tu es génial. Mais ça n'arrivera pas. (J'ai souri à nouveau.) Pas avec moi, en tous les cas. Mais je veillerai à te proposer des candidates qui seront des fans pures et dures de Die Slut. Je peux même te créditer trois rencards si tu installes aussi la station de mon iPod. (N'avais-je pas récupéré tout un tas de cartes auprès des candidates d'*Amour, Gloire et Télé* ? Certes, aucune parmi elles n'avait sans doute entendu parler de Die Slut, mais chaque chose en son temps. J'avais un stock de femmes à caser, il me fallait trouver un contingent égal d'hommes.

J'ai scruté Juste. Il n'était pas exactement mon idéal en matière de testostérones, mais avec un bon shampooing et une crème contre l'acné, il pourrait faire l'affaire.

— *Trois* vrais rencards ?

J'ai hoché la tête.

— Dans la même année ?

— Dans le même mois. Ce mois-ci.

— Vous vous foutez de moi, pas vrai ?

— Pas du tout. Vamp'n'Love est ce qui se fait de mieux à Manhattan pour les rencontres. Je suis également, à mi-temps, consultante en hygiène personnelle et experte en garde-robe. Deux prestations comprises dans le profil, me suis-je empressée d'ajouter.

Il a secoué la tête avec émerveillement.

— Je n'ai jamais eu trois rencards en une seule année, et encore moins en un mois.

Tiens donc, pourquoi cela ne me surprenait-il pas ? J'ai souri.

— Considère que c'est un marché conclu. (J'ai sorti un dossier client vierge du tiroir d'Evie.) Il te suffit de remplir ce questionnaire, et cela fait, on pourra commencer immédiatement les recherches.

Juste a remonté ses lunettes et tourné le regard vers le présentoir de Krispy Kreme.

Quelques mois plus tôt, à titre de promotion temporaire, j'avais commencé à offrir des beignets lors de chaque nouvelle inscription. J'avais essayé ensuite de diversifier ma panoplie de cadeaux en proposant des pastilles à la menthe, des stylos, des tasses, des préservatifs – mais rien n'avait mieux marché que les beignets. Du coup, ils faisaient désormais partie des meubles, avec le café, le thé, voire, à l'occasion, une injection d'insuline.

— Je peux également avoir un beignet ?

— Si tu réussis à brancher aussi le deuxième jeu d'enceintes de la station, tu pourras avoir toute la boîte.

Vous avez vu ça ? Je suis la reine du marchandage.

J'ai embarqué Killer, abandonné Juste à ses tâches informatiques et j'ai gagné mon bureau. J'ai reposé le crève-la-faim et ouvert la brique de lait pour le nourrir.

Killer a reniflé le liquide et frétillé des moustaches avant de se décider à laper la petite douceur.

J'ai été envahie par une sensation de tiédeur, et puis mon estomac a gargouillé. J'ai sorti de mon mini-frigo ce qui aurait pu passer pour une bouteille de vin et l'ai débouchée, libérant des volutes puissamment aromatiques qui ont pénétré dans mes narines, titillé mes terminaisons nerveuses et fait naître des picotements dans tout mon corps. J'ai fermé les yeux et bu une longue rasade du breuvage glacé. Normalement, je n'aime pas dîner froid (quel vampire aime ça ?), mais j'avais un mal fou à trouver un four micro-ondes qui s'intègre à la déco de mon bureau.

C'est une excuse pitoyable, pas vrai ? Mais c'est la seule dont je disposais, et elle valait mille fois mieux que la vérité : à savoir que j'espérais de toutes mes forces qu'un jour, je finirai par m'habituer à boire froid. Car alors peut-être – je dis bien *peut-être* – que je pourrais oublier le goût tiède et suave du sang de Ty et décrocher de la soif qu'il m'inspirait.

Décrocher de *lui*, tout simplement.

Bon sang ! Avant de rencontrer ce type, j'étais la reine de la bouteille. Lorsque je croisais un mec mignon dans la rue, je ne jouais pas à *Devine son groupe sanguin*. J'étais heureuse. Satisfaite, du moins. Je ne doutais pas une seule seconde que mon Comte Est Bon allait venir un jour.

Et puis Ty avait débarqué dans ma vie, et depuis, je n'avais plus qu'une idée en tête – planter à nouveau mes crocs dans son cou. Et coucher avec lui. Et planter mes crocs dans son cou *pendant* que je couchais avec lui. Notez bien que ça ne risquait plus d'arriver – pour ça, non. J'étais définitivement guérie de ce type.

Ou, du moins, le serais-je, dès que mes craintes seraient apaisées et que j'aurais la certitude qu'il allait bien. J'avais besoin d'un épilogue. Après quoi, je serais en mesure de l'oublier complètement. Je pourrais à nouveau apprécier un bon dîner, et tout rentrerait dans l'ordre dans mon éternité.

Ben oui, quoi ? C'était possible.

Je me suis installée devant l'ordinateur pour consulter ma boîte mail qui débordait. À l'instant où je cliquais sur le premier courrier, le téléphone a sonné. J'ai décroché, sans quitter des yeux la dernière offre promotionnelle de Victoria's Secrets – un rabais de 10 % et une crème pour le corps gratuite.

— Bienvenue chez Vamp'n'Love, qui fera jaillir le partenaire idéal de votre carte Visa, MasterCard, ou Discover.

Ce n'était pas le slogan du siècle, mais ma petite entreprise était encore jeune et je testais la température.

— Et American Express ? a demandé une voix féminine qui ne m'était hélas pas inconnue.

Mon cœur est monté se coincer dans ma gorge et j'ai baissé les yeux sur l'écran du téléphone, où le numéro de ma mère s'affichait, telle une menace. Une vague d'appréhension s'est soulevée en moi.

Chaud devant.

7

Bien joué, Lil.

Mentalement, je me suis botté le train pour n'avoir pas regardé l'écran *avant* de décrocher, puis j'ai cherché à endiguer une vague de culpabilité.

C'était *ma mère*, tout de même. La femme qui avait enduré des heures et des heures de travail pour me mettre au monde afin que je puisse l'éviter – ce à quoi je m'employais la plupart du temps, dès qu'elle me rendait dingo. La femme qui m'avait donné l'éternité. La moindre des choses, c'était de lui parler. Et ce d'autant plus que, maintenant, je pouvais difficilement lui raccrocher au nez sans qu'elle ne me le fasse payer plus tard.

J'ai plaqué un sourire sur mes lèvres (au cas où Big Brother et Big Mama ne seraient qu'une seule et même personne) et je me suis remémoré mon plan d'action dans ce type de situation : réponses monosyllabiques. Ne pas engager la conversation. Cela allait l'agacer, elle raccrocherait et me lâcherait les baskets.

— Euh, 'lut m'an.

— Alors, tu prends l'American Express, oui ou non ?

— Non. Pas encore.

— Ah, bon, ce n'est pas grave.

— Mm mm

— Je me suis dit que j'allais poser la question puisque ton père préfère utiliser l'American Express pour éviter les frais mensuels prélevés sur nos autres cartes de crédit, mais il devra faire avec.

— Faire avec quoi ?

Ouh là ! *Ne pas engager la conversation.*

— Je veux t'embaucher, très chère.

Trop tard. J'avais bel et bien engagé la conversation Et le pire, c'est que je me suis entendue insister :

— Tu veux m'embaucher ?

Je me suis souvenue de l'uniforme de Moe's qui purgeait actuellement sa peine dans le placard de mon entrée – un polo vert pomme et un pantalon de toile beige – et j'ai eu un haut-le-cœur.

Moe's est l'entreprise familiale : photocopieuses et travaux d'impression en tous genres. Le cauchemar absolu.

— Je t'ai déjà dit que je ne travaillerai pas pour papa. Je sais que tu as du mal à le comprendre, mais j'ai de plus hautes aspirations que remplacer le toner d'une photocopieuse ou relier un mémoire d'étudiant.

— Bien que j'aie du mal à imaginer une entreprise plus prospère que Moe's – tous tes frères sont managers d'une antenne et ils adorent leur métier – ce n'est pas pour cette raison que je t'appelle.

Pfff... moins une.

— J'ai besoin de tes services. Je veux que tu me présentes quelqu'un.

Quoi ?

Sous l'effet de la panique, mon cœur s'est emmêlé les pinceaux.

— Mais tu as déjà papa ! Ça fait cinq cent vingt-deux ans que vous êtes engagés. Quoi qu'il ait fait, je suis sûre que tu sauras passer au-dessus. Tu ne peux pas jeter aux orties un demi-millénaire parce qu'il a écrasé le tube de dentifrice par le milieu ou décapsulé une canette de bière avec ses crocs. C'est justement son excentricité qui fait son charme…

J'étais tellement sidérée que les mots dégringolaient de ma bouche en se télescopant.

— Lilliana…, a tenté de m'interrompre ma mère, mais j'étais lancée et complètement affolée à l'idée qu'elle puisse envisager de quitter mon père. De tout planter. De venir s'installer avec moi.

— Tu ne peux pas faire ça ! ai-je bafouillé. Je sais que papa peut être pénible, mais c'est involontaire. C'est un original. Oui, il est parfois pédant. Et peut-être un peu snob. Mais c'est plus fort que lui ! Tout ça, c'est à cause de son éducation et…

— Lilliana Arrabella Guinevere du Marchette !

Le ton était cinglant, et d'un coup d'un seul, la femme d'affaires fantabuleuse et élégante que je suis s'est métamorphosée en fantabuleuse et élégante fillette de cinq ans.

— Oui, mère.

— Je ne vais pas quitter ton père, même si je dois avouer que j'y ai déjà songé. Depuis que Viola lui a volé sa tronçonneuse – celle qu'il utilise pour couper les haies d'azalées – il est comme possédé. Il a embauché un ancien combattant d'élite de la marine pour lui prêter main-forte dans ses recherches. En cet instant précis, ils ont rendez-vous dans la cabane de la piscine.

— Ils vont entrer chez Viola par effraction ?

— Le tireur d'élite, pas ton père. Enfin, du moins je crois que c'est un tireur d'élite. Peut-être ai-je mal entendu. Peut-être est-ce un laveur de vitres.

— Pourquoi papa aurait-il engagé un laveur de vitres pour le venger d'une garelle ?

— Va-t'en savoir. Je te l'ai dit. Il est possédé. Je me garde bien de me mettre en travers de sa route.

— Pourquoi ne rachète-t-il pas tout simplement une autre tronçonneuse ?

Question immensément stupide, puisque je connaissais la réponse : mon père était un vampire héréditaire, et Viola ne l'était pas. La réputation de toute notre race de suceurs de sang impavides, supérieurs et condescendants allait en prendre un coup s'il n'était pas capable de récupérer ce symbole de pouvoir.

— Le problème, ce n'est pas la tronçonneuse, mais le principe. (Qu'est-ce que je vous disais ?) Elle est entrée chez nous pour la lui voler à sa barbe. À ce propos, il a vérifié toutes les entrées, toutes les caméras de sécurité, et il n'arrive toujours pas à comprendre comment elle a pu pénétrer dans le garage.

— C'est une garelle.

— Ce qui veut dire qu'elle est poilue, pas transparente. Ton père a passé des heures à visionner les cassettes de vidéosurveillance, et il n'y a rien. Rien d'autre que les allées et venues normales – toi, tes frères. Nos amis.

En d'autres termes, des chauves-souris. Et une, notamment. Rose.

Une bourrasque de culpabilité a soufflé en moi.

Voyez-vous, Viola n'avait pas véritablement *volé* la tronçonneuse de mon père. On pouvait même avancer que je lui avais offert de l'emprunter quelques mois plus tôt, lorsqu'elle m'avait missionnée pour lui trouver vingt-huit partenaires, pour elle et ses copines garelles de la SPA. Les membres de la Société des Prédatrices À Poils avaient besoin d'un contingent de mâles dominants pour copuler lors de l'éclipse lunaire, et moi j'avais besoin des honoraires conséquents que Viola ne m'accordait qu'au compte-gouttes. Je lui avais proposé la tronçonneuse à titre de bonus lorsqu'il s'était avéré que l'un des mâles ne correspondait pas aux critères de virilité exigés. Viola l'avait acceptée avec plaisir à titre d'outil de négociation, pour obliger mon père à arrêter de ratiboiser ses haies.

Ou les siennes.

Personne n'était en mesure d'affirmer avec certitude qui, de mon père ou de Viola, était le légitime propriétaire de ces haies. Du coup, elles étaient au centre d'une guerre de voisinage qui les avait menés jusqu'au tribunal. Un juge avait pris le parti de mon père, mais un autre avait tranché en faveur de Viola. Le cessez-le-feu n'était pas pour demain, et il faut croire que je m'étais débrouillée pour me mettre au beau milieu des tirs de missiles.

— Donc tout va bien entre papa et toi ?

— Évidemment !

Ouf !

Sitôt ma frayeur dissipée, j'ai compris qu'il se passait une chose merveilleuse : ma mère souhaitait m'embaucher. Traduction : elle avait enfin réalisé que je ne gaspillais pas mon éternité à des occupations frivoles. Elle avait reconnu mon talent et me prenait désormais au sérieux. Une boule s'est formée dans ma gorge, et j'ai réussi à grand-peine à demander, d'une voix éraillée :

— Bon, euh, que puis-je faire pour toi ?

— Trouver la partenaire idéale pour ton frère.

— Pas de problème. Je connais une vampire qui fera exactement l'affaire pour Max...

— Non, pas pour Max, très chère.

Max est mon frère aîné : canon, sexy, suffisant et célibataire.

— Est-ce que Rob n'a pas déjà une copine ?

Rob est mon second frère, tout aussi canon, sexy, suffisant et célibataire que le premier.

— Qui te parle de Rob ? Il me faut quelqu'un pour Jack.

Jack est mon troisième frère, le cadet : canon, sexy et suffisant comme il se doit, mais plus vraiment célibataire.

— Est-ce que Jack ne va pas épouser Mandy ?

— Bien sûr que non ! Les vampires ne se marient pas. Ils s'engagent. Et uniquement auprès d'autres vampires héréditaires. En ce moment, Jack est entiché de cette fille. Quand il comprendra enfin à quel point elle est loin d'être la partenaire idéale, il oubliera Mindy et ce mariage absurde.

— Elle s'appelle Mandy et ils ont déjà réservé l'hôtel pour la réception.

Mes frères étaient tous des tombeurs égoïstes, autocentrés, qui ne pensaient qu'à leur plaisir sans se soucier de celui des autres, et jusqu'à sa rencontre avec Mandy, Jack avait été le pire des trois. À présent, il pouvait passer pour un mec bien, et je n'étais plus obligée de lui botter le train chaque fois qu'il ouvrait la bouche.

— Un éventail de trois candidates devrait suffire, a poursuivi ma mère comme si je n'avais rien dit. Je veux la crème de la crème. Et un quotient orgasmique à deux chiffres ou rien.

Pour votre info : le dernier record en matière de quotient orgasmique plafonne à seize (pour ma part, je tiens honorablement la route avec du treize à la douzaine), quand la moyenne se situe quelque part entre sept et huit. Pourquoi faire tout un plat du quotient orgasmique ? Chaque fois qu'une vampire héréditaire a un orgasme, elle libère un œuf. Pas d'orgasme, pas d'œuf, ni de bébés chauves-souris dans le nid.

Quand je vous disais que tout tourne autour du sexe.

— Et il me les faut dans quinze jours, a ajouté ma mère. Ton père et moi organisons un dîner – juste la famille et quelques amis proches – et ce serait l'occasion idéale pour les présenter à Jack.

Refuse.

Oui, mais si je refusais, ma mère penserait – c'était couru d'avance – que j'étais incapable de satisfaire sa demande, et je redeviendrais à ses yeux la fille qui gâche son éternité en vaquant à des occupations frivoles.

En même temps, je ne pouvais pas accepter de présenter d'autres filles à Jack. Il avait déjà Mandy et (jamais je n'aurais imaginé dire ça un jour), il était amoureux. Certes, Mandy était humaine. Mais elle était également intelligente, jolie et plus important encore, gentille.

Accepte, dégote-lui quelques candidates bidon, et elle te lâchera les escarpins.

Ben tiens ! Géniale, cette idée. Si la qualité n'était pas au rendez-vous, ma mère allait penser que je n'assurais pas dans mon boulot. Et ce serait reparti pour le petit couplet sur mon éternité gâchée et mes divertissements frivoles. Sauf à m'empaler sur un crayon à papier aiguisé de frais ou à aller danser nue, en plein jour, sur une plage du Costa Rica, j'étais coincée.

Mon estomac a fait un looping, exactement comme quelques heures plus tôt chez Ty, et j'ai compris que les quinze prochains jours seraient les pires que j'avais jamais connus.

— Dis-moi combien je te dois. Je vais te donner le numéro de ma Visa.

J'ai annoncé le montant habituel de mes honoraires, assorti d'un petit bonus compensateur pour les souffrances que j'allais endurer. Et puis, voyant que ma mère ne bronchait pas, j'ai ajouté :

— En général, un dossier exige au moins un mois de travail, ce qui m'oblige à ajouter également un supplément Service Express, puisque tu me demandes de faire ça en moitié moins de temps.

— À ta guise, très chère. Ajoute-le à la facture.

J'ai souri. Quinze jours, ça laissait le temps de voir venir : des scientifiques pouvaient inventer un remède contre les mères qui fourrent leur nez partout ; Brad Pitt pouvait tomber éperdument amoureux de moi, m'enlever et me mettre à couvert sur son île des Caraïbes ; ma mère pouvait fondre d'amour pour sa future belle-fille humaine, et pour une fois dans son éternité, oublier de se mêler de ce qui ne la regardait pas... Oui, tandis que je notais soigneusement le numéro de la Visa et prenais congé de ma mère, les possibilités m'ont semblé soudain infinies.

Flash info : non contente d'être une romantique invétérée, je suis également une incorrigible optimiste.

J'ai raccroché et entrepris d'ouvrir un dossier au nom de mon frère. À peine avais-je eu le temps d'entrer son nom et ses statistiques que le téléphone a sonné à nouveau. Un coup d'œil au numéro m'ayant confirmé qu'il ne s'agissait pas de ma mère, j'ai décroché.

— Vamp'n'Love, où les femmes sont belles, les hommes sexy, et les poches sans fonds.

— Dieu merci tu décroches enfin ! J'ai laissé trois messages sur ton portable.

— Salut Mandy.

Le docteur Mandy Dupree, interne à l'institut médicolégal, était donc la fiancée de mon frère Jack. C'était une petite rousse dotée d'une ravissante silhouette, et qui se fourvoyait dans l'idée que ma mère l'aimait bien.

Je sais, d'accord ? Cette femme pouvait à peine me supporter, alors que j'étais le fruit de ses entrailles.

Entrailles d'où était sortie une *entremetteuse*.

J'ai contemplé le nom de mon frère sur l'écran du téléphone et une vague de culpabilité a déferlé en moi. Non pas que j'allais réellement lui dégoter des partenaires potentielles. Aucune à la hauteur, du moins. J'allais lui présenter quelques vamps passables, et les exhiber devant mes parents. Jack refuserait de mordre à l'hameçon (il était amoureux) et lui et Mandy ne sauraient jamais rien de ces manigances. De mon côté, j'aurais néanmoins encaissé mes honoraires. Quant à ma mère, elle serait obligée de se rendre à l'évidence.

— Tu n'as pas oublié, n'est-ce pas ?

— Bien sûr que non, ai-je menti.

Qu'avais-je pu oublier ? Que j'avais accepté d'être demoiselle d'honneur, et que du coup je m'étais laissée embringuer dans des auditions de harpistes et de flûtistes ? À l'insu, naturellement, de ma mère. Jacqueline Marchette le découvrirait bien assez tôt, lorsque Jack et Mandy seraient réunis devant l'autel.

Si tant est qu'elle daigne se montrer.

Max avait parié qu'elle verrait la lumière et assisterait à la cérémonie. Rob avait risqué quelques milliers de dollars sur le fait qu'elle resterait bouder à la maison. Moi qui connaissais notre *madre* mieux que personne, j'avais misé sur le fait qu'elle se montrerait et ferait un tel grabuge qu'on regretterait tous qu'elle ne soit pas restée faire la tête à la maison.

— Je savais que tu n'oublierais pas.

— Un peu que je n'ai pas oublié.

— Et ta mère ? J'ai laissé deux messages sur son portable pour le lui rappeler. Tu penses qu'elle va venir ? a-t-elle ajouté d'une voix où perçait une note de désespoir.

Jamais, en un million d'années.

— Je suis sûre qu'elle ne raterait ça pour rien au monde. (Je sais. Honte à moi. Mais j'entendais tant d'espoir dans la voix de Mandy que je ne pouvais me résoudre à lui annoncer la mauvaise nouvelle.) Pour lui faire manquer un événement de cette ampleur, il faudrait qu'elle ait été kidnappée et ligotée avec des tresses d'ail.

— Tu es rigolote, Lil. Je suis si contente qu'on devienne sœurs ! J'ai toujours voulu avoir une sœur. Quelqu'un avec qui je pourrais parler des garçons, essayer du maquillage et des nouvelles coiffures.

— Si tu me demandes de te prêter des fringues, je raccroche.

Une fille doit savoir marquer les limites de son territoire.

Mandy a rigolé.

— Magne-toi, d'accord ? Je ne sais pas par où commencer. C'est le truc le plus important de ma vie.

— C'est clair.

Il y a eu un blanc, qui s'est éternisé.

— Tu as oublié, n'est-ce pas ?

— Comment pourrais-je oublier le truc le plus important de ta vie ? (Sauf bien sûr, à être complètement stressée à cause d'un mordu porté disparu, d'une mère qui fourre son nez partout et d'une petite entreprise qui lutte pour garder la tête hors de l'eau.) Mais supposons que j'ai effectivement oublié. Qu'est-ce qui me serait sorti de l'esprit ?

— La robe. J'ai laissé l'adresse de la boutique sur ton portable. C'est ce soir que je dois choisir ma robe.

— Tu veux dire, là maintenant ?

— Oui, là tout de suite, et j'ai vraiment besoin de ton avis.

J'ai coulé un regard vers la pile de dossiers qui me suppliaient de leur accorder une attention sans partage. J'ai pensé à ma boîte mail qui débordait. À ma toute dernière publicité destinée à la presse locale qui attendait son B.A.T. J'avais promis également d'aider Juste à compléter son dossier lorsqu'il en aurait terminé avec l'ordinateur. Je devais aussi acheter un sac de litière et une panière pour Killer. Et – c'était là le plus important de tout – je devais retrouver Ty avant que les choses ne se gâtent vraiment.

Je n'avais pas le temps d'aller me prélasser chez Vera Wang, une coupe de champagne à la main, et dépenser l'argent d'une autre pour une robe hors de prix qui ne servirait qu'une…

Hé là, pas si vite. Avais-je perdu la tête ?

Du champagne à l'œil ?

Du shopping ?

Aux frais de la princesse ?

— J'arrive.

8

On dit que la confession soulage l'âme. Étant une citoyenne des ténèbres (et parce que, la semaine dernière, chez Barney's, j'ai littéralement fauché cette dame en tentant de mettre la main avant elle sur un sac BCBG soldé à moitié prix), j'ai besoin de toute l'aide qui se puisse trouver. Alors, c'est parti...

J'ai un fantasme qui me tient à cœur.

Non, pas celui où je deviens une gagnante du loto, l'élue de cœur de Brad Pitt, une rockstar, un top model ou encore une pom pom girl des Dallas Cowboys.

Je parle du Fantasme. Le fantasme (gros soupir) du mariage : le lâcher de colombes, les pluies de pétales de roses, mon sac préféré de Salvatore Ferragamo sculpté dans la glace. Les petits cadeaux à l'intention des invités – un gloss Super Luster de MAC pour les femmes, des mini-flacons de Ralph Lauren pour les hommes. Une calèche. Une pièce montée avec un glaçage rose délicat, des petits nœuds argentés et des guirlandes en sucre.

Je sais, je sais. Je suis une vampirette, toute nourriture solide m'est interdite. Où ai-je la tête, pour rêver de gâteaux de mariage ? Mais que voulez-vous – ils sentent sublimement bon, et un mariage sans pièce montée, ce n'est pas un mariage.

Comment aurais-je pu ne pas être excitée par le mariage de Mandy puisque j'espérais entendre un jour les flonflons de la Marche nuptiale m'accompagner jusque devant l'autel ?

Je suis passée déposer Killer chez moi – avec une soucoupe de lait et un assortiment de journaux – puis j'ai grimpé dans un taxi et indiqué l'adresse que ma future belle-sœur m'avait donnée.

— Mais... On est dans le Queens, ai-je fait remarquer au chauffeur lorsqu'il s'est arrêté devant une petite boutique coincée entre une boulangerie vietnamienne et une pizzeria – loin, très loin de chez Vera et tous les autres grands créateurs spécialisés dans les mariages haute couture.

— C'est l'adresse que vous m'avez indiquée, ma petite dame. Et ça fera quinze dollars. (Il m'a dévisagée par rétroviseur interposé et a haussé les sourcils de façon suggestive.) À moins que vous ne préfériez payer en nature.

Non, franchement ! Voilà à quoi ressemble le quotidien d'une vampirette avec *mucho* sex-appeal et le don de l'accessoirisation.

— Tenez. Voilà vingt, ai-je dit en lui tendant un billet.

Son visage s'est décomposé.

— Vous êtes sûre ?

J'ai accroché le regard du type – et j'en ai appris plus que je ne le souhaitais sur Wally Gillespie, également connu sous le sobriquet de Minnie Me.

— Gardez la monnaie, ai-je lancé en me décollant du siège. Et si jamais vous vous décidez à faire cette augmentation de pénis, passez-moi un coup de fil. (Je lui ai tendu une carte de Vamp'n'Love.) Je pourrais vous caser sans problème.

Je peux vous dire que la mâchoire lui en est tombée.

Sans lui laisser le temps de retrouver ses esprits, j'ai filé pousser la porte de *Wedding Wonderland*, ainsi que l'indiquait l'enseigne en néon blanc. Aussitôt, je me suis retrouvée immergée dans un océan d'étoffes blanches et de bouquets de fleurs artificielles, le tout enveloppé d'une odeur de pot-pourri. Une version instrumentale de *You Light Up My Life* s'échappait d'un lecteur de CD posé dans un coin.

Mandy était installée sur un canapé en velours blanc, aux côtés d'une dame d'un certain âge qui avait les mêmes cheveux roux et la même expression hagarde. Devant elles, la table basse débordait de magazines nuptiaux.

— Ah super ! a piaillé Mandy. Te voilà ! Maman, elle est là !

J'avais déjà eu l'occasion de rencontrer Harriet Dupree, lors de la fiesta « Futures mamans » que j'avais organisée pour Viola et les vingt-sept autres garelles qui se retrouvaient enceintes grâce à mes bons et loyaux services. Mandy avait proposé de me donner un coup de main et sa mère était passée nous déposer plusieurs plats de service (et des pyramides d'ailes de poulet). Elle s'était attardée pour s'extasier devant les cadeaux destinés aux bébés et m'avait comblée de louanges : j'étais positivement adorable, irremplaçable *et* sublime et il était incompréhensible – je répète : INCOMPRÉHENSIBLE qu'un homme ne m'ait pas encore enlevée.

Je sais. Je ne le comprenais pas davantage.

Bref. En tous les cas, depuis, je l'aimais bien.

— Lil ! s'est exclamée Dupree senior en me sautant au cou et en m'enveloppant dans une accolade chaleureuse. Quel plaisir de te revoir.

— C'est un plaisir partagé.

— Mesdames... (*Clap, clap.*) Puisque tout le monde est là, commençons. Ça ne m'ennuie pas de rester un peu plus tard, mais j'ai deux caniches et un pit-bull qui attendent leur dîner à la maison.

Je me suis retournée pour découvrir la propriétaire de la boutique : une fausse blonde, avec des yeux suffisamment maquillés pour impressionner Marilyn Manson, des lèvres rouge vif, des ongles de sept centimètres laqués en rouge sang et des lunettes à monture dorée suspendues à une chaîne. Elle était saucissonnée dans un caleçon en Lycra noir, et son top, décoré d'un motif abstrait rouge, blanc et doré, comprimait la plus énorme paire de seins que j'avais jamais vue (ce qui n'est pas peu dire quand on sait que je traîne dans le coin depuis plus de cinq cents ans). Elle sentait la laque et la mortadelle. Et s'exprimait avec un accent de banlieusarde.

Lorsque j'ai croisé son regard, j'ai eu accès au dossier complet : Shirley Cannoli, née et élevée dans – on s'en serait douté – le New Jersey. Où elle vivait encore. Récemment divorcée de Norman, après vingt-cinq ans de mariage. Deux filles adultes, l'une étudiante à NYU, et l'autre manucure dans une petite boutique de Hoboken. En général, elle ne faisait pas d'heures sup' à cause de ses « bébés » – entendez ses trois chiens – mais ce soir-là, elle avait une mission à mener à bien : muscler son fichier clientèle. Elle en était à sa troisième paire de seins, et elle projetait cette fois de s'offrir un lifting. À condition, bien sûr, de faire excellente impression sur cette cliente-là. Elle avait la certitude que cette future mariée serait sa lettre de créance dans le monde des *beautiful people*, son marchepied pour habiller ces jeunes mariées dont les photos faisaient les choux gras des suppléments du dimanche. Voilà pourquoi elle avait accepté une présentation privée à cette heure indue, quand elle aurait dû être en train de dîner devant sa télé. Notez bien qu'elle ne se plaignait pas. Loin de là. Elle était ravie d'exhiber sa toute dernière paire de pompes – des sandales hautes à découpes racoleuses – plutôt que d'être chez elle, jambes allongées et oignons à l'air. Et elle serait éternellement reconnaissante à son cousin Michael qui avait épousé la demi-sœur de Harriet de lui avoir offert pareille opportunité. Tout ce dont elle avait besoin, c'était d'une bonne recommandation – une seule.

Personnellement, ça ne me paraissait pas suffisant. Mais elle semblait tellement y croire que je répugnais à ne pas soutenir une consœur entrepreneuse. J'ai souri et je me suis enfoncée dans le canapé, entre Mandy et sa mère.

— Avant de commencer, l'une de vous souhaiterait-elle un rafraîchissement ?

J'ai levé la main.

— Une coupe pour moi. (J'ai embrassé la boutique du regard, et me suis ravisée.) Disons même deux.

— Je peux vous proposer des Jello, a annoncé Shirley avec une expression pleine d'espoir. Vous comprenez, l'intérêt de l'alcool, c'est que ça détend, alors plus il est fort, plus on en a pour son argent. Un petit verre de tequila, ça vous décoince en moins de deux.

— C'est très futé, Shirley, a observé Harriet. J'en prendrais volontiers un.

— Merci, pas pour moi, a répondu Mandy. Je travaille demain. Lil ?

— Je crois que je vais passer mon tour également. (Une coupette à l'occasion, ça ne faisait jamais de mal. Avec les alcool forts, en revanche… un seul petit verre, et il y avait fort à parier que je n'allais pas me contenter de faire tapisserie en rongeant mon frein : j'allais essayer les robes avec Mandy et – bien pire – les trouver probablement à mon goût.) Tout bien réfléchi, servez-m'en un aussi.

— Bien joué, petite, a approuvé Shirley en me lançant un clin d'œil.

Quelques secondes plus tard, je sirotais une mixture tequila-pastèque-gélatine en priant pour que les Jello n'appartiennent pas à la classe des aliments solides (je vous renvoie ici à l'histoire de la diète liquide des vampires.)

— Nous attendons encore la mère de Jack, a protesté Mandy quand Shirley s'est tournée vers un portant de robes qui occupait toute la longueur d'un mur.

— Mmm... Pourquoi ne pas patienter avec un petit avant-goût de la collection ? ai-je suggéré.

— Elle a un empêchement, c'est ça ? a demandé Mandy sitôt que miss New Jersey s'est retournée vers le portant.

— À son grand dam. (Du moins dans une réalité alternative où les vampires héréditaires aimaient et respectaient leurs camarades humains.) Le problème, c'est qu'en nourrissant les piranhas de la piscine, l'un d'eux lui a arraché une main, donc elle a été obligée de se coucher de bonne heure pour s'octroyer un long sommeil réparateur. (Si c'était pas de l'improvisation, ça !) Elle ne voulait pas risquer d'étaler du sang sur une robe, mais elle m'a dit de te dire de bien t'amuser.

— C'est épouvantable ! a compati Mrs Dupree en me tapotant la main. Elle devrait essayer les cataplasmes d'aloe vera, avec des flocons d'avoine et un peu de mayonnaise. Ma propre mère ne jure que par ça pour les entailles et autres petits bobos. Tu mélanges bien le tout, tu badigeonnes la plaie et – ah oui ! Tu l'enveloppes avec une tranche de bacon cru. Vingt-quatre heures après, tu es comme neuve.

— Maman, elle n'a pas besoin de recettes de bonnes femmes, a chuchoté Mandy d'une voix de conspiratrice. C'est une vampire.

— Ah oui, a fait Harriet avec désinvolture, comme si ce menu détail lui était sorti de la tête. Eh bien, transmets-lui tous nos vœux de prompt rétablissement.

Oui – Mrs Dupree était au courant du bagage héréditaire de la famille Marchette. Mis à part un évanouissement et une overdose de choux à la crème de la pâtisserie familiale, elle s'était montrée aussi large d'esprit que n'importe quelle mère dont la fille est sur le point de gagner le jackpot.

— Celle-ci est mon best-seller, a annoncé Shirley en se retournant vers nous, les bras encombrés d'un mastodonte blanc.

Brodé de perles.

Incrusté de dentelles.

Un truc *innommable.*

— Votre best-seller, vraiment ? ai-je lancé d'une voix empâtée par la tequila.

— Elle est superbe ! s'est enthousiasmée Mandy en la dévorant des yeux.

— Ravissante, a renchéri sa mère. Absolument ravissante. (Elle a attrapé un mouchoir en papier pour éponger un débordement lacrymal.) Excusez-moi, je suis extrêmement émue. Ma fille unique qui se marie enfin !

Ce dernier mot avait été prononcé avec une telle emphase qu'elle aurait suffi à lancer avec succès un petit missile. Mrs Dupree s'était mariée à dix-sept ans et que sa fille ne le soit toujours pas à presque vingt-sept ans était une situation embarrassante. Chaque fois qu'elle avait dû s'en expliquer lors des réunions de son club de lecture, elle avait vécu une véritable agonie.

Pfff ! Harriet aurait été morte et enterrée depuis longtemps, si elle avait été à la place de ma mère : la malheureuse m'inventait des excuses à chaque réunion mensuelle du Club des Gaies Chasseuses depuis quatre cent quatre-vingts ans, et elle se portait toujours comme un charme.

Sentant poindre un élan de culpabilité, je me suis empressée de l'étouffer par l'indignation qui s'imposait devant pareille abjection. Du *taffetas* ?

— Pourrait-on voir d'autres modèles, avant qu'elle commence les essayages ? ai-je demandé à miss New Jersey.

— Mm... Oui, bien sûr.

Shirley s'est retournée vers le portant et moi vers Mandy.

— Sélectionne uniquement tes coups de cœur. On choisira ensuite tes préférées, que tu essaieras.

— Oui, bonne idée, a-t-elle acquiescé en hochant vigoureusement la tête.

On aurait dit une fille en proie au syndrome prémenstruel lâchée chez Godiva. Mauvais signe, pour quelqu'un qui gagnait sa vie en autopsiant des cadavres. Apparemment, le virus du mariage pouvait faire des dégâts même chez les individus les plus sérieux et les plus équilibrés.

J'avais déjà eu l'occasion d'observer ce phénomène un an plus tôt lorsque l'une de mes meilleures amies, Nina II, la moitié brune des fameuses Ninas, s'était engagée auprès d'un vampire héréditaire prénommé Wilson. Nina, un modèle de pondération et d'équilibre, s'était métamorphosée en folle hystérique au cours des dernières semaines précédant la cérémonie. Elle avait remué ciel et terre pour trouver les serviettes de table de la nuance de bleu idéale : bleu *céruléen*. Personnellement, j'aurais choisi de l'argenté et l'affaire aurait été réglée. Mais pas pour Nina. Elle était résolue. Obsédée. Déchaînée.

Je venais de reconnaître cette étincelle de folie hystérique dans le regard de Mandy.

— Observe bien chaque robe dans ses moindres détails, et imagine-toi dedans, ai-je insisté. Ça te permettra de faire un tri. On va éliminer les perdantes, et tu essaieras les gagnantes.

— Pigé, a-t-elle dit avec un autre hochement de tête vigoureux.

Shirley est revenue vers nous et le défilé de mode a repris.

— Elle est géniale ! s'est extasiée Mandy devant la candidate numéro deux. Une gagnante, c'est sûr.

— Oui, a renchéri Harriet Dupree. Absolument ravissante.

Shirley l'a rangée aux côtés de la première, sur le portant des vainqueurs, et nous a montré la numéro trois.

— Oh, mon Dieu ! a soufflé Mandy. Celle-là, je dois absolument l'essayer !

— Oui, celle-là est vraiment ravissante.

Est arrivée la numéro quatre.

— As-tu déjà vu autant de broderies de perles ? J'adore les perles ! Celle-là, c'est une gagnante !

— Oui, les perles, c'est ravissant.

— Oh ! Et le tulle ! J'adore le tulle ! Celle-là aussi je dois l'essayer !

— Oui, ravissante. À essayer.

Pendant que Mandy et sa mère continuaient à saliver, j'ai tendu la main vers un autre verre de Jello.

La soirée allait être longue.

9

Mandy a essayé quarante-huit robes. Si, si, je vous assure. En fait, elle en aurait même essayé quarante-neuf, voire même cent quarante-neuf, mais la collection *Au-secours-les-années-quatre-vingt-sont-de-retour* de Shirley ne comptait que quarante-huit modèles, et c'est pour cette seule raison que Mandy s'en est tenue là. Inutile de préciser qu'elle n'en avait pas choisi une en particulier. Elles étaient toutes ravissantes. Magnifiques. Parfaites.

Pendant ce temps, j'avais descendu six tequilas, ce qui expliquait, lorsque je suis arrivée chez moi, une petite heure avant le lever du jour, les contours flous de ma poignée de porte et les fluctuations du trou de serrure.

Après une, deux, trois tentatives infructueuses pour glisser la clé dans la fente, j'ai fermé les yeux et me suis prodigué un petit discours d'encouragement.

Doucement. Prends ton temps. Tu peux y arriver. Concentre-toi. Et quoi qu'il arrive, ne vomis pas.

Ben oui, les vampires vomissent, comme n'importe qui d'autre. Pour tout dire, nous pouvons même vomir mieux que n'importe qui d'autre, car notre métabolisme est extrêmement délicat. Et si notre organisme n'a pas apprécié quelque chose, un bon conseil : tous aux abris.

L'alcool, à l'instar des autres liquides, ne nous barbouille pas tant que ça. Mais le Jello à la pomme verte ? Aux raisins ? À la cerise ? Apparemment, ça avait l'air d'être une tout autre histoire et je menaçais de tout restituer sur mon paillasson d'un instant à l'autre. Soit ça, soit je tombais dans les pommes si je ne pouvais pas m'allonger dare-dare.

Ma voisine écoutait CNN, à fond. Le bulletin d'infos trompetait dans mes oreilles et accentuait les élancements dans ma tête. C'est que pour nous, les vamps, toute expérience terrestre est magnifiée et décuplée : quand nous avons faim, c'était une faim de loup. Quand nous sommes tristes (occurrence rarissime pour la plupart des vamps, exception faite de votre servante) nous pouvons verser assez de larmes pour éteindre un incendie. Quand nous sommes en colère, ça barde dans les grandes largeurs. Et quand nous avons une migraine insoutenable pour avoir un peu forcé sur la tequila ? On se lâche sur le Tylenol et on double la dose de Vicodin.

J'ai étréci les yeux, visé le trou une fois de plus et... Bingo ! Quelques secondes plus tard, je me débarrassais enfin de mes chaussures tout en me dirigeant vers la chambre. J'ai hésité un instant à vérifier la messagerie de mon portable (que j'avais éteint pendant mon séjour sur l'Île Enchantée du Mariage) et, très vite, j'ai décidé que je n'en ferais rien. J'avais eu un mal de chien à glisser la clé dans la serrure. Pianoter sur les touches microscopiques de mon Razor, il ne fallait même pas y penser. Je me suis déshabillée tout en marchant vers le lit, sans me soucier d'allumer la lumière (ce n'est pas comme si c'était indispensable). Sans me soucier non plus d'enfiler une nuisette. J'ai vérifié d'un coup d'œil que les stores étaient bien tirés et je me suis glissée sous les draps en culotte et soutien-gorge. J'ai fermé les yeux et j'ai supplié la pièce d'arrêter un instant de tourner, juste quelques secondes, le temps que je tombe comme une masse, que le sommeil m'emporte. Un. Deux. Trois...

— Lil ?

La voix grave s'est insinuée dans mes oreilles et j'ai rouvert les yeux d'un coup. Je me suis assise et mon regard est allé se poser sur le bon mètre quatre-vingts de muscles qui se dressait sur le seuil de ma chambre.

Ash Prince me dévisageait, et une ébauche de sourire est apparue sur ses lèvres, altérant l'ombre de son visage. Son regard scintillait comme deux rampes d'éclairage dans l'obscurité. Il était tel que plus tôt dans la soirée : même jean, même chemise, même *sex-appeal.* J'ai remisé cette dernière pensée et me suis concentrée sur le plus urgent : enfiler mon masque de la fille outragée.

— Que faites-vous ici ?

— Je vous attendais. Vous rentrez toujours aussi tard ? Et dans cet état ?

— Vous n'avez jamais entendu parler des téléphones portables ?

— Vous ne répondiez pas.

Ouais. Exact.

Il a arqué un de ses sourcils bruns.

— Trop occupée à vous mettre la tête à l'envers ?

— Je n'ai pas la tête à l'envers. (J'ai dégluti et senti dans ma gorge un goût de tequila et de granny smith.) Juste un peu de travers. Alors, que me vaut le plaisir de cette effraction ?

— On a relevé plusieurs empreintes qui n'appartiennent pas à Ty. Je les ai rentrées dans une base de données, mais on n'a pas réussi à trouver de correspondance. J'ai donc besoin des vôtres, pour m'assurer que les autres appartiennent bien à une tierce personne. Car si tel est le cas, elles pourraient nous mener jusqu'à Ty.

— Euh… oui bien sûr. Que dois-je faire ?

— Rien. (Il a brandi le flacon de O+ que j'avais entamé la veille au soir.) J'emporte juste ceci avec moi.

— Et son contenu, qu'allez-vous en faire ? Le jeter, ou le boire ?

Il a souri.

— Pour l'instant, je n'ai pas soif.

— Mais si vous aviez soif… Vous prendriez quoi ? Un verre de AB–, ou une Bud ? (Il s'est contenté de sourire, et j'ai ajouté :) Vous vous êtes déjà trahi. Je sais que vous n'êtes pas un vampire. Alors qu'êtes-vous, exactement ?

— On verra ça plus tard, a-t-il répondu en consultant sa montre. Le soleil va bientôt se lever.

— Et vous devez filer parce qu'il pourrait vous enflammer ? Ou vous métamorphoser en lézard et vous donner envie de vous prélasser ?

Son sourire s'est encore élargi.

— J'ai rencard dans un *diner* de la 5e Avenue. Pour le petit déjeuner.

— Oh.

— Mais c'était bien tenté.

— Merci.

— Appelez-moi.

Il m'a lancé un clin d'œil puis il a tourné les talons. J'ai écouté ses pas gagner la porte. Les gongs ont grincé, j'ai entendu un clac, puis plus rien.

À propos de rien… c'est là que je me suis aperçue que je l'avais reçu pour ainsi dire à poil : mon superbe drap en coton égyptien s'était agglutiné au creux de mon ventre, offrant une vue imprenable sur mes semi-impressionnants bonnets C qui frétillaient sous la dentelle rose et diaphane de mon soutien-gorge La Perla.

Je comprenais mieux le pourquoi du clin d'œil.

Le rappeler ? C'est vrai, l'idée m'a traversé la tête car j'aurais volontiers dit ma façon de penser à ce goujat. En même temps, il avait souri. Souri, pas froncé les sourcils. En d'autres termes, mes appas n'avaient rien perdu de leur pouvoir de séduction.

Bizarrement, cette pensée ne m'a pas transportée d'euphorie. Parce qu'aussi séduisant qu'il soit, Ash n'était pas Ty. En sa présence, je ne sentais pas cette onde de chaleur me parcourir de la tête aux orteils, ni ces picotements autour de mes tétons, ni cette fringale dévorante.

Bon, d'accord, elle me donnait un petit creux à l'estomac, peut-être. Mais ça, c'était une constante depuis que j'étais abonnée au régime pasteurisé. Et le fond du problème, c'est qu'en face d'Ash, je n'avais pas envie de crier *Prend-moi là tout de suite, ou je fais une autocombustion* comme c'était le cas en présence de Ty. Et ça, ça m'inquiétait, et ça m'agaçait tout autant.

Où es-tu ? ai-je lancé silencieusement en me renversant sur les oreillers et en contemplant le plafond. *Es-tu blessé ? Est-ce que tu saignes ? Est-ce que tu es en train de te taper une vampasse surnommée Juicy Lucy ?*

J'ai attendu, l'ouïe sur le qui-vive, pleine d'espoir et la seule chose que j'ai entendue, c'est le tintement d'un grille-pain, suivi par un bulletin météo dans l'appartement voisin.

Journée ensoleillée. Températures fraîches. Une petite brise.

C'est sur cette dernière pensée que j'ai fermé les yeux. Au lieu de m'imaginer jouant les Marilyn dans les rues de New York en robe dos nu blanche, je me suis vue sur une plage de Maui, vêtue d'un bikini Dior exquis et d'un mini-paréo en résille dorée. Il faisait grand jour et le soleil brillait. La brise du large soulevait les pans de mon paréo et me chatouillait la peau.

— Je t'attendais.

La voix de Ty se glissait dans mes oreilles tandis qu'il approchait derrière moi. Et puis je sentais ses doigts effleurer ma taille et se faufiler sous l'étoffe soyeuse et arachnéenne pour aller chatouiller mon nombril... Mmm.

Qui était le, la ou les coupables ? L'interminable défilé de robes de mariées ? La mission stressante dont venait de me charger ma mère ? Ou les quelques malheureuses tequilas que j'avais bues ? Toujours est-il qu'à un moment donné, je m'abandonnais à une étreinte torride, dévorante, passionnée, et que la seconde d'après, j'étais pieds nus, affublée d'un pagne en raphia et d'une paire de bogues de noix de coco, en train de dire, *Oui, je le veux*, tandis qu'un groupe d'insulaires à moitié à poil jouait une chanson d'amour hawaïenne traditionnelle.

Allez comprendre.

Certes, je n'avais rien contre un mariage à Hawaï. Mais pieds nus ? Sûrement pas. (Je porterais au moins une paire de tongs strassées de Zsa-Zsa). Et pas non plus déguisée en vahiné. Et pas – et c'était là le point principal – avec Ty.

Héréditaire. Mordu. Hors de question.

Du moins en ce qui concernait le mariage. Les mains baladeuses... Ça, ça restait négociable.

Imaginons : je le retrouvais, je lui sauvais la peau, il était épouvantablement contrit et tenait à tout prix à me prouver sa gratitude. Quel genre de fille serais-je, si je l'envoyais paître ? Je suis capable d'accepter la contrition et la gratitude avec autant de bienveillance que n'importe quelle vamp.

Oui, je sais, les mots « bienveillance » et « vamp » ne vont généralement pas de paire, mais on parle ici de fantasmes.

Il serait reconnaissant. Je serais bienveillante (et j'aurais eu le temps de me dégoter un petit ensemble de plage top tendance). Le sexe serait une évidence.

C'est du moins ce que je me suis dit tandis que je rembobinais mes pensées érotiques jusqu'à la séquence post *Je le veux*, et appuyais sur la touche Lecture.

Ty m'enlaçait, je m'abandonnais contre lui, et nous sommes restés plusieurs minutes unis dans cette étreinte chaude, bouillante – jusqu'à ce que je sombre pour de bon.

10

— Tu ne devineras jamais ! a claironné Evie à l'autre bout du fil, plus tard le lendemain après-midi, lorsque j'ai enfin réussi à émerger pour décrocher mon téléphone qui sonnait avec insistance.

— C'est une bonne, ou une mauvaise nouvelle ? ai-je marmonné, en clignant des yeux pour dissiper les dernières brumes de sommeil.

— Une nouvelle fabuleuse.

— J'ai gagné une journée de shopping gratuit chez Donna Karan ?

— Mieux.

— J'ai gagné au Loto ?

— Encore mieux.

— Ma mère a appelé pour s'excuser d'être culpabilisatrice et manipulatrice, et elle veut m'offrir une Mercedes pour se racheter de la souffrance et des angoisses qu'elle m'inflige depuis ma naissance ?

— J'ai dit « nouvelle fabuleuse ». Pas « miracle ». On t'a rappelée.

— À quel sujet ? ai-je demandé en étirant mes jambes de l'autre côté du lit.

J'ai senti un truc mou s'écraser entre mes orteils.

Killer.

— *Amour, Gloire et Télé* ! a exulté Evie, tandis que je baissais les yeux et fronçait le nez. Tu as été retenue ! Tu es l'une des quatre-vingts candidates en lice pour le casting de la nouvelle saison qui débute la semaine prochaine. Ils ont appelé il y a un quart d'heure. Je t'aurais bien prévenue plus tôt mais le téléphone n'a pas arrêté de sonner. Tu dois être au studio à 18 heures – c'est le rendez-vous le plus tardif que j'ai pu obtenir – pour un complément d'interview.

J'ai regardé le réveil, qui indiquait 16 h 55. J'ai lévité de quelques centimètres pour flotter fissa dans la salle de bains, où Kilier se prélassait sur mon drap de bain.

— Toi, mon petit monsieur, tu cherches les ennuis.

Il a entrouvert un œil. *Ouais, ouais, je suis terrorisé.* On aurait dit qu'il savait que j'allais lui faire sa fête et qu'il était résigné.

— Tu es toujours là ? a demandé Evie tandis que je me posais devant le lavabo, sur un seul pied, et hissais l'autre sous le robinet.

— Oui, je suis là. Mais toi, tu vas dégager, ai-je annoncé à l'ingrat en ouvrant le robinet. Fais tes malles, mon coco, parce que tu déménages.

— À qui parles-tu ?

— J'ai offert l'hospitalité à un clochard.

— Pourquoi ? Il est mignon ?

— C'est un chat.

— Oh, j'adore les chats. J'en ai deux.

— Tu en veux un autre ?

— Ah non, désolée. Le règlement de ma copropriété n'autorise que deux animaux domestiques. Écoute, l'interview sera enregistrée, alors pense à mettre des fringues colorées.

— Des fringues qui puent, ça ira ?

Evie a rigolé.

— Tu découvres la maternité. Ne t'inquiète pas, ça devient plus facile avec le temps. Si tu penses à changer sa litière tous les jours, il n'y aura plus d'accidents. Il y a toujours une période d'adaptation.

Je te hais, ai-je articulé silencieusement à l'intention du chat, qui continuait à me regarder avec un petit rictus. J'ai séché mon pied et attrapé une pleine poignée de papier toilette pour aller ramasser la surprise matinale sur les draps.

— Tu n'es pas excitée ? a demandé Evie

— Je suis extatique. J'ai toujours rêvé de me réveiller les pieds dans la crotte.

— Je ne parle pas de ça. Mais d'*AGeT*. C'est génial, non ? Quand je pense que tu vas rencontrer Mark Williams en personne !

J'ai lâché le papier souillé dans la cuvette des toilettes et j'ai tiré la chasse.

— Mark qui ?

— Mark Williams. Le présentateur météo mignon à croquer. Je viens d'apprendre que le magazine *People* l'a mis dans son palmarès des cinquante New-Yorkais les plus sexy, a expliqué Evie tandis que je gagnais la cuisine pour sortir mon petit déj' du frigo.

Mon regard s'est posé sur la brique de lait et cela m'a fait songer que je devais des représailles à Killer.

Je pouvais l'affamer. Le mutiler. Lui infliger une mort douloureuse. Autant de perspectives, malheureusement, qui me donnaient toutes la chair de poule, si bien qu'au final, j'ai rempli une soucoupe de lait pour le chat et réchauffé au micro-ondes un verre de O+ pour moi.

— Depuis quand *People* dresse le palmarès des cinquante New-Yorkais les plus sexy ?

Adossée au comptoir de la cuisine j'ai commencé à siroter mon petit déjeuner pendant que Killer lapait son lait.

— Ils font ça dans chaque État. C'est une sorte d'hommage aux célébrités locales. Le numéro de la Grosse Pomme sort la semaine prochaine et coïncidera avec le premier épisode de la nouvelle saison d'*AGeT*. J'espère que tu seras sélectionnée !

— Ouais. Moi aussi.

Que non.

Cela dit, si je n'avais effectivement aucune intention de participer à l'émission, j'étais partante pour recroiser les autres candidates. La veille, j'avais fait de mon mieux pour les approcher, mais comme j'étais turlupinée par le message de Ty, je ne m'étais présentée qu'à la moitié. Si j'y revenais, je pouvais rencontrer le reste du casting et même étendre ma prospection au staff de la chaîne, depuis la petite réceptionniste de vingt et quelques années, célibataire et affublée de racines noires, jusqu'au cameraman, divorcé, fétichiste (son truc, c'était les pieds). Si ça ce n'était pas des gens qui avaient besoin d'un coup de main...

Soyez sans crainte, les amis. Lil est là.

— Tu passes à l'agence, ou tu vas directement à la télé ?

— Je vais passer d'abord faire le point. Quoi de neuf ?

— Eh bien, si je ne t'ai pas appelée immédiatement après avoir raccroché avec le producteur d'*AGeT*, c'est parce que trois des recalées aux essais se sont manifestées. Elles veulent qu'on leur trouve un partenaire. Je leur ai donné rendez-vous demain.

Génial.

— Et ta mère a appelé.

Moins génial.

— Elle a dit qu'elle aimerait que tu amènes au moins une candidate dimanche soir, à votre réunion de famille.

En d'autres termes, la *chasse*.

Oubliez les barbecues dans l'arrière-cour et les glaces faites maison. Étant excentrique en plus d'être obsessionnel, mon père refuse de laisser dépérir les traditions.

Selon lui, il en va de son devoir paternel de vérifier que ses enfants sont capables de traquer une proie et de la soumettre, en plus d'allonger un billet de vingt dans l'épicerie fine du coin pour le Rhésus de la semaine en bouteille. Et puis il aime bien faire démonstration de son dernier swing. Du coup, chaque semaine, toute la tribu Marchette se retrouve chez mes parents, dans leur propriété du Connecticut, pour regarder mon père se prendre pour Tiger Woods et entretenir ses instincts primitifs en dévastant plus de quarante hectares de terrain. Comme nous sommes au XXIe siècle et que les vampires héréditaires préfèrent adopter un profil bas, plutôt que de semer la terreur dans les centres commerciaux alentour pour planter leurs crocs dans des clients sans méfiance, nous nous chassons les uns les autres – c'est l'un de nous qui fait la proie. L'enjeu ? Des jours de vacances supplémentaires chez Moe's.

Mes frères ayant tous des emplois rémunérés au sein de l'entreprise familiale, ils ne vivent que pour la chasse et ces vacances en rab'. C'est grâce à elles que Max est parti passer quinze jours en Espagne. Rob les a échangées contre des espèces sonnantes et trébuchantes pour s'offrir une autre Porsche. Et Jack a utilisé les siens pour aller faire de la plongée dans l'Amazone avec une paire de jumelles – deux bimbos prénommées Lolly et Dolly.

Mais moi qui ai monté mon épatante petite entreprise, loin de La Mecque de l'impression et de la copie, je n'en ai absolument rien à cirer.

Néanmoins, tous les dimanches soir, je me traîne jusque dans le Connecticut. Déjà que je suis la fille ingrate et irresponsable qui refuse de se caser et de perpétuer l'espèce avec un des innombrables prétendants dégottés par les soins de ma mère, je ne vais pas en rajouter en ruant dans les brancards de quatre siècles de tradition.

La voix d'Evie m'a tirée de mes pensées :

— Mets-moi au parfum. Depuis quand louons-nous nos services à ta mère ?

— Depuis hier soir.

— Encore une autre de ses amies ?

— Non, personne du country club.

Autrement dit, le Club des Gaies Chasseuses, un cercle féminin de vampires héréditaires qui se retrouve pour bavarder, siroter des Bloody Mary (au sens littéral) et essayer de caser leur progéniture encore célibataire.

— Dieu merci. Ces bonnes femmes sont les plus chipoteuses que j'ai eu le malheur de rencontrer.

Si seulement elle savait ! Mais je n'étais pas encore tout à fait prête (si tant est que je le serais un jour) à mettre Evie au courant des particularités de mon ADN : j'avais trop peur qu'elle flippe et démissionne. Evie faisait un boulot formidable. Sans parler de son flair : elle pouvait repérer une contrefaçon de créateur à cinquante mètres. Du coup, je gardais mes crocs par devers moi et je lui laissais croire que ma mère et ses copines étaient des aristos pontifiantes plutôt que des aristos pontifiantes *et* assoiffées de sang.

— Qui est-ce, cette fois ? a-t-elle voulu savoir.

— Mon frère Jack.

— Mais... Il n'est pas déjà sur le point de se marier ?

— C'est pour ça qu'elle veut que je lui trouve quelqu'un. Elle est farouchement opposée à ce mariage.

— Et tu vas le faire ?

— Je n'ai pas le choix.

— Bien sûr que si. Refuse, tout simplement. Dis-lui qu'elle passe les bornes et que tu ne peux pas faire une chose pareille.

— Tu sais quoi ? Tu as entièrement raison.

— Évidemment que j'ai raison. Serre les dents et dis-le-lui. La peur de l'inconnu est bien pire qu'une vraie confrontation.

— Je suis heureuse que tu dises ça. C'est exactement ce que j'avais besoin d'entendre.

— Pas de problème. Je suis là pour ça. Pour t'aider, de toutes les façons que je peux. Si tu as besoin de quelqu'un pour trouver une partenaire au pire des pauvres types du Bronx, compte sur moi. Et si tu as besoin de quelqu'un pour aller amadouer ton proprio, considère que c'est chose faite.

— Et si j'ai besoin de quelqu'un pour appeler ma mère et lui dire ses quatre vérités ?

— Jack est plutôt jambes musclées ou joli derrière ?

— C'est bien ce que je pensais. Poule mouillée.

— Que veux-tu ? J'ai déjà une mère, et ce n'est pas facile tous les jours.

— D'autres messages ?

— Deux agences de recouvrement, et mon cousin. J'ai cru comprendre que tu lui avais promis un rencard.

— Pas avec moi. On va lui dégotter quelqu'un.

— Mon cousin ? Bonne chance ! Tu vas en avoir besoin.

— Il ne peut pas être aussi terrible que ça.

— Je dis juste que si tu as une patte de lapin, c'est le moment ou jamais de la sortir.

— Dans le genre piercé, tatoué et mal-aimé, il a l'air sympa.

— Il a essayé de m'embrasser sur la bouche à Noël dernier, sous le gui.

J'ai haussé les épaules.

— Il est aux abois. Tu es une fille séduisante. Ce sont des choses qui arrivent.

— Le Noël précédent, il avait essayé d'embrasser Fergie.

— Une autre cousine ?

— La copine de mon arrière-arrière-grand-oncle. Elle n'a plus d'âge.

— Quand je te disais qu'il est aux abois. Elle a dû être belle, autrefois. Ce sont des choses qui arrivent.

— Ouais, et quand elle a refusé, il a tenté le coup avec Oodles, son danois.

— Dis donc ! À t'entendre, la patte de lapin, ça risque d'être un peu léger.

— C'est exactement ce que je te disais.

— Je rigole.

— Pas pour longtemps.

— Autre chose ? me suis-je empressée d'ajouter. (Il fallait absolument que j'oublie l'image qui venait de s'imposer à moi, sinon jamais plus je ne pourrais regarder Panpan, le lapin de Bambi, de la même façon.) Des coups de fils de messieurs ?

— Un certain John a appelé. Il a dit que tu avais son numéro.

— Personne d'autre ?

— Non, Ty n'a pas appelé.

— Est-ce que j'ai parlé de Ty ?

— Tu n'en as pas besoin. Écoute, je sais que tu l'aimes bien. Ça crève les yeux. Et si, au lieu de te morfondre, tu l'appelais, toi ?

— Ce n'est pas si simple. J'arrive d'ici une heure, ai-je conclu avant de raccrocher précipitamment.

J'ai regardé Killer, qui avait émergé de la salle de bains et qui me fixait de ses grands yeux vert vif.

— Toi, l'ai-je averti, tu refais ça, et on oublie le lapin : un chat fera très bien l'affaire.

Je lui ai décoché un sourire diabolique, et il a reculé de quelques pas. Pour ce qui était d'anéantir quelqu'un de mes mains, je n'étais pas très douée, mais question bluff, je savais m'y prendre.

11

Je me suis douchée, habillée et j'ai déposé Killer chez ma voisine, Mrs Janske, qui possédait deux douzaines de chats et trois oiseaux. Je lui ai promis en échange un diffuseur de parfum d'ambiance (trop de boules antimites + armada d'animaux domestiques = appartement qui pue) et elle m'a assurée qu'elle m'appellerait si Killer se comportait mal, ou si je lui manquais (ce sont ces propos, pas les miens). J'ai filé à l'agence avec un sentiment de culpabilité réduit à son minimum.

À la seconde où j'ai franchi la porte d'entrée de mon immeuble, j'ai su que Gwen la détective privée-prof-divorcée corrompue rôdait à nouveau.

Clic, clic.

Le son a résonné dans ma tête tandis que je me dirigeais vers le carrefour.

Clic, clic, clic.

J'ai pris note de m'abstenir impérativement de faire mon numéro de vamp – pas de métamorphose, pas de plantage de crocs dans le mec super mignon qui tenait le kiosque à journaux. J'allais me comporter normalement. Non seulement ça, mais j'allais lui permettre de prendre plusieurs bonnes photos, qu'elle pourrait rapporter à sa mère. Qui prouveraient que j'étais une New-Yorkaise lambda qui partait accomplir son labeur quotidien.

Donc, je me suis arrêtée régulièrement pour prendre la pose :

Moi, consultant ma montre.

Moi, achetant le dernier numéro de *Vogue*.

Et vampant le type du kiosque parce que j'avais complètement zappé l'arrêt au distributeur automatique pour payer ledit *Vogue* – et merde !

Et encore moi, arrachant les mains du type de mes chevilles, avant d'enclencher le turbo et de filer sans demander mon reste au cas où il tenterait de me tacler pour me déclarer son amour éternel.

Moi, un bloc plus loin, vérifiant qu'il n'avait pas laissé d'empreintes grasses sur mes pompes, pas le moins du monde essoufflée.

Moi, retouchant mon rouge à lèvres

Rabattant mes cheveux en arrière.

Moi, en train de piquer une crise et d'insulter un chauffeur de taxi qui, en roulant dans un nid-de-poule, avait aspergé mes chaussures, mes nouvelles sandales compensées en Liberty. J'avais opté pour un look floral et féminin, archi dans le coup, surtout avec ma pochette Lulu Guiness, mon bracelet orné d'une marguerite en quartz et ma robe Moschino en mousseline.

Moi, contenant à grand-peine une colère vampirissime quand le véhicule a pris la poudre d'escampette.

J'étais à deux doigts de m'élancer à sa poursuite et de le guérir définitivement d'une conduite discourtoise, mais j'ai eu le pressentiment que rosser un citoyen laborieux me vaudrait des froncements de sourcils réprobateurs de la part du conseil municipal, donc j'ai préféré pousser la porte de Vamp'n'Love.

Evie était déjà partie et Juste installait la station du iPod dans mon bureau. Incapable de le regarder sans penser aussitôt à ce pauvre Panpan, je me suis empressée de faire quelques réserves de cartes de visite et de répondre à tous les mails considérés comme une question de vie ou de mort. Nina I, également connu sous le nom de Nina Lancaster – fille de Victor Lancaster, un auguste vampire, hôtelier de son état et propriétaire, entre autres, du Waldorf Astoria où Nina jouait les hôtesses pour financer son addiction au prêt-à-porter de luxe – voulait mon avis sur le tout dernier accessoire qu'elle avait acquis. L'autre moitié des Ninas – Nina II, héritière d'une célèbre marque de produits d'hygiène féminine – souhaitait me consulter à propos du cadeau d'anniversaire qu'elle destinait à son cher et tendre.

J'ai répondu *illico* – « Je l'adore ! » (et d'un), « Oublie la lingerie et enveloppe-toi dans une feuille de calcul Excel » (et de deux). Je dois préciser deux choses : Nina I a un goût infaillible et chacun de ses achats me fait verdir d'envie ; le compagnon de Nina II, Wilson, un gourou de la finance, a des orgasmes rien qu'en regardant les cours de la bourse sur CNN.

Il y avait aussi trois messages de ma mère, que j'ai ignorés, et puisque Gwen faisait toujours le pied de grue devant l'agence avec son appareil photo, j'ai filé par la porte de derrière. Sitôt que j'ai posé un pied dans l'étroite ruelle, j'ai été enveloppé par un remugle de compléments alimentaires et de détachant pour moquettes. L'immeuble abritait, outre les locaux de Vamp'n'Love, un commerce familial de vitamines en tous genres et une petite agence de déco. L'espace d'un instant, j'ai songé à franchir d'un bond le portail qui fermait l'impasse et à mettre à profit ma vélocité surnaturelle pour parcourir les quelques blocs qui me séparaient du studio de télévision. *Non, on oublie tout de suite*, me suis-je ravisée en regardant mes sandales compensées. J'ai tortillé les orteils et la douleur m'a élancée jusque dans les mollets. Aïe.

J'ai fermé les yeux et je me suis concentrée pour me visualiser en Vampy Von Bat. En quelques secondes, un battement puissant a résonné dans mes oreilles, je me suis sentie aussi légère qu'une plume (plus efficace qu'un régime draconien, c'est moi qui vous le dis) et me suis envolée dans le ciel en battant vaillamment de mes petites ailes roses. Au passage, j'ai adressé une prière silencieuse à notre Grand Vampire Tout Là-Haut, pour optimiser les chances que mes chaussures neuves arrivent à bon port avec tout le reste lorsque je me retransformerais, une fois à destination. Cela étant, je n'étais pas excessivement inquiète car, quelques mois plus tôt, alors que j'étais en cavale, j'avais eu l'occasion de perfectionner ma technique, mais bon – deux précautions valent mieux qu'une.

S'il vous plaît, je vous en prie, je vous en supplie.

J'ai atterri dans une autre ruelle, près des studios de télé, et j'ai lâché un soupir de soulagement lorsque j'ai vu mes chaussures se matérialiser en même temps que le reste de ma tenue. Mon corps ayant retrouvé son poids normal, j'ai dû rajuster ma robe, puis je me suis dirigée vers l'entrée de l'immeuble.

Derrière les portes vitrées, le hall d'accueil grouillait de bonnes femmes. Je me souvenais d'avoir rencontré certaines d'entre elles et j'en ai reconnu d'autres que je n'avais pas eu le temps d'approcher. La vue de ce décor tout en dorures et tons cannelle a fait jaillir des souvenirs, notamment celui de la voix de Ty et du désespoir qui s'entendait dans chacun de ses mots. Avant de pousser la porte, je lui ai envoyé un message par la pensée :

— *Allô ? Coucou ? La Terre à Ty ?*

Quelques secondes ont passé et… rien. Je n'ai entendu ni cri de détresse, ni sanglot. Pas même un gémissement.

J'ai réprimé mon inquiétude (j'avais du pain sur la planche et m'angoisser n'aiderait personne) et j'ai poussé la porte. L'inquiétude, à ma grande surprise, m'a suivie. Je sais, d'accord ? Je suis une vampire héréditaire.

Traduction : une créature des ténèbres pontifiante, prétentieuse, autocentrée, insensible. Pour ce qui était d'incarner les trois premières épithètes, j'étais incollable. La dernière, en revanche, me donnait du fil à retordre.

Je n'arrêtais pas de penser à Ty, au fait qu'il était peut-être blessé, qu'on l'avait torturé, démembré, et qu'il me manquait terriblement et... – *hé ! Reprends-toi, veux-tu ?*

J'ai essayé de m'apaiser par quelques exercices de respiration. Sans grand succès. Du coup, j'ai songé à un scénario bien pire : j'ai visualisé le petit tas de factures sur mon bureau, puis le visage atterré d'Evie lorsque je serais incapable de lui tendre son chèque mensuel. Ensuite, je me suis représenté le père d'Evie – un ancien prestidigitateur de Wall Street qui copinait à présent avec la mafia – et l'agacement qu'il pourrait concevoir si jamais il pensait que j'essayais de profiter de sa précieuse petite fille.

Là, il y aurait vraiment du souci à se faire.

J'ai plaqué sur mes lèvres mon sourire le plus résolu et je me suis approchée du comptoir de la réception pour me présenter.

On venait de me tendre ma feuille de route, qui indiquait l'heure à laquelle je serais interviewée devant les caméras dans le studio A, quand j'ai entendu une voix grave s'extasier derrière moi :

— Regardez-moi ces mignons petits doudous !

Vu que je n'avais pas encore digéré la petite surprise de Killer et que je me tâtais toujours pour ce qui était des représailles physiques à l'encontre de cet exaspérant félin, je n'étais guère d'humeur à m'extasier sur quelque chien-chien que ce soit.

— Les animaux ne sont-ils pas interdits dans l'enceinte des studios ? ai-je fulminé en faisant volte-face.

Je me suis trouvée nez à nez avec John Schumacker, qui était là incognito : queue de cheval soignée, tailleur ivoire d'un goût irréprochable (une marque bon marché, mais qui faisait son petit effet) et escarpins assortis. La veste, cintrée et près du corps, mettait en valeur ce qui ne pouvait être qu'une paire de bonnets E.

— Vous voyez, j'ai suivi vos conseils.

— J'avais parlé de coussinets. Pas de ballons de plage.

J'ai reculé de quelques pas, pour avoir une meilleure perspective. Rien à faire. Ils étaient toujours aussi énormes.

John a haussé les épaules.

— La vendeuse me rabâchait qu'il me fallait des formes pleines pour équilibrer ma taille. Alors tant qu'à faire, pourquoi ne pas y aller franco ? (Il a serré ses deux nouvelles copines dans ses mains.) Ça en jette, n'est-ce pas ?

— Si vous continuez à les tripoter comme ça, ils vont se dégonfler.

— C'est plus fort que moi. Ils sont mous, et malléables. Exactement comme des vrais.

Ben voyons.

— Vous n'avez pas dû souvent en toucher des vrais, je me trompe ?

— Un peu que j'en ai touché des vrais ! (Et quand il m'a vue le dévisager en étrécissant les yeux, il a haussé les épaules.) Ceux de ma femme. Et ceux de Jennifer Sue Horowitz, au lycée.

— Laissez-moi vous mettre au courant des dernières nouveautés : les solutions salines, c'est bien. Le gel, c'est encore mieux. Mais rien ne peut égaler de vrais seins. (C'est du moins ce que nous, les femmes au naturel, aimons penser.) Alors, que faites-vous ici ?

Il a brandi son sac.

— Je continue ma mission clandestine. Mlle Talons Hauts a été sélectionnée, et moi aussi.

— Vous plaisantez, n'est-ce pas ?

Il a secoué la tête, et la satisfaction très, très relative d'avoir été moi-même sélectionnée (comme si quelqu'un pouvait résister aux charmes d'une vampirette d'excellente souche, sexy et branchée) a fondu plus vite que mon maquillage lors de la panne générale d'électricité de l'été dernier.

— J'ai juste coché la case « Peut-être » à la plupart des questions – en partant du principe que je ne connais pas beaucoup de femmes qui savent ce qu'elles veulent – et *bam !* Me voilà à attendre mon tour pour un bout d'essai avec toutes ces nanas.

Personnellement, j'étais incapable de me souvenir des réponses que j'avais données à ces mêmes questions, car j'avais passé mon temps à jauger l'assistante de production qui me les avait tendues et à consulter de mémoire mon fichier clients pour trouver un remplaçant au connard qui l'avait plaquée pour un mannequin lingerie – ce qu'elle aurait dû voir venir, soit dit en passant, de la part d'un type qui aimait lui emprunter ses strings.

Qu'est-ce qui ne tournait pas rond, chez ces types ? Il n'y avait donc rien de sacré, à leurs yeux ?

— J'imagine que vous avez eu du bol, ai-je dit à John.

— Du bol ? Non, non, a fait John en tapotant sa tempe. Tout ça, c'est une question de savoir-faire.

— Ouais, c'est ça.

— Bon, peut-être qu'hier j'avais tiré les bonnes cartes, a-t-il concédé. Aujourd'hui, c'est une autre histoire. Je ne prends aucun risque. La route sera longue et je suis prêt. Si elle arrive dans la sélection finale, moi et mes bébés, on la suit, même si je dois pour cela mettre au tapis toutes les bonnes femmes qui me précèdent sur la liste.

— C'est incroyable comme une paire de faux seins peut booster la confiance en soi d'un mec.

— Je ne vous le fais pas dire. Au début, je flippais un peu, et puis je les ai mis et *bam !* Mes vêtements tombent mieux, et franchement, je suis assez canon. C'est du moins ce qu'a dit Ross.

— Et qui est Ross ?

— Personne. Une nana du bureau.

J'ai dressé l'oreille.

— Et... elle est mariée ?

— Non. C'est pas une beauté. Mais elle est sympa, cela dit. Et rigolote. On va manger une pizza et boire une bière ensemble tous les vendredis soir.

Trop mignon. J'ai haussé un sourcil.

— Un rencard régulier, en somme ?

— Mais non. (Il a secoué la tête.) On est copains, c'est tout. Elle n'est vraiment pas mon genre.

Mon petit doigt me disait qu'elle était pile son genre. Mais que, comme tous les mecs, John était un empoté fini et qu'il ne l'avait pas compris. Pas encore.

— Pourquoi vous et vos « nouvelles meilleures amies » ne distribueriez pas ceci de ma part ?

Sans lui laisser le temps de répondre, je lui ai fourré un petit tas de cartes de Vamp'n'Love dans la main.

— Je ne sais pas... Le commercial, ce n'est pas trop mon rayon.

— Vous avez des nichons, John. *Rien* n'est impossible pour vous.

Il a semblé réfléchir.

— Bon d'accord, j'essaierai. Que dois-je dire ?

— Contentez-vous de faire un joli petit témoignage devant la caméra, expliquez que vous avez fait un mariage heureux grâce à moi et mon équipe, et que vous n'hésiteriez pas à nous recommander chaudement à tout le monde.

— Mais c'est une audition pour une émission de rencontres !

— Eh bien, dites-leur que vous remplacez votre cousine qui n'a pas pu se libérer à cause d'une appendicite aiguë, ou d'un ulcère sanguinolent, et qu'en ce qui vous concerne, vous êtes fiancée, heureuse de l'être et que tout ça, vous le devez à Vamp'n'Love. Ça va marcher comme sur des roulettes.

John n'a pas eu l'air convaincu.

— Je ferais mieux d'aller prendre quelques photos. (Il a brandi un porte-clefs imprimé léopard.) Je consigne tout par enregistrements vidéo, mais par précaution, j'immortalise tout sur photos.

— En ce cas, allez faire la distribution dans le coin où se trouve votre suspect, ai-je dit en le poussant dans cette direction.

— Bon, pourquoi pas ?

Tandis qu'il trottinait vers un groupe de candidates, j'ai noté dans un coin de ma tête de rechercher le nom de famille de Ross.

J'ai passé le quart d'heure suivant à distribuer des cartes et à vanter les services de mon agence. J'étais si occupée, pour tout dire, que je n'ai même pas entendu qu'on m'appelait, jusqu'à ce que John m'enfonce le coude dans les côtes et me désigne un jeune assistant de production qui semblait de mauvais poil.

— Lil Marchette ? a-t-il demandé avec autorité lorsque je me suis avancée, avec mon sourire le plus éblouissant.

— La seule et l'unique.

— Ça fait cinq minutes que je vous appelle.

Et ça n'avait pas l'air de lui faire plaisir. Pour tout dire, il envisageait même de rayer mon nom de la liste, et d'appeler la candidate suivante. Marty Bezdeck – c'était son nom – n'avait pas besoin de cette contrariété supplémentaire : il était parti de chez ses parents trois mois plus tôt et s'était installé dans un appartement qui était au-dessus de ses moyens pour fuir ses cinq sœurs. Il en avait plein les pattes des bonnes femmes indécises, perpétuellement en retard et qui ne savaient pas ce qu'elles voulaient – comme Jeanine, son ex-fiancée, qui l'avait fait poireauter à chacun de leur rencard et ne s'était jamais décidée à arrêter une date de mariage.

Ma poitrine s'est serrée. Je sais, je sais. Je suis un vrai chou à la crème, mais ce pauvre garçon avait mis un genou à terre au milieu du Madison Square Garden pour faire sa demande. Si c'est pas de la dévotion, ça !

Elle n'est pas la seule femme au monde. Il y a quelqu'un d'autre qui t'attend quelque part. Je l'ai fixé droit dans les yeux et je lui ai envoyé ce message mental. Son regard bleu s'est voilé puis empli de béate adoration.

Ah, non, non. Le quelqu'un d'autre, ce n'est pas moi, me suis-je empressée d'ajouter. *Moi, je ne suis personne. Juste une nana évaporée avec un balayage absolument dément et un sens de la mode incroyable. Tu serais fou de me vouloir moi.*

Mais Marty ne voulait rien entendre. Tout en m'escortant sur le plateau, il m'a invitée deux fois à sortir avec lui, il a offert d'aller me chercher un café, de me raccompagner chez moi en voiture. Il s'est même proposé pour promener Killer. Il avait lui aussi un chat, *et* tout un attirail pour ramasser les crottes.

— Vous savez, c'est une proposition très alléchante...

Je me suis mordu la langue avant de laisser échapper négligemment d'autres encouragements, mais en même temps, ce garçon se démenait pour reprendre du poil de la bête et plutôt que de piétiner ce qui restait de son cœur, je pouvais lui trouver quelqu'un qui l'aiderait à en ramasser les morceaux. Je lui ai glissé une carte de visite dans la main, en lui disant de m'appeler le lendemain matin, et j'ai reporté mon attention sur la caméra installée devant moi.

— Bon, voilà comment va se dérouler l'interview, a commencé la camerawoman. (Sheila, mariée, deux gosses, ridiculement heureuse – bâillement.) Je vais vous poser quelques questions simples, vous allez répondre, et la caméra va tout enregistrer. N'oubliez pas : c'est votre chance de briller, de montrer à Mark de quoi vous êtes faite, et pourquoi c'est vous qu'il devrait choisir pour être la femme de ses rêves.

— Mark ?

— Mark Williams. Monsieur Météo. (Et comme je n'avais pas l'air plus éclairée pour autant, elle a ajouté :) le célibataire d'*Amour, Gloire et Télé*.

— Monsieur Météo, ai-je bafouillé en hochant vigoureusement la tête. Le grand manitou des tempêtes. Le commandant en chef des tornades. Le type qui fait la pluie et le beau temps. Évidemment. Tout le monde le connaît. (Tout le monde, oui, sauf votre servante.) Pfff, ai-je grimacé. Évidemment que je connais Marcus.

— Mark.

— Mark, Markie, Marko, Marcus – c'est du pareil au même.

Sheila m'a décoché un regard bizarre avant de secouer la tête.

— OK. À trois, vous allez fixer la lumière clignotante et décrire votre rencard idéal. Ce qui serait pour vous le summum du romantisme lors d'un tête-à-tête

J'ai opiné. Des scénarios d'interludes romantiques, j'en avais treize à la douzaine en mémoire – se prélasser langoureusement au soleil sur une plage, lécher des gouttes de Dom Pérignon sur le corps l'un de l'autre au clair de lune... Mais l'idée, ce n'était pas de me faire embringuer dans le casting de l'émission : j'étais là pour faire circuler une info. Faire de la promo.

Sheila a entamé le compte à rebours – trois, deux, un – et quand elle a lancé « Quelle est pour vous l'activité la plus romantique ? » je me suis retrouvée à bafouiller le truc le plus exécrable qui me soit passé par l'esprit :

— Un match de catch.

— Pardon ?

— Au premier rang, côte à côte, dans une ambiance moite, qui résonne de noms d'oiseaux, avec plein d'hommes ventrus qui boivent de la bière et s'empiffrent de hot-dogs. Un grand *must* romantique.

— Mm... (Sheila a secoué la tête.) D'accord. Question suivante :

— L'homme qui incarne pour vous le summum du romantisme ?

— Stone Cold Steve Austin.[1]

— La femme la plus romantique ?

— Paris Hilton.

— La nourriture la plus romantique ?

— Les flageolets.

— La couleur la plus romantique ?

— L'orange et le noir, *ex aequo.*

— Le symbole le plus romantique ?

— Un crâne et deux tibias croisés.

— La chanson la plus romantique ?

— *Can't Touch This,* de MC Hammer.

— La répartie la plus romantique ?

— « Il est toujours aussi riquiqui ? »

— C'est dans la boîte ! a annoncé Sheila. (Elle a éteint la caméra et m'a dévisagée.) Vous savez que c'est une émission de rencontres, n'est-ce pas ?

— Évidemment ! ai-je répondu avec mon sourire le plus éblouissant. Que ferais-je ici, sinon ?

1. Un ancien catcheur américain.

12

Avale, pauvre débile.

L'ordre résonnait dans ma tête, et j'essayais d'obtempérer. Une fois. Deux fois. Mais j'avais la gorge en feu, je n'arrivais pas à déglutir. Il me semblait que ma bouche avait doublé de volume, et qu'elle était tuméfiée. Je voulais passer la langue sur mes lèvres, mais elle refusait de m'obéir. Un maelström de pensées s'entrechoquaient dans ma tête. Stop ! Il fallait que ça s'arrête. Je devais penser à une chose, une seule, et m'y tenir. Et surtout l'empêcher d'entrer ma tête. Pour l'instant. Je ne voulais pas...

Putain !

Une explosion de douleur venait de me déchirer le corps de part en part. Ma chair s'embrasait, mes nerfs hurlaient. Mon pouls battait fort et mon esprit galopait encore plus vite. Des images fusaient dans ma tête, l'une après l'autre, des années et des années de souvenirs que je voulais oublier, bloquer, laisser ensevelis au plus profond de ma mémoire.

Du calme. Garde les pieds sur terre. Concentre-toi sur ce qui se passe là, en ce moment. Et rien d'autre.

Au prix d'un effort extrême, j'ouvrais les yeux aussi grands que je pouvais et j'essayais de fixer mon regard sur la forme sombre qui se mouvait autour de moi. Des bruits de pas résonnaient sur le sol en béton, et se répercutaient contre des murs en briques.

Des doigts glacés griffaient ma peau nue. Une lanière de cuir rigide m'entaillait la chair. Du métal enserrait mes chevilles et mes poignets. Les aspérités du sol en béton me raclaient le dos et mettaient au supplice mes muscles écorchés.

Mon regard embué de larmes s'accrochait à la lucarne, au raz du plafond. Les dernières lueurs du jour filtraient dans la salle, en même temps qu'un faisceau de lumières multicolores s'en allait danser sur le mur. Il ferait bientôt nuit. Une fois de plus. J'essayais de calculer combien de temps avait passé, mais soudain, je n'y arrivais plus. Il me semblait que ça faisait des siècles que je n'avais pas pu me redresser et m'asseoir.

Je sentais encore le sang qui poissait mes mains, et celui qui coulait dans ma gorge me retournait l'estomac. Ce coup de feu m'avait été fatal, et c'était à cause de lui que je me retrouvais là.

Avec lui. Et la souffrance.

Une spirale de chaleur s'enroulait autour de mes chevilles, se propageait dans tout mon corps, puis tétanisait chacune de mes terminaisons nerveuses. Mes reins s'arc-boutaient. Une odeur de fumée et de chair calcinée agressait mes narines. Mes tempes se mettaient à pulser. Mon cœur battait de plus en plus vite, comme s'il était prêt à exploser. Si seulement.

— Ce n'est pas si terrible, n'est-ce pas ?

La voix était grave, calme, familière.

La souffrance, la culpabilité et une douzaine d'autres émotions bouillonnaient dans mes tripes. Le désespoir m'assaillait. Des palpitations de panique m'infligeaient une douleur féroce, incandescente, insupportable.

— Ce que tu sens là n'est rien comparé à ce que moi je ressens, me disait-il. Ce que j'ai ressenti durant toutes ces années.

L'ombre se déplaçait de l'autre côté de mon corps en fredonnant un air entraînant, comme s'il était en train d'arroser le jardin et non de me tuer à petit feu.

Ce qu'il ne ferait pas.

Ce qu'il ne pouvait plus faire, dès lors qu'il l'avait déjà fait, autrefois. Il voulait me faire mal. Il voulait que je souffre. Que je regrette.

C'était pour ça que j'étais là.

Et mon éternité ne servait que cet unique but.

Une douleur chauffée à blanc me lacérait, et une fois de plus, mon corps s'arc-boutait. Un hoquet étranglé montait le long de ma gorge déchirée. À nouveau, tout se brouillait dans ma tête.

Des souvenirs me revenaient, des images passaient, fugaces, et quand l'étau de la douleur se desserrait, que j'étais à nouveau capable de concentrer mon regard sur la lucarne, je voyais les lumières qui dansaient et entendais, au loin, par-delà les palpitations assourdissantes de mon cœur, des rires. De la musique. Et les tintements joyeux d'un flipper.

Et puis un fer rouge me déchirait la plante du pied, et je mordais ma lèvre. Du sang jaillissait dans ma bouche, puis coulait le long de ma gorge, réveillant ma faim.

— Tu la sens à nouveau, n'est-ce pas ? (L'ombre s'était rapprochée, bloquant la lucarne.) Cette agonie ? (Elle reposait le fer sur ma chair, arrachant un sifflement d'entre mes dents serrées.) Oui, tu la sens. Elle s'enroule en toi, comme un démon impitoyable qui ondoie et te dévore de l'intérieur. Qui va se repaître de tes entrailles, jusqu'à ce que tu ne sois plus que l'enveloppe de ce que tu étais autrefois. Jusqu'à ce que tu perdes l'envie de lutter.

Je serrais les dents pour contenir la douleur. Une soudaine bouffée de rage montait en moi, mue par cet instinct primaire qui nous dicte de tuer, plutôt que de se laisser tuer, et mes lèvres s'entrouvraient, mes crocs sortaient. Je voulais le réduire en charpie. Je l'aurais fait, mais il avait pris bien trop de précautions.

— Vas-y, vampire ! Montre ton vrai visage ! Tu n'es qu'un monstre vicieux. Peu importe le nombre de criminels que tu as arrêtés, peu importe le bien que tu as pu faire à ce

monde. Jamais tu ne pourras échapper à ta vraie nature. Tu es un animal, qui viole, qui pille et abuse des faibles. Tu es un meurtrier. Tu ne changeras jamais. (Il se penchait vers moi et je sentais sur mon oreille son souffle glacé et fétide.) Je ne te laisserai pas…

Bon, ce serait vraiment bien que je me réveille, maintenant.

Cette pensée s'est frayée non sans mal une voie dans l'obscurité qui m'enveloppait et mes yeux se sont ouverts d'un coup. Mais il faisait encore plus noir. Aussi noir que dans un puits. Une noirceur étouffante.

— *Je ne te laisserai pas…*

La menace continuait de résonner dans ma tête et là, j'ai paniqué.

— Tu ne me laisseras pas quoi ? ai-je crié en lançant un coup de pied, en serrant les poings et m'asseyant d'un coup.

Une pluie de plumes a voleté sur moi au moment où la réalité a repris ses droits et où j'ai enfin compris que je n'étais pas dans une cellule glaciale et humide, en train de lutter pour sauver mon éternité. Non : j'étais juste en train de me battre avec mon oreiller et une couette. Et il faut croire que c'est moi qui avais eu le dessus.

J'ai fouillé la pénombre d'un regard frénétique et j'ai reconnu le paysage familier de ma chambre : les stores occultants, la commode en merisier, et le chat famélique assis sur mon tapis, qui me regardait comme si j'étais à moi seule Bugs Bunny, Daffy Duck et Sylvestre.

Mon cœur a ralenti un peu.

Un rêve. Ce n'était qu'un rêve – ou plutôt, un bon gros cauchemar. Mais rien qui justifie de paniquer.

Voilà ce que je me suis dit. Sauf que mon instinct, lui, me soufflait que c'était un peu plus que ça. Mon instinct, et mes pieds.

J'en ai ramené un vers moi pour examiner sa plante. Une douloureuse trace rouge vif le barrait de part en part

– preuve que le grand verre de sang glacé que j'avais descendu avant de me coucher n'expliquait pas tout. J'ai regardé l'autre plante de pieds. Même marque. Même souffrance.

Qu'est-ce que c'est que ce binz ?

J'ai étendu les jambes hors du lit, et lorsque mes délicats petons se sont posés sur le tapis tressé, j'ai grimacé de douleur. J'avais mal aux poignets, mal au dos, et il me semblait qu'on m'avait roué les côtes de coups de pieds.

J'ai fermé les yeux pour récapituler mon rêve dans ses grandes lignes – encore que rien ne prouvait pour l'instant qu'il s'agissait d'un rêve. Je pouvais avoir été victime d'un enlèvement express par des extraterrestres. (Oui, je sais, *je sais*. Mais mon sommeil avait été écourté de trois heures et j'étais encore dans les vapes.)

Du béton glacé. Une voix railleuse. De la torture. *Ty*.

Tous les éléments se sont mis en place d'un coup. J'ai rouvert les yeux et me suis levée d'un bond, pour aussitôt vaciller sur mes jambes tant la douleur sous mes voûtes plantaires était insoutenable. Et pourtant sans comparaison avec celle qu'avait ressentie Ty.

Celle que j'avais ressentie avec lui.

Il était venu dans mes pensées. Ou bien était-ce moi qui étais allée dans les siennes ? De l'une ou l'autre manière, on avait vécu ça ensemble. On avait souffert ensemble.

— Nom de D*** !

J'ai avancé d'un pas et ravalé à grand-peine un hurlement de douleur. J'ai vaguement envisagé de flotter jusqu'à la cuisine, où j'avais laissé mon sac, pour décider finalement que c'était encore trop d'efforts. Je me suis laissée choir sur le lit et je me suis concentrée très, très fort, pour obliger la petite pochette qui m'avait coûté la peau du bas du dos à négocier le virage, afin d'arriver sans encombres jusqu'à moi.

Quelques secondes plus tard, j'ai sorti la carte de visite d'Ash et attrapé mon portable sur la table de chevet. J'ai composé le numéro, et attendu.

« Indisponible pour l'instant », a annoncé la voix grave. « Laissez un message... *Bip.* »

— C'est Lil. Lil Marchette. Il faut que je vous parle. Tout de suite.

J'ai indiqué mon numéro, et j'ai raccroché. Puis, toujours sans bouger du lit, j'ai essayé d'obliger le téléphone à sonner – sans succès.

Tu veux bien te calmer ? Il va rappeler, bien assez tôt, et tu pourras lui raconter... Lui raconter quoi ? Certes, la communication s'était rétablie entre Ty et moi, mais il ne m'avait pas donné pour autant une adresse, ni la moindre indication. Les seuls éléments dont je disposais se résumaient à une conversation décousue, un vague aperçu du sous-sol d'un quidam, et une odeur vraiment bizarre – un remugle de moutarde et de diesel, avec une note sucrée écœurante. Autant dire : rien.

Mais au moins, j'avais enfin compris pourquoi Ty ne m'avait pas répondu lorsque j'avais cherché à le contacter : a) il avait trop à faire avec sa séance de torture et b) il n'avait pas envie de m'avoir dans les pattes.

Ne sachant pas si je devais lui témoigner de l'empathie, ou me sentir vexée, j'ai renoncé à trancher et j'ai cligné des paupières pour endiguer les larmes qui me brûlaient les yeux.

Ah non, je n'allais pas pleurer ! Pleurer, ça ne ferait rien avancer du tout. Pire : ça me renverrait l'image d'un gros marshmallow plutôt que celle d'une Super Vampirette capable de semer la terreur sur son passage.

Donc, les larmes, *pas question.*

J'ai consacré le quart d'heure suivant à *ne pas* pleurer, j'ai reniflé une dernière fois, et j'ai essuyé mes yeux. Bon, voilà. Je me sentais un petit peu mieux. J'étais toujours seule et aux abois, mais *ça*, je pouvais le gérer.

J'ai rassemblé grossièrement les plumes éparses dans un coin de la chambre en remettant le balayage à plus tard. (Au cas où vous ne l'auriez pas encore compris, les corvées domestiques, ce n'est pas mon fort, et je préférerais revêtir une combinaison pantalon en polyester bleu layette plutôt que de me lancer dans quelque activité ménagère que ce soit.)

Miaou…

L'appel a attiré mon attention vers le pied du lit, où Killer trônait sur un petit matelas de plumes et me regardait en clignant des yeux. J'ai froncé les sourcils.

— Tu n'es pas censé dormir dans la salle de bains ?

Essaie un peu de te pelotonner confortablement contre une cuvette de chiottes. J'ai besoin d'amour.

C'est vrai qu'il avait l'air un peu tristounet. Et comme il avait renoncé à ses petits cadeaux – à première vue, du moins – j'ai jugé que ça ne me tuerait pas de l'installer au bas du lit. D'autant qu'il avait pris un bain (chez Mrs Janske) et eu droit à quelques vaporisations de Chanel (de ma part). Plus rien ne justifiait de le condamner à dormir sur le carrelage triste et glacé de la salle de bains. Et puis, je ne tenais pas à me retrouver accusée de maltraitance – pour l'heure, j'avais d'autres chats à fouetter. Donc, n'allez pas croire que ce geste de bonté était dicté par un sentiment de grande solitude. Ou de désespoir. Ou de trouille. Franchement, ce serait faire fausse route.

J'ai empoigné Killer et je l'ai collé dans le lit, à côté de moi.

Et comme dehors il faisait encore jour, que je suis une vampire et qu'on n'a pas encore inventé de crème avec un indice de protection assez puissant pour m'empêcher de partir en fumée, je n'avais pas des masses d'options. Donc, je me suis pelotonnée sous le drap avec mon chat et j'ai passé trois heures à me ronger les sangs tout en contemplant l'écran du réveil.

13

— Reprenons depuis le début.

Ash, assis en face de moi, ne me quittait pas des yeux. Son corps musclé débordait de toutes parts du fauteuil en cuir.

Pour ma part, j'étais avachie sur mon bureau. J'étais crevée. Frustrée. Affamée. J'avais super mal aux pieds, et les sandales à motif cachemire flambant neuves que j'avais enfilées avant de partir de chez moi n'y étaient pour rien. Les marques rouges, je le savais, auraient disparu d'ici vingt-quatre heures – c'est l'un des avantages de la condition de vampire – mais la douleur, elle, était difficile à ignorer. Tout comme la vérité. Ty était dans de *très sales* draps, et je n'étais absolument pas en mesure de l'aider.

— On reprend, a répété Ash.

— Mais je vous ai déjà tout raconté une demi-douzaine de fois !

— Oui, et chaque fois, on apprend un détail nouveau. Allez ! On recommence.

J'ai obtempéré et repris le récit du rêve depuis le début. Ash hochait la tête tout en complétant ses notes.

— Alors, qu'en pensez-vous ? Et si vous me demandez de répéter l'histoire encore une fois, je m'auto-empale.

Il n'a pas souri, trop absorbé qu'il était à relire ses notes.

— Je pense qu'il n'est pas très loin d'ici. Tout laisse à penser qu'il est enfermé depuis un sacré bout de temps, ce qui signifie que son ravisseur l'a conduit directement dans ce sous-sol, et ne l'en a plus laissé ressortir depuis. (Ash m'a regardée.) Vous avez évoqué une odeur de diesel ?

— Oui, et de moutarde. Et aussi une autre odeur que j'ai du mal à définir.

Il a pris l'air pensif.

— Les usines, ce n'est pas ce qui manque dans le nord du New Jersey. Mais l'odeur de diesel pourrait également provenir d'un semi-remorque. Il y en a qui transitent par le centre-ville.

— Et la moutarde ?

Il a secoué la tête.

— Au vu des éléments dont nous disposons pour l'instant, on ne peut pas savoir si elle a un rapport avec le déjeuner du ravisseur, ou constitue un indice quant à l'endroit où se trouve Ty.

Il a refermé son carnet et s'est levé.

— Et maintenant ?

— Je continue mes recherches et vous, vous attendez qu'il rétablisse le contact.

— Mais il n'y a rien que je puisse faire ? Attendre, ça me rend dingue.

Il a secoué la tête.

— Je suis en train d'éplucher la liste de tous les criminels qu'il a appréhendés, et de comparer les empreintes que j'ai relevées chez lui avec celles de tous les fichiers dont nous disposons. C'est tout ce que nous pouvons faire, en attendant d'avoir une piste solide. (Il a croisé mon regard.) Essayez de rétablir le contact avec lui. Il est peut-être en train de faiblir, ce qui expliquerait que vous ayez pu entrer dans ses pensées. Et si c'est le cas, alors vous pourrez peut-être recommencer.

J'ai hoché la tête mais en même temps, j'espérais que l'expérience resterait unique en son genre. J'espérais qu'on allait le retrouver dans les plus brefs délais et ficher la paix à la petite copine télépathe et fantabuleusement bien sapée.

Évidemment que je voulais l'aider, de toutes mes forces, mais souffrir, encaisser la douleur, ce n'est pas mon point fort. J'avais déjà été moi-même en butte à des actes de brutalité. Et l'expérience m'avait fichu une telle trouille, qu'elle m'avait aidée à remettre les choses en perspective.

Prenez mes montagnes de factures en souffrance, par exemple. Elles étaient sans importance comparée à des questions de vie ou de mort. Et ma moisson de cartes de visite auprès des candidates de *AGeT* ? Importante, certes, mais je n'allais pas m'embraser si je ne suivais pas chacune des pistes. Les innombrables messages de ma mère pour me rappeler d'amener la partenaire potentielle de Jack lors de la réunion dominicale ? Bon, *ça,* ça entrait peut-être dans les questions de vie et de mort (la mienne, en l'occurrence). Mais tout le reste ? Je peux vous dire que ma liste des choses à faire dans l'immédiat sous peine de devoir assumer de graves conséquences s'était considérablement réduite.

Je me suis forcée à sourire.

— Peut-être que le pire est derrière lui, et qu'on va le voir débarquer, sain et sauf, ai-je hasardé. Ou en boitant un peu, mais de manière temporaire.

— Vous ne croyez pas vraiment ce que vous dites, n'est-ce pas ?

Non, je n'y croyais pas. C'était bien là le problème.

— Je vais essayer de le recontacter, ai-je promis.

— Parfait, et arrêtez d'échafauder des scénarios pour tenter de deviner ce qui s'est passé.

— C'est vous qui m'avez fait répéter l'histoire un million de fois !

— Pour avoir les faits. Maintenant qu'on les a, inutile de ressasser. Vous pourriez, par inadvertance, faire obstruction à une info essentielle. Essayez de vous changer les idées et qui sait ? Vous pourriez avoir une illumination, et nous donner quelque chose de vraiment consistant.

— Et si l'illumination ne vient pas ?

Ses yeux ont redoublé d'éclat et j'ai dû cligner des paupières.

— On fera avec ce qu'on a.

Au moment où il tournait les talons, je n'ai pu retenir plus longtemps la curiosité qui me dévorait.

— Pourquoi tenez-vous autant à le retrouver ?

Ash s'est arrêté et a haussé les épaules.

— Mon gagne-pain, c'est de traquer les criminels, mais il y en a tellement que c'est un boulot à temps plein. Ty assure et il m'aide à avancer dans mes dossiers. En général, les chasseurs de prime ont l'art de se mettre dans vos pattes, mais pas lui. C'est une exception.

— Parce que c'est un vampire.

— Exactement. Et quand il met la main sur un criminel, il sait d'emblée s'il doit nous l'amener, ou le remettre à la police.

— Mais... ce n'est pas vous, la police ? Vous êtes inspecteur à la Criminelle, ai-je souligné. C'est du moins ce que vous m'avez dit.

— Et c'est ce que je suis, mais je ne travaille pas directement avec les unités locales, ni avec les Fédéraux. J'opère à partir d'un département plus petit, plus élitiste. Qui vise d'autres objectifs.

— Secourir et protéger ?

— Réparer et punir.

— Vous prônez une justice d'autodéfense ?

— Tout le contraire. Et nous en référons à Big Daddy en personne.

Mm mm…

Dans le langage humain, Big Daddy peut désigner le patron du FBI, de la CIA, ou même le Président. Mais dans la langue des vampires, il désigne un auguste descendant du lointain ancêtre commun à tous les vampires héréditaires – pour l'heure, le comte Christoff Deville. Peu de temps avant, j'avais justement casé un de ses cousins, Francis. Comme Francis était un empoté irrécupérable et, par conséquent, le mouton noir du clan Deville, j'avais renoncé à l'espoir de recevoir un jour un gage de gratitude de la part de sa famille (une tape dans la main, une nouvelle voiture, des terres). D'autant que, pour ne rien arranger, je l'avais, à mon corps défendant, maqué avec une humaine (le truc *inacceptable*). Non pas que je regrettais de lui avoir fait rencontrer Melissa. Ils étaient amoureux et vivaient ensemble. Aaaahhh…

Donc, pour en revenir à Big Daddy… Chez les garous, le terme désigne le chef de la meute, qui peut-être un loup, un ours, ou un croisement de caniche et de labrador…

J'ai détaillé Ash. Humain – impossible. Vamp, on oublie. Garou ? Non, non. Il appartenait *forcément* à la catégorie des Autres (puisque je ne pouvais pas lire dans ses pensées et qu'il pouvait faire briller ses yeux avec plus de force que le soleil à midi – mais un Autre de quelle sorte ?) Dans la mesure où j'avais mené une existence protégée et hautaine comme tous les vamps de naissance, ma connaissance des autres créatures surnaturelles était comme qui dirait limitée.

— Nous laissons le menu fretin aux flics et aux chasseurs de primes, a repris Ash. Nous, nous concentrons sur une petite frange de criminels. Les plus dangereux.

— Les moins humains ?

Il m'a lancé un grand sourire.

— Votre langue bien pendue n'a d'égal que la rapidité de votre esprit.

Quand je l'ai raccompagné jusqu'à la réception, j'ai vu qu'Evie était encore à son poste. Avec ses sandales compensées en liège, sa robe à fleurettes, son blouson en jean et ses bracelets en vermeil de Tina Tang, elle était drôlement décorative. Lorsque Ash est passé devant son bureau avant de disparaître dans la rue, j'ai vu ladite Evie saliver et je l'ai entendue soupirer.

— Tu me le donnes ?

— Il n'est pas à moi. Je ne peux pas te l'offrir.

— Marié ?

— Non.

— Maqué ?

— Il a dit que non.

Elle a soupiré encore plus fort.

— Ils disent tous ça. Mais il a sûrement une copine. Ou alors, il est gay. Les mecs canons sont toujours pris.

— Espérons que non, ai-je répondu en feuilletant les dossiers des toutes dernières recrues. (J'ai coulé un regard en direction de Juste qui, perché sur une échelle avec une perceuse à bout de bras, trouait le plafond pour installer un des haut-parleurs de la station.) Tu n'as trouvé personne qui cadre avec le profil de ton cousin ?

— Désolée. Hier soir, il y avait une rediffusion des *Experts*, alors *La Vie des Animaux*...

J'ai souri.

— Continue à chercher. Je lui ai promis trois rencards.

— Oui, *tu* lui as promis, a-t-elle souligné. Le fait que je travaille sur son profil présente un conflit d'intérêts majeurs dans la mesure où nous sommes parents.

— Cousin au troisième degré, c'est à peine un lien de parenté.

— D'accord. C'est un conflit d'intérêts au motif que sa vue seule m'insupporte.

Cet argument-là, je pouvais le comprendre. Juste ne flattait guère le regard. Il offrait même un triste spectacle. Au sens littéral : ce soir-là, il avait abandonné son look de fan de *metal* pour se réincarner en goth. Il avait peint des larmes noires sur une de ses joues et ses yeux étaient cerclés de noir, assorti à son vernis à ongles.

— J'admets qu'il est un peu à l'ouest, mais c'est le cas de presque tout le monde dans cette ville. Il y a des cinglés plein les rues. Simplement, tous ne sont pas aussi voyants. Je doute qu'il soit pire que n'importe lequel de nos autres clients.

— On voit que tu n'as pas passé tous les Noëls de ta vie à te planquer dans le placard de l'entrée avec tante Gretchen.

— Elle essaye de lui échapper, elle aussi ?

— Non, elle est gaga. Elle confond le placard et les toilettes.

— Ah…

— Ouais. Donc, bonne chance. Moi, j'ai déjà les mains pleines. Quatre candidates recalées d'*AGeT* ont appelé. Et ça, a-t-elle ajouté en brandissant deux chèques, c'est les arrhes que deux d'entre elles sont passées nous apporter pendant que tu étais en conciliabule avec le bel étalon. (Elle a glissé les chèques dans le tiroir-caisse, rangé les dossiers dans leur berceau et éteint son ordinateur, puis elle a ajouté :) Au fait, j'ai refait le plein de beignets et de café. Ah ! Et ta mère a appelé, a-t-elle lancé en attrapant deux Post-it. Elle te fait dire de ne pas être en retard dimanche, et de ne pas oublier la fille.

Comme si ça risquait d'arriver.

Evie a relevé la tête.

— Je sais que ça a tout l'air d'une situation perdue d'avance, mais ça pourrait être pire. (Ai-je déjà mentionné qu'en plus d'être une fashionista à la pointe, Evie rivalise d'optimisme avec moi ?) Regarde la vie du bon côté : tu as des cheveux splendides.

— C'est vrai.

J'ai rayonné pendant cinq secondes, j'ai fait bouffer mes cheveux, avant d'être saisie d'abattement.

— Maigre consolation.

Evie a réfléchi.

— Que dis-tu de ça : tu as trois jours entiers pour dégoter une fille présentable. C'est Byzance ! Des villes sont tombées en moins de temps que ça.

Tellement vrai.

Trois jours, c'était – eh bien, trois jours. Pas deux, ni un. Soixante-douze heures, c'était plus que suffisant pour dénicher une petite vamp bien née et prouver à ma mère que j'étais une professionnelle chevronnée. Une petite vamp bien née et affriolante. Mais pas trop non plus. Je n'avais pas envie que Jack craque sur elle.

Certes, ça ne risquait pas d'arriver. Il était fou amoureux de Mandy. Et ce jusqu'à la nuit des temps... N'est-ce pas ?

Je ne lui avais jamais demandé s'il projetait de la convertir, mais sans doute allait-il le faire. Dans le cas contraire, Mandy commencerait un jour à se friper et, tourmentée par un sentiment d'insécurité, elle se mettrait à claquer des sommes extravagantes chez les chirurgiens esthétiques. Et tandis que mon canon de frère demeurerait semblable à lui-même, elle finirait par ressembler à Cat Woman et... Non, franchement, il n'avait pas le choix. Aux yeux de mes parents, ce serait un autre mauvais point à son passif déjà lourd. Épouser une humaine ? Pas question. S'amuser à créer des vampires ? Tout sauf ça ! Les mordus étaient le fléau de la Terre. La forme la plus vile de la vie vampirique. Des manants, et encore. (Je vous rapporte là les mots de mon père, pas les miens.)

D'où mon dilemme à l'égard de Ty. Jamais mes parents ne l'accepteraient – si tant est que nous parvenions à développer un jour une sorte de relation, évidemment. Et que j'arrive à le libérer des griffes du psychopathe qui le confondait avec une poupée vaudou…

Cette pensée m'a glacée et je me suis repassé le film en accéléré.

Non : je n'avais pas entendu d'incantations. Ni de congas. Ni de cris de poulet.

— Ça va ?

La voix d'Evie s'est infiltrée dans mes pensées.

— Mm… ouais.

— Parce qu'à ta tête, on croirait que quelqu'un vient de filer un coup de pied à ton chat.

J'ai pensé à Killer.

— Si seulement.

J'ai tourné les talons et je suis retournée dans mon bureau. Au boulot.

14

Soixante-douze heures, c'est bien plus court qu'on l'imagine.

Déjà, il faut en retrancher trois fois dix heures de sommeil, plus trois fois deux heures pour la douche, le shampoing, le brushing, le maquillage et le ramassage des cacas de chat. Reste trente-six heures, desquelles il me fallait encore retrancher le temps à consacrer à mes autres clients, à calmer une Mandy au bord de la crise de nerfs après que l'hôtel avait annulé sa réservation pour cause « d'overbooking », et à me faire du souci pour Ty. L'un dans l'autre, au final, je ne disposais plus que de dix heures pour dégoter la petite vamp bien née et affriolante.

En d'autres termes, arrivé le dimanche soir, je me suis retrouvée le bec dans l'eau, avec zéro candidate en vue.

J'étais dans ma cuisine, en train de siroter un verre de sang tiède et de réfléchir à mes options.

La première, c'était d'arriver sans candidate, de contrarier ma mère, et d'en supporter les conséquences.

La seconde ? Ne jamais arriver, contrarier ma mère, et en supporter les conséquences.

La troisième ? M'auto-empaler, et tout serait réglé une bonne fois pour toutes.

À l'instant où je tendais la main vers le coupe-papier posé à côté de mon dernier relevé de carte Visa, j'ai entendu un miaulement. J'ai baissé la tête et vu de grands yeux verts qui me fixaient en battant des paupières.

Avant d'en finir, semblait dire Killer, *pourrais-tu te bouger le popotin, ouvrir ce placard et me filer un truc à manger ? On crève la dalle, dans cette taule.*

J'ai refermé ma main. Évidemment que je n'allais pas le laisser mourir de faim ! J'avais un sens des responsabilités trop grand pour ça. Je suis allée dans la buanderie chercher une boîte de Gourmet, que je lui ai servie dans une gamelle en argent Pucci (j'étais allée faire du shopping), posée par terre à côté du bol à eau assorti. Killer s'est avancé en trottinant, il a reniflé et a commencé à laper le petit délice.

J'ai attrapé le coupe-papier.

— Je vais vraiment le faire, ai-je annoncé au chat, qui a continué à s'en mettre plein la panse sans m'accorder un seul regard. Non, non, inutile de pleurer et de me supplier. C'est mieux ainsi. Franchement. Je n'aurais plus à écouter ma mère. Ou à me faire du souci pour Ty.

Ou à l'aider.

Cette dernière pensée a mis à mal ma conscience – oui, j'en ai une – et celle, délicieusement coupable, qui a suivi (Ty, moi, une étreinte torride, vorace qui effacerait le calvaire qu'il avait enduré) m'a légèrement titillé les hormones.

J'ai reposé le coupe-papier. J'étais bien trop jeune (et bien trop froussarde) pour tirer ma révérence. Et puis, que serait-il advenu de Killer ? Et d'Evie ? Et de tous ces hommes et ces femmes aux abois de par le monde qui étaient prêts à donner n'importe quoi – *n'importe quoi* – pour tomber amoureux ?

Bon sang, où avais-je la tête ? Il y avait des gens (et un boulet de chat) qui avaient besoin de moi. Je ne pouvais pas choisir la solution de facilité simplement parce que j'avais la trouille de ma mère.

Pas encore, en tout cas. Pas sans avoir épuisé toutes les ressources.

J'ai attrapé mon téléphone.

— Redis-moi pourquoi je devrais faire ça ? m'a redemandé Nina I une fois que je lui ai eu exposé dans quelle impasse je me trouvais.

— Parce que je suis ta meilleure amie et que moi je le ferais pour toi.

— Ça, ça m'étonnerait.

— Bon, d'accord. Je ne le ferais pas. Mais uniquement parce je n'en aurais pas besoin. Tu n'es pas une entremetteuse affublée d'une mère dominatrice et tu n'as pas de coupe-papier à portée de main.

En matière d'éducation, la mère de Nina avait été une adepte de la méthode « Bois et vois venir » : en d'autres termes, pendant qu'elle sirotait son jaja, la nounou s'occupait des marmots. À présent, elle buvait toujours et observait le maximum de distance entre elle et sa progéniture. Contrairement à ma mère, elle ne se languissait pas de l'arrivée de petits-enfants. C'est dur de se languir quand on est déjà alangui par l'alcool.

— Quel genre de coupe-papier ?

— Pointu.

— Ce n'était pas ma question. Il vient d'où ? De chez Tiffany ?

Nina souffrait d'une addiction aux accessoires de luxe bien pire que la mienne. Non, vraiment.

— Il est en argent, avec un manche incrusté de petits diamants. C'est Cartier. Mes frères me l'ont offert quand j'ai ouvert Vamp'n'Love.

— Il m'a l'air divin !

— Nina, reprends-toi. On parle d'un coupe-papier.

— Excuse-moi. On accueille une convention en ce moment, et je fais double service depuis cinq nuits d'affilée. Je suis vannée. Et je commence à être en manque.

— Pourquoi ne vas-tu pas claquer un peu de fric à la boutique cadeaux ?

— J'ai déjà acheté un exemplaire de tous leurs articles. Je ne vais pas non plus collectionner les tee-shirts *I ♥ New York*.

— Bon alors, pour ce soir ?

— Ce serait avec grand plaisir, mais j'ai rencard avec ce serveur français mignon à croquer, pour un petit en-cas de minuit et une petite partie de jambes en l'air.

— Tu fais passer le sexe avant une amitié de cinq cent vingt-deux ans ?

— Il assure grave.

— Bon, d'accord. Si tu ne le fais pas au nom de l'amitié, peut-être pourrais-tu le faire pour cette veste en soie blanche Donna Karan que je t'ai empruntée au nouvel an dernier ?

— Je la croyais perdue !

— Il faut croire que non, parce que je l'ai sous les yeux en cet instant. Jusque-là, je l'ai traitée comme si elle était à moi, au nom de notre précieuse amitié. Mais si elle n'est pas si précieuse que ça... quelle importance si tu me détestes pour avoir renversé un grand verre de sang dessus ?

— C'est du chantage !

— Je préfère voir ça comme un moyen de négociation.

— Que dois-je faire ? a-t-elle finalement demandé.

— Tu m'accompagnes dans le Connecticut et tu fais semblant de t'intéresser à Jack.

— Et sa copine ?

— Je la distrairai, le temps que tu fasses semblant de nouer un lien intime avec Jack devant ma mère.

— Et ma veste ?

— Tu la récupéreras en parfait état. Demain.

Et comme elle ne répondait rien, j'ai ajouté, d'une voix plus douce :

— Nina, s'il te plaît. Ça signifierait énormément pour moi.

Plusieurs secondes ont passé.

— Oh, d'accord ! Mais tu me devras une fière chandelle.

— Pas de problème. Je t'offrirai...

— Ne songe même pas une seconde à m'offrir une inscription gratuite chez Vamp'n'Love, m'a-t-elle coupée.

— Mm... Un café ? Avec de la crème. *Et* du sucre.

— Oublie. (Elle a marqué une pause, avant de délivrer sa sentence :) Je veux tes lunettes de soleil Badgley Mischka.

— Celles avec les incrustations de cristaux Swarovski ?

— Oui, celles-là.

— Mais...

— Sinon, j'appelle Pierre et je lui dis de me retrouver là-haut. C'est l'heure de la récré.

— Marché conclu, ai-je ronchonné.

Garce.

— Je t'ai entendue !

* * *

— Désolée d'être en retard, ai-je haleté lorsque ma mère a ouvert son imposante porte d'entrée. J'ai eu un mal fou à me décider entre les Anne Klein et les Jimmy Choo. C'est Jimmy qui a gagné, ai-je dit en contemplant l'élégante silhouette de mes pieds sur le sol en marbre.

— Bien, bien.

Pour ne pas changer, Jacqueline Marchette était superbe dans sa robe noire Emanuel Ungaro dont les drapés soulignaient sa silhouette svelte et élancée. Ses longs cheveux auburn étaient tirés, comme d'habitude, en queue de cheval stricte et chic, qui mettait en valeur ses pommettes hautes, ses yeux d'un brun profond et ses lèvres rehaussées de gloss. Des boucles en résille d'or pendaient de ses lobes blancs et délicats. Elle avait une main posée sur le bouton de la porte, et un verre de vodka dans l'autre. Elle empestait un parfum français aux notes de kirsch, et la désapprobation.

Elle a gratifié Nina d'un regard rapide, puis a agité son verre.

— Entre et dépêche-toi. Ton père est déjà à la démonstration de son quatrième putt et tes frères sont arrivés. Et l'humaine est là.

La porte a claqué derrière nous, faisant teinter les glaçons dans le verre de vodka, et ma mère, visage fermé, nous a précédées vers le grand salon où la compagnie était rassemblée.

— Je vous jure que si je vois cette Molly lécher une fois de plus les bottes de mon bébé, je me précipite sur le premier truc pointu qui passe.

— Maman, elle s'appelle Mandy...

Le martèlement de mes talons résonnait dans l'immense hall, calé sur le rythme frénétique de mon cœur.

Je sais, je sais. C'est ma mère. Elle m'a donné le jour. Elle m'a nourrie. Chouchoutée. Elle ne se contenterait pas de mettre fin à mon existence si jamais je la décevais.

En même temps, c'était ma *mère*. Elle m'avait donné le jour. Nourrie. Chouchoutée. Elle n'allait pas mettre fin à *mon* existence si jamais je la décevais.

Non : elle me ferait souffrir.

— C'est scandaleux, voilà ce que c'est ! a poursuivi ma mère. Elle n'arrête pas de le tripoter.

Juste avant de pénétrer dans le salon, elle a bu une bonne rasade de vodka.

Mes deux frères aînés, Max et Rob, se tenaient près du bahut en merisier. Max, aussi beau que d'habitude, arborait un style casual chic – jean Guess et tee-shirt gris délavé près du corps. Rob avait choisi une mise plus modeste – un Levi's et un polo bleu marine. Quant à mon père, il avait opté pour le style décontracté et de mauvais goût : pantalon écossais noir, rouge et blanc, et chemise de golf rouge pétard. Max buvait un whisky glace, Rob sirotait une bière à la bouteille, et mon père était plié en deux sur son green de salon, club en main.

Ma mère a fait un mouvement de menton vers le couple assis côte à côte sur le canapé.

— Qu'est-ce que je te disais ? Regarde, elle lui tient la main !

Aurait-elle dit « Elle complote pour détruire la nation entière des vampires héréditaires », ou « Son sac Dior est une contrefaçon », que le ton n'aurait pas été plus offusqué.

Voyons voir. Fous d'amour. Mariage dans trois mois. Compte joint.

— La garce ! Elle ne manque pas d'air, ai-je marmonné.

— Exactement ! a renchéri ma mère.

Elle s'est forcée à sourire.

— Mes amis, a-t-elle lancé à la cantonade, Lil est arrivée. Avec Nina.

Plusieurs paires d'yeux se sont tournées vers nous, et j'ai agité la main, avant de passer la pièce au crible, en quête d'un signe indiquant que la soirée serait pire que ce que j'avais prévu – un creux laissé par un postérieur dans le canapé, un trousseau de clés de voiture ne correspondant à aucun des véhicules de la flotte Marchette, un veston, ou une pipe, ou encore (je vous jure que je n'invente rien) une carte de score pour quotient orgasmique.

Pour vous la faire courte : ma mère voulait à tout prix des bébés vamps pour perpétuer la lignée Marchette. Et comme aucune représentante du beau sexe n'était assez bien pour ses trois garçons, le sort de cette branche de l'arbre généalogique familial reposait uniquement sur votre servante. D'où sa manie de m'organiser des rencards dans mon dos.

Du moins jusqu'à ce que Mandy entre dans le paysage. Ces derniers temps, ma mère était tellement tourneboulée qu'elle en oubliait de me présenter de futurs gendres fertiles et bien sous tous rapports. Cela faisait six chasses que je passais sans cavalier.

J'ai souri. Sept, avec celle de ce soir-là.

Mais mon sourire n'a pas fait long feu.

— Remy a été retardé. Il nous rejoindra plus tard, pour le dîner, a annoncé ma mère. Il est ton cavalier pour ce soir.

15

Remy ? C'est bien ce qu'elle venait de dire ?

Mon cœur a fait un salto, et si je n'avais pas été un modèle de vampirette bien née qui sait se tenir en toutes circonstances, j'aurais pu jurer sentir mon front perler.

Oh non. Pas Remy.

Ne vous méprenez pas. Je l'aime bien, ce garçon. Et en matière de vamp héréditaire mâle, c'est ce qu'on peut trouver de plus tolérable. J'ai grandi avec lui, aux pays de nos ancêtres. On s'amusait à échanger notre sang, à pourchasser nos nounous humaines et quand l'occasion se présentait, à semer la terreur dans des hameaux alentour. À présent, je ne le voyais plus guère – je vivais à Manhattan et lui à Fairfield, où il faisait respecter la loi en tant que chef des forces de l'ordre –, mais nous avions gardé nos points communs. Plus encore, je n'avais jamais eu à me soucier de l'éconduire parce que je savais qu'il m'aimait bien, mais pas comme *ça*.

Du moins le pensais-je, jusqu'à ce que je frôle la prison, quelques mois plus tôt. Il m'avait aidée, en échange de quoi je lui avais plus ou moins promis une faveur, et... Bon, à cette date, je n'avais toujours pas honoré ma dette. Si bien que maintenant, chaque fois qu'il me regardait, je ne pouvais m'empêcher de me demander s'il m'imaginait à poil.

Et ce d'autant plus que, moi, j'avais commencé à l'imaginer dans cette tenue.

— Alors, elle est où ? a demandé ma mère en venant se poster à côté de moi – ce qui a eu pour effet de faire disparaître toute anxiété concernant l'arrivée imminente de Remy.

— Sous tes yeux.

J'ai fait un signe en direction de Max, qui servait un verre à ma meilleure amie pendant que les autres convives s'efforçaient de s'émerveiller devant le énième putt de mon père, qui rouspétait après son tireur d'élite qui avait loupé Viola.

— ... essayé de la descendre à partir de plusieurs postes d'observation. Qui se serait douté que cette bonne femme pouvait se déplacer si vite ? était-il en train de dire à Rob.

— Papa, c'est une garelle. Elle a des réflexes rapides.

— Vous avez vraiment tiré sur quelqu'un ? a demandé Mandy. N'est-ce pas une tentative de meurtre ?

— Pas pendant la saison de la chasse, l'a informée Jack.

— Mais c'est Nina, a murmuré ma mère. Elle n'est pas vraiment indiquée pour Jack.

— Et pourquoi pas ? Vampire héréditaire. Quotient orgasmique impressionnant. Chaussures géniales. Mascara d'enfer. (Nina s'était fait un look à la Christina Aguilera, au détail près des cils multicolores qui scintillaient à chaque battement de paupières.) Je crois que j'ai décroché le jackpot.

— Mais vous vous êtes tous connus en barboteuse !

Merci, maman, de me remémorer ce joli tableau.

— Vois les choses de cette façon : Nina sait que c'est un con, donc elle ne tombera pas des nues après quelques siècles de vie commune.

Ma mère a semblé réfléchir.

— Ce n'est pas faux. Je suppose que ça pourrait marcher. Et, a-t-elle ajouté en haussant les épaules, tout vaut mieux que cette Maxie.

— *Mandy*.

— C'est du pareil au même.

— Par ailleurs, ça n'arrivera pas. Nina n'est qu'une mise en bouche, pour le préparer à des propositions plus sérieuses.

— Tu as déjà plusieurs candidates en vue pour le dîner ?

— Si j'en ai ? (J'ai reniflé avec mépris.) Je suis une professionnelle chevronnée, mère, et une perfectionniste attentive aux détails, qui ne se laisse jamais prendre par surprise et n'abandonne rien au hasard. Naturellement que j'en ai plusieurs ! (Du moins espérais-je que ce serait le cas.) Tu me paies généreusement pour un service que j'ai la ferme intention d'honorer.

— Si elle est comme tu dis une « mise en bouche », pourquoi est-elle en train de faire du gringue à Max ?

J'ai regardé ma blonde Nina, qui collait mon frère aîné et avait posé sa main superbement manucurée sur son bras.

— Elle ne flirte pas. Elle discute, c'est tout. Ils rigolent. (Et ils semblaient à deux doigts de s'arracher leurs fringues pour faire leurs cochonneries, là, sur le splendide tapis berbère de ma mère.) Je vais te servir une autre vodka ! ai-je lancé en prenant le verre des mains de ma mère.

Tout en sprintant vers la bouteille, je suis passée à côté de Nina.

— Tu pourrais y aller mollo ? ai-je sifflé entre mes dents.

— Tu m'as dit de nouer des liens intimes.

— Oui, avec Jack. Pas Max.

— Je m'échauffe.

— Eh bien, l'échauffement est terminé. Oups, il n'y a plus de glaçons ! Mandy, ai-je appelé en hélant l'humaine assise à côté de mon plus jeune frère. Ça t'ennuierait d'aller en chercher à la cuisine ?

Mandy s'est levée comme un ressort, le regard pétillant d'excitation, sans doute parce qu'enfin, quelqu'un n'écorchait pas son prénom.

— Pas de problème.

— Génial. (Je me suis retournée vers Nina et je lui ai chuchoté :) Tu as cinq minutes pour faire impression sur ma mère. *Bonne* impression.

— Sitôt rentrée chez moi, je tapisse le bac à litière de mon chat avec ta veste Donna Karan, ai-je promis à Nina une demi-heure plus tard.

Nous étions planquées dans la cabane de la piscine pendant que la compagnie pourchassait la proie. Nina m'a décoché un regard intrigué.

— Depuis quand as-tu un chat ?

J'ai haussé les épaules.

— J'essaie un régime alternatif.

— Beurk !

Ouais – *beurk*. Mais j'étais trop contrariée pour trouver mieux. Contrariée et souverainement agacée. J'ai fusillé mon amie du regard.

— Mais où avais-tu la tête ?

Nina a haussé les épaules.

— Tu m'as dit de faire bonne impression.

— Oui, et par là, j'entendais sourire et flirter subtilement avec *Jack*. Je ne parlais pas d'une démonstration de *lap dance* sur les genoux de Rob.

— Ce n'était pas une lap dance ! Ma jupe s'était coincée dans sa braguette !

— Oui, à force de te trémousser sur ses genoux comme si tu cherchais à faire sortir le loup du bois !

— Ton père était en train d'armer son club. Il fallait bien que je l'évite. C'était soit les genoux de Rob, soit par terre.

— Où il y avait un tapis pour amortir ta chute.

— C'est bon, remets-toi. La soirée ne fait que commencer. Je ferai une autre tentative pendant le dîner. (Elle a consulté la montre Cartier sertie de diamants qui enserrait son poignet gracile.) Tu crois qu'on va devoir attendre encore longtemps ? Je crève la dalle.

La pointe de ses canines saillait sur ses lèvres pleines.

Ce soir-là, c'était mon père qui avait endossé le rôle de la proie. En plus d'être le patriarche du clan Marchette, il était aussi un perdant ronchon.

— Il se pourrait qu'on doive patienter encore un petit moment.

On a passé l'heure suivante à parler chiffons et à se raconter notre vie sexuelle.

Enfin, plus exactement, Nina m'a raconté sa vie sexuelle, et j'ai évoqué le néant dans lequel avait sombré la mienne depuis que Ty avait disparu de la surface de la Terre.

— Je déteste perpétuer ce truc de snobisme, mais si nos aînés prennent de haut ces convertis, c'est bien pour une raison.

— La raison, c'est peut-être que ce sont de vieux schnocks calcifiés dans leurs habitudes.

— Et peut-être aussi qu'ils savent quelque chose que nous ignorons. (Nina m'a décoché le Regard qui Tue.) Tout ce que je dis, c'est qu'à ta place, j'oublierais ce Ty. Des vamps, il y en a plein les avenues…

Un sifflement strident a couvert le reste de sa phrase et je me suis levée d'un bond. Enfin, c'était terminé ! La chasse *et* la leçon de morale.

— Tu as été prodigieux, papa ! ai-je lancé en arrivant dans le patio. Tu as tenu plus longtemps que tout le monde, toutes chasses confondues.

Rob, un sourire victorieux aux lèvres, brandissait le sifflet qu'il avait arraché du coup de mon père qui, lui, avait l'air abattu. (Petit rappel rapide : la proie porte le sifflet autour de son cou et le premier vamp qui réussit à le lui ravir repart chez lui avec les jours de vacances en rab' si convoités.)

— Bravo ! a renchéri Nina, avant d'y aller de son petit compliment personnel. Pour un vampire qui n'est plus tout jeune, vous vous débrouillez drôlement bien.

Les yeux de mon père ont viré au rouge et j'ai sérieusement envisagé de plonger sous une chaise longue. Ma mère a posé la main sur le bras de son époux et, s'interposant entre le regard courroucé de celui-ci et mon amie, elle a bafouillé :

— Eh bien, merci pour lui. Quel charmant compliment, n'est-ce pas, très cher ? Voilà que ta sagesse et ton adresse font l'admiration de nos petits jeunes. T'ai-je dit que tu étais incroyablement en forme ce soir ?

En plus d'être une mère dominatrice, Jacqueline Marchette maîtrise également comme personne l'art de caresser dans le sens du poil. Celui de mon père, du moins. Elle a lissé le col de sa chemise de golf, j'ai pincé les lèvres, et mon père a bu son compliment comme un manœuvre de chantier assoiffé. Il a bombé le torse et rejeté les épaules en arrière.

— Oui, j'ai été rapide, n'est-ce pas ?

— Le plus rapide. (Ma mère a souri.) Et tellement insaisissable. Franchement, j'avais l'impression que les enfants ne te trouveraient *jamais*.

— J'aurais pu passer la nuit à leur échapper, tu sais. Mais le but, c'est d'aiguiser leurs capacités de chasseur. S'ils ne gagnaient jamais le prix, ils seraient frustrés, et l'exercice serait contre-productif.

— Quelle sagesse !

Quels ramassis de balivernes, oui.

— Viens, a repris ma mère en le poussant vers l'intérieur. Tu dois être affamé après une telle démonstration de talent et d'endurance. Les enfants ! a-t-elle appelé par-dessus son épaule. On rentre.

Max a tapé dans la main de Rob, Jack a embrassé Mandy, et moi, j'ai empoigné Nina et j'ai emboîté le pas à ma mère. Plus tôt cette soirée se terminerait, mieux ce serait. Si tout le monde y mettait du sien, si je buvais un verre *rapido presto* pendant que Nina flirtait un peu avec Jack, nous pourrions mettre les voiles avant que Remy se…

— Euh… Salut, ai-je marmonné en heurtant, tête la première, le corps musclé qui venait de s'encadrer dans la porte.

J'ai reculé d'un pas et tenté de contrôler les battements soudain désordonnés de mon cœur.

Remy était grand, blond, avec des yeux verts, et un sourire à vous donner des fourmillements dans le ventre. Pire : contrairement à tous les autres vampires héréditaires, il n'avait pas d'odeur. Je ne pouvais donc pas ne pas l'aimer au motif que son odeur aurait juré avec mon angélique et délicat parfum de barbe à papa. J'avais écarté plus d'un soupirant parce qu'il dégageait un parfum trop riche, trop fruité, trop ceci, ou pas assez cela. L'odeur de mon âme sœur devait mettre la mienne en valeur.

Remy, qui passait ses nuits à traquer de dangereux criminels, prenait une pilule spéciale (développée par un laboratoire spécialisé dans les armes stratégiques des services secrets) qui annihilait son odeur. Cela lui donnait un sacré avantage sur ses adversaires vampires et sur une méga délicieuse vampirette : les criminels ne le sentaient pas approcher et moi je n'avais aucune doléance qui tienne la route à présenter à ma mère.

Il était le vampire de naissance idéal pour moi. Si je pouvais passer outre le fait qu'il m'avait vue en barboteuse, ce dont, bien évidemment, j'étais incapable. Du moins était-ce ce que je me disais. Remy a posé une main puissante sur mon épaule et une sensation de chaleur est venue titiller mes tétons. Vilains tétons.

— Ralentis, ou je vais devoir t'arrêter pour excès de vitesse.

Sors les menottes, mon pote.

J'ai chassé *illico* cette pensée ridicule, excessive et bien sûr irréalisable (*Jamais, au grand jamais*) qui a fusé dans ma tête et j'ai plaqué un sourire contrit sur mes lèvres.

— Excuse-moi. C'est juste que je suis affamée.

Nos regards se sont croisés et une étincelle a pétillé dans les profondeurs vertes de celui de Rémy.

— Nous sommes deux.

J'ai dégluti difficilement et attiré Nina d'un coup sec plus près de moi.

— Euh... tu connais Nina ?

— On a grandi ensemble, tu ne t'en souviens pas ?

— Parfait, alors vous avez sans doute plein de trucs à vous raconter.

Je me suis esquivée pour aller me servir un verre au buffet, et mes mains tremblaient tellement que j'ai bien failli laisser tomber les chichis pour boire directement à la bouteille.

Hm, ouais. Ça pouvait arriver... vraiment.

J'ai approché le verre de mes lèvres. Le sang a glissé le long de ma gorge, et j'ai exhalé un râle silencieux de plaisir. La fringale s'est apaisée et un immense soulagement m'a balayée de la tête aux orteils. Non, je n'étais pas spécialement attirée par Remy. J'étais juste en hypoglycémie.

— Je croyais que tu voulais que je drague Jack, a observé Nina lorsqu'elle est venue me retrouver après avoir passé un quart d'heure avec Remy.

J'en étais à mon troisième verre.

— Changement de plan. Tu te débrouilles comme un chef. (J'ai levé mon verre pour porter un toast à distance avec Remy, resté de l'autre côté de la pièce.) Repars d'où tu viens et empêche-le de venir par ici.

— Mais… et ton frère ?

J'ai regardé Mandy et Jack, côte à côte sur le canapé ; ma mère, assise en face d'eux, les couvait d'un regard contrarié.

— Je pense qu'il est temps que ma mère entende enfin la vérité.

16

— Il souffre d'une infection ? a répété ma mère après que je l'ai entraînée dans un coin pour me confesser.

— Une des pires qui soient, ai-je confirmé en hochant la tête. Extrêmement douloureuse, épouvantablement irritante et redoutablement virulente. (J'étais la reine de l'adverbe ou quoi ?) Un truc dégueulasse, ai-je résumé avec une grimace.

— Lilliana, c'est la chose la plus absurde que j'aie jamais entendue, a tranché ma mère en me clouant sur place du regard.

Et moi donc. J'ai haussé les épaules.

— Je n'y croyais pas moi-même avant de le voir de mes yeux.

L'incrédulité s'est métamorphosée en inquiétude.

— Vraiment ?

— Je l'ai vue. Et je l'ai sentie, aussi, ai-je ajouté avec une grimace de dégoût. En tous les cas, je sais ce que je vais offrir à Jack pour son anniversaire. Un énorme coffret de parfum de chez Ralf Lauren.

— Une *infection* ?

— Avec un I majuscule.

— Mais il est immunisé contre tous les germes.

— Tous les germes *connus*. Là, il s'agit de quelque chose d'autre. Totalement nouveau et infiniment puissant. Une souche bactérienne qui touche particulièrement les vampires, ai-je précisé dans un chuchotement destiné à souligner la gravité de la situation.

Ma mère a hoqueté et j'ai essayé de prendre l'air épouvanté qui s'imposait.

— Une fois que tous les vamps seront annihilés, ce sera le tour des garous, des Autres et enfin des humains.

— Cette bactérie s'attaque d'abord aux créatures les plus puissantes ?

— Et les mieux habillées.

Ma mère avait l'expression de quelqu'un dont le cerveau tourne en surrégime. Elle a secoué la tête.

— Je n'arrive pas à le croire.

— Fais un effort.

S'il te plaît, s'il te plaît, s'il te plaît.

— Je ne peux pas croire qu'il existe un germe à ce point puissant, a-t-elle insisté. Nous sommes tellement supérieurs !

— Et infiniment sensibles. Ce qui signifie qu'en cas d'infection, les symptômes sont amplifiés. Et là où n'importe quel humain peut se contenter d'étaler une noix de crème et s'en tirer avec quelques démangeaisons, et éventuellement quelques regards curieux dans le métro, un vampire doit subir un traitement par intraveineuses, et court le risque d'être mis au ban de la communauté.

Je savais que je n'y allais pas de main morte, mais bon, c'était ma mère : quand il s'agissait de renifler un mensonge, cette femme était Colombo, Sam Spade et l'équipe des *Experts*, tout à la fois.

— C'est épouvantable.

— C'est pour ça que Jack a besoin de Mandy, ai-je poursuivi, sur le mode de la surenchère. Elle est médecin.

— Médecin légiste.

— Justement. Elle a récemment dépecé des types qui avaient passé l'arme à gauche à cause de cette saloperie. Elle s'est entraînée. Elle est devenue experte en la matière.

— Ah bon ?

— Elle a fait des tonnes de recherches et elle est même chargée de développer un antibiotique.

— Qu'est-ce qu'un médecin légiste peut connaître à la recherche pharmaceutique ?

J'ai décoché un regard à ma mère.

— Tu oublies que sa grand-tante Machin Chose a brûlé sur le bûcher pour avoir concocté des potions.

— Donc, c'est bien ça : elle lui a jeté un sort. Je le savais. J'ai bien dit à ton père qu'elle mijotait quelque chose, mais il a refusé de m'écouter !

— Elle apporte sa contribution à la science, maman. Elle ne fait pas bouillir des crapauds ou des brindilles d'hamamélis. Ce n'est pas de la sorcellerie. Je dis juste qu'elle descend de cette femme, ce qui la rend meilleure en ce domaine qu'un médecin légiste lambda. (Hé, pas mal mes arguments, non ?) Et quoi qu'il en soit, elle a testé son traitement sur les humains, mais Jack est son premier patient vampire.

Ma mère a regardé son fils, qui était justement en train de se pencher pour ramasser la serviette que Mandy venait de laisser tomber – franchement, mon *frère*.

— Pauvre Jack, a roucoulé ma mère. Rien d'étonnant à ce qu'il soit si peu lui-même en ce moment.

— Donc, tu comprends, Jack a besoin de Mandy, ai-je poursuivi. Elle doit le surveiller de près, de très près, et être attentive à l'évolution de la maladie, jusqu'à ce qu'il soit entièrement rétabli.

— Mais il va se rétablir, n'est-ce pas ? Entièrement ?

— Bien sûr. Mais pas avant le mariage, ai-je bafouillé. Ou la lune de miel. Et puis, comme l'organisme est encore sous le choc à cause des antibiotiques – il vient tout juste de commencer le traitement – il doit éviter toute source d'excitation, ou de contrariété.

— Peut-être devrions-nous ajourner temporairement notre projet de lui présenter des compagnes ?

— C'est exactement ce que je pensais.

— Ce qui signifie naturellement que tu vas me rembourser.

— Absolument, ai-je confirmé en hochant la tête. À hauteur de deux tiers, il va de soi.

Hé, j'étais venue avec Nina !

Ma mère, en digne vampire héréditaire, a encaissé la nouvelle avec un haussement d'épaules désinvolte.

— Bon, j'imagine qu'il ne me reste plus qu'à me résigner à ma situation.

Oui !

Il m'a tout de même semblé que ses traits mettaient cinq bonnes secondes à se détendre tout à fait.

— Dis-moi, a-t-elle repris en reportant soudain toute son attention sur moi – ouh là là ! Remy est particulièrement séduisant, ce soir. Et viril, tu ne trouves pas ?

Voilà comment, d'un coup d'un seul, je me suis retrouvée dans l'œil du cyclone.

J'ai endigué une vague de panique et fait la seule chose que je pouvais faire dans une telle situation : j'ai hoché la tête et marmonné un « Mmmmouais ». Dans la foulée, je suis allée échanger mon verre de O+ contre un shot de tequila – le premier d'une longue série.

* * *

— Je crois que je deviens alcoolique, ai-je confié à Evie le lundi matin en arrivant de bonne heure à l'agence.

Un marteau-piqueur s'en donnait à cœur joie dans ma tête et je me sentais encore plus barbouillée que le lendemain de ma visite à la boutique de robes de mariées.

Naturellement, une part de ma mauvaise humeur pouvait être attribuée au fait que Mandy m'avait laissé un message pour me demander de la retrouver chez *Wedding Wonderland* dans moins de deux heures, pour une autre séance d'essayage. Mais aussi au manque de sommeil. Quarante-huit heures s'étaient écoulées depuis ma communication avec Ty. Mes pieds avaient guéri, mais les images continuaient de me hanter et j'étais nerveuse, anxieuse et mal dans ma peau, en dépit de mon jean Seven et d'un petit corset de Rock & Republic absolument ravissant.

J'avais réexaminé la scène dans tous les sens, en quête d'un complément d'indices, mais à part l'odeur de moutarde et de diesel, ça n'avait rien donné. Ash essayait encore d'identifier le propriétaire des empreintes, et moi je dormais encore avec Killer.

— Parlons-nous ici d'alcoolisme actif ? a demandé Evie en me tendant les dossiers de deux nouvelles clientes. Ou d'alcoolisme passif, pour échapper à des parents névrosés ? Parce que moi aussi je suis passé par là, et quand tu essaies de protéger ta santé mentale, on ne peut pas vraiment parler d'alcoolisme.

— C'était sans conteste une échappatoire.

Je me suis perchée sur le coin de son bureau et tout en feuilletant les dossiers des nouvelles clientes – une pharmacienne prénommée Tania, et une institutrice de maternelle du nom de Beckie – j'ai raconté à mon assistante la soirée de la veille (en faisant naturellement l'impasse sur quelques détails).

— Mais j'ai bu également pas mal de Jello chez *Wedding Wonderland*, ai-je objecté. Alors que ma mère ne se trouvait même pas dans le même État.

— Combien de Jello ?

— J'ai perdu le compte.

— Et combien de tequilas frappées hier soir, chez tes parents ?

— Deux. Trois si tu comptes celle que j'ai balancée à la figure de Nina quand elle s'est radinée vers moi avec Remy.

— Deux verres, ça ne fait pas de toi une alcoolique. Et pour ce qui est de la séance d'essayage... Très franchement, dans la même situation, moi aussi j'aurais picolé. (Elle a frissonné.) Des robes de mariées en prêt-à-porter...

Evie avait tout de suite pigé le problème.

— Donc, je ne suis pas mûre pour un centre de désintox ?

Evie a secoué la tête et m'a tendu le courrier du jour.

— Tu vas devoir trouver un autre endroit pour échapper à ta mère. (Son regard s'est illuminé sous l'effet de l'excitation.) Un bateau de croisière, par exemple.

— Je te demande pardon ?

Elle a agité un message à bout de bras.

— Tu as été sélectionnée ! a-t-elle exulté. Tu fais un dîner croisière sur l'Hudson demain soir.

Et comme je n'avais pas l'air plus éclairé pour autant, elle a glapi :

— C'est un rencard avec Monsieur Météo !

Après avoir calmé une Evie en surchauffe (peut-on mettre ça sur le compte de la caféine ?) et lui avoir promis de lui apporter un autographe de M. Trucmuche, je suis allée appeler John Schumacker dans mon bureau.

— Schumacker à l'appareil. Que puis-je pour vous ?

— Dites-moi que vous avez été éliminé.

— Je suis en ce moment même en train d'épousseter mon vieux gilet de sauvetage.

Mon ego s'est dégonflé d'un coup – or c'était la seule chose que j'avais pour moi depuis que je m'étais levée et que j'avais marché dans la dernière surprise en date de Killer.

— Vous avez couché ou quoi ?

— Si seulement. Et vous ?

— Si seulement, ai-je répété en songeant à Ty.

J'ai aussitôt lutté pour ne pas me laisser envahir par des pensées plombantes et j'ai essayé de regarder le bon côté des choses. Cette soirée, c'était une nouvelle opportunité pour rencontrer des femmes issues de tous horizons et faire la promo de mon agence. Et en prime, je pourrais aider John à réaliser son *happy end* avec Rosie.

J'étais allée à la pêche aux informations : j'avais appelé sa compagnie d'assurances et découvert que Rosie Wheaton était célibataire, n'avait jamais été mariée et n'avait pas d'enfant. Elle aimait le sport, en particulier le basket et le base-ball. Elle pouvait se targuer d'un lancer parfait et elle préparait une super salade en gélatine pour le pique-nique annuel de la boîte. Elle avait été également, trois ans de suite, élue Experte en assurances de l'Année et – c'était ça l'énorme nouvelle – elle aimait bien John. Je m'étais entretenue avec trois personnes – trois hommes, tous sensibles à mes ruses de vamp – qui m'avaient confirmé que Rosie avait parlé de John à des collègues.

— Et votre fraudeuse ? Elle a été retenue ?

— Et comment ! (Je l'entendais quasiment se frotter les mains.) Elle est cuite. C'est moi qui vous le dis.

— Elle sera votre marchepied pour atteindre le firmament des experts en fraude. (C'était vraiment le cas de le dire.) Et vous sortiez fêter ça ?

— Pas le temps. Je dois vérifier le bon fonctionnement de mon caméscope. Et puis, j'ai un nichon qui fuit. Je dois faire un saut chez La Perla pour en chercher un neuf.

— Juste un petit verre, pour marquer le coup, ai-je insisté. Pourquoi pas quelques bières avec Rosie ?

— Non. Je vais attendre d'avoir bouclé le dossier. Et ensuite, je ferai tout dans les règles.

— Un bon dîner aux chandelles ?

— Un tonnelet de bière et un disc-jockey. Je vais organiser une fiesta. Vous êtes invitée.

— Génial.

Oh que non.

J'ai pris congé de John et reporté mon attention sur mon ordinateur. J'ai consacré la demi-heure suivante à explorer ma base de données en perpétuelle expansion, en quête de quelques possibilités pour caser mes dernières clientes – toutes rencontrées grâce à *AGeT* – et à filtrer les appels téléphoniques.

Le premier ? Ma mère. Elle voulait savoir si j'avais entendu parler du docteur Pierre Mancuso, vampire héréditaire et leader dans le domaine de la recherche virale.

Le second ? Nina I, qui voulait récupérer sa veste.

Le troisième ? Ma mère. Qui me rappelait de ne pas oublier le dîner, et m'informait qu'elle avait également invité Remy.

Le quatrième ? Ma mère. Pour me rappeler de ne pas oublier le dîner *une fois de plus*, et m'informer qu'elle avait également invité la mère de Remy.

Parce qu'évidemment, une mère vampire héréditaire obsédée par les petits-enfants ne suffisait pas. Il nous en fallait deux.

Le cinquième coup de fil ? Mandy. Aux cent coups : « ... complètement oublié Claude c'est le garçon d'honneur qui vient de Paris il a envoyé à Jack par e-mail ses mensurations pour le smoking et j'étais censée les prendre avec moi pour les donner à Shirley parce qu'elle doit passer la commande immédiatement sinon on court le risque de ne pas avoir exactement ce qu'on veut et j'ai oublié et Jack ne répond pas au téléphone et j'ai vraiment vraiment besoin que tu passes chez nous avant de venir pour les prendre... »

— Considère que c'est fait, ai-je dit en décrochant le combiné.

— Ah super, tu es là, j'allais essayer de te joindre sur ton portable mais j'espérais que tu serais à l'agence juste au cas où…

— Mandy ? l'ai-je interrompue en refermant mon dossier.

— Oui ?

— Respire. (Pendant que j'éteignais l'ordinateur, je l'ai écoutée inspirer et expirer.) C'est bien, ai-je roucoulé tout en attrapant mon sac. Je fais un saut chez toi et toi, tu te détends. Tout va bien se passer.

— Si tu le dis. Shirley a réussi à dégoter une trentaine de robes supplémentaires.

— Ah, formidable.

Oh merde.

17

— Oooooooooh... Aaaaaaaah... Oooooooooh...

J'étais devant la porte de mon frère, et à l'intérieur, quelqu'un était en train soit de s'envoyer en l'air, soit de regarder un épisode du Muppets Show tout en voyelles.

Un puissant gémissement a ponctué cette pensée. C'était sans conteste la première solution. Sans doute ferais-je mieux de repasser plus tard.

Mais voilà : je savais que Mandy n'était pas là. Ce qui signifiait que Jack était en cet instant en compagnie de quelqu'un d'autre. Ce qui signifiait...

J'ai eu un haut-le-corps et j'ai commencé à tambouriner sur la porte à coups de poings, si fort que mes articulations ont laissé des indentations dans le bois, qui a protesté face à ce déploiement de force vampirique. Je me suis reculée et je m'apprêtais à sortir tout le truc de ses gonds lorsque j'ai entendu la voix de Jack :

— C'est ouvert. Aaaaaaaaah...

Bon. Très bien.

Effectivement, la poignée a tourné et j'ai pénétré dans le grand appartement. Bien plus grand que le mien, mais Jack gagnait au moins dix fois plus que moi chez Moe's, sans mentionner les bonus rondelets que lui allouaient mes parents en remerciement de son implication dans l'entreprise familiale. Je me suis dirigée vers le salon et me suis arrêtée net sur le seuil, complètement sonnée. Tempes battantes, j'ai contemplé les deux personnes qui se trouvaient au centre de la pièce. Non, il ne se pouvait pas… Il était impossible que… Non !

Jack, étendu à plat ventre sur une table de massage portative, le dos luisant d'huile, un drap posé sur la partie inférieure de son corps, poussait des aaaaah et des oooh tandis que Hans, le masseur personnel de ma mère, le pétrissait de ses mains puissantes.

J'ai étréci les yeux.

— Tu peux m'expliquer ce qui se passe ici ?

Jack a soulevé la tête.

— Je me fais faire un massage suédois.

— Ça, je vois. (La jalousie a pointé son odieux visage et j'ai fusillé Hans d'un regard qui en disait long.) Que fait-*il* ici ?

— Maman lui a demandé de passer. Elle m'a appelé pour me dire que je travaillais trop. Que je devrais prendre ma soirée et qu'elle demanderait à papa de me remplacer chez Moe's. Elle m'a envoyé Hans pour m'aider à me détendre.

Bon, voilà l'histoire : je convoite Hans. Il a les mains les plus larges, et les plus fabuleuses que j'ai jamais vues. Mais de même qu'elle ne prête jamais son chemisier Dior préféré, ma mère ne prête jamais Hans. Je l'ai suppliée. J'ai plaidé ma cause. J'ai même envisagé d'accomplir de basses besognes chez Moe's. Rien à faire.

— Comment t'es-tu débrouillé pour l'emprunter ?

À l'instant même où cette question jaillissait, d'un ton revêche, la réponse m'est apparue : l'affreuse bactérie. L'infection. Pauvre Jack.

— Ça m'en bouche un coin, mais elle a dit que je pouvais le garder aussi longtemps que je voulais. (Les gros doigts puissants se sont attaqués au pétrissage d'une omoplate et Jack est resté bouche ouverte, un filet de salive suintant à la commissure de ses lèvres.) Qu'est-ce... que... tu... fais... ici ? a-t-il finalement articulé en ponctuant chaque mot d'un mouvement lascif de tête.

Chacun de mes muscles hurlait « Et moi ! Et moi ! » et j'ai dû prendre sur moi pour résister à l'envie d'éjecter mon frère de la table pour prendre sa place.

— Mandy a oublié les mensurations pour le smoking de Claude. Elle a essayé de t'appeler, mais il paraît que ton portable est éteint. Et que le répondeur n'est pas branché.

— C'est un moment de détente sacrée. (Il a désigné le bureau en acajou, de l'autre côté de la pièce.) Les mensurations sont dans le tiroir du milieu.

Sa tête est retombée et les gémissements ont repris.

Je connaissais bien la sensation. Hans m'avait massée une fois, alors que ma mère se trouvait à une convention de chasseuses en Espagne. La compagnie aérienne ayant limité le poids des bagages, elle avait été obligée de laisser son beau Suédois à la maison. J'avais dû l'implorer deux jours durant avant qu'il consente à me toucher. Bon, d'accord – j'avais imploré *et* pleuré, et Hans avait tellement flippé qu'il m'avait suppliée de me calmer. (Il n'avait aucune envie de s'attirer les foudres de ma mère.) Bref, de fil en aiguille, *tada !* Il avait enfin posé ses grosses paluches sur moi.

Le souvenir m'a arraché un frisson. Ç'avait été un moment de pure extase. Il n'existe aucun autre mot pour le décrire : l'huile qui pénétrait lentement dans ma peau, ses mains déterminées qui me pétrissaient, me palpaient et... Ouh là là ! On crève de chaud ici, ou c'est juste moi ?

Je suis allée ouvrir le tiroir d'un geste brusque. Si mon expérience passée m'était de quelque utilité, je disposais d'environ trois minutes pour me tirer d'ici avant que Jack...

— Aaaaaaaaaah…

Trop tard. Mes instincts surnaturels se sont mis en branle et je me suis déplacée si vite ce que j'en ai eu le vertige. J'ai claqué la porte derrière moi, et hourra ! J'étais sauvée !

Enfin, plus ou moins. Car même de là où je me trouvais, je continuais à entendre ses râles.

Et j'adorerais pouvoir dire que c'est parce que je suis une vamp, et que j'ai l'ouïe très fine, mais en fait, il était carrément en train de hurler. Et tout l'immeuble profitait de son « Ouiiiiiiiiiiiiiiii ! »

La vieille dame qui occupait l'appartement au bout du couloir a passé la tête dans l'entrebâillement de sa porte, m'a vue, et a froncé les sourcils.

— Non, non, ce n'est pas ce que vous pensez…

Vlam !

Au premier étage, une fille qui avait l'âge d'être étudiante a elle aussi ouvert sa porte, et grimacé en me voyant. Une quinquagénaire affublée d'un mari infidèle m'a fait les gros yeux.

— Ce n'est pas…

Vlam ! Vlam !

À l'instant où j'arrivais devant la porte d'entrée, j'ai entendu, dans mon dos, une porte qui grinçait sur ses gonds et j'ai fait volte-face :

— Je n'y suis pour rien, d'accord ?

— Lil ? C'est vous ! Il me semblait bien avoir entendu votre voix.

J'ai contemplé le petit bout de femme qui me souriait et je lui ai rendu son sourire. Rachel Sanchez, vingt-quatre ans, avait de longs cheveux châtains et le teint mat, une silhouette menue, de grands yeux noisette et un joli petit nez en trompette. Elle avait fait pendant longtemps une fixette sur Jack (qui ne l'avait pas fait ?) mais à présent, elle était une cliente de Vamp'n'Love. Et parmi l'une des plus difficiles à caser, soit dit en passant.

Je voudrais vous y voir, à trouver un partenaire pour une garelle-chihuahua. Par chance, elle était une garelle patiente.

— Merci infiniment pour les croquettes, a-t-elle dit avec un sourire rayonnant.

— Merci à vous d'avoir accepté ce rencard avec l'éboueur. Je sais qu'il n'était pas trop votre genre.

— Bah, a-t-elle répondu en haussant les épaules. Qui ne tente rien n'a rien. (Bien dit, ma fille.) Vous voulez entrer boire un verre ?

— Je partais à un rendez-vous… Mais j'imagine qu'un petit verre ne peut pas faire de mal, ai-je ajouté en voyant son visage se défaire.

— Vous tombez pile poil. C'est soirée pommes.

— Soirée quoi ?

— Avec les copines du boulot, on se retrouve tous les lundis soir. Pour célébrer le fait d'avoir survécu au premier jour de la semaine. Avant, on faisait des soirées nachos et gâteau au chocolat, mais Denise (c'est une des collègues) a pris dix kilos, alors maintenant, on s'oriente vers les menus diététiques. Donc ce soir, c'est Martini pomme et tarte aux pommes.

— Et c'est diététique, ça ?

— Le Martini pomme, c'est liquide, donc ça ne compte pas, et la pâte des tartes est à l'aspartame et sans matière grasse.

Bon, c'était pas idiot.

J'ai pénétré dans l'appartement de Rachel, qui offrait la même disposition que celui de mon frère, et traversé le salon pour gagner la petite cuisine.

— Les autres filles ne sont pas encore arrivées, à part Susie. Suze, voici Lil. Lil, Suze.

La fille avait une vingtaine d'années, des cheveux châtains coupés courts, des yeux marron et un nez en trompette. J'ai croisé son regard et… Rien. Je ne pouvais pas lire un seul truc dans sa tête, ce qui signifiait qu'elle n'était pas humaine. En revanche, j'éprouvais l'envie soudaine de la soulever dans mes bras et de la câliner, détail qui m'indiquait qu'elle était sans conteste une garelle.

Une chihuahua, comme Rachel ?

Peut-être. Ou peut-être pas.

Je l'ai regardée enfiler des gants matelassés roses pour sortir la tarte du four, et la reposer sur un dessous-de-plat. Puis elle a retiré ses gants, s'est tournée vers les pommes dont elle avait retiré le trognon. Elle a reniflé une granny smith, avant de la découper en quartiers et d'en grignoter un. J'observais le mouvement régulier de ses incisives, et allez savoir pourquoi, l'image de Juste a surgi dans ma tête. C'est fou, non ? Qu'est-ce que ces deux-là auraient pu avoir en commun ?

— Vous aimez la pâtisserie ?

— J'adore ça, a répondu Suze avec un sourire rayonnant.

— Et les pizzas ?

— Ah, non, je n'ai jamais essayé d'en faire.

— Je voulais dire – vous aimez la pizza ?

— Trop gras, a-t-elle grimacé. Depuis que Rachel et moi avons décidé de nous nourrir sainement, je ne touche plus à la malbouffe.

Ce qui éliminait absolument toutes les plats que Juste avait mentionnés dans son profil.

— Et la bière ?

— Trop calorique.

— La musique.

Ses yeux se sont éclairés.

— J'adore les boys band. Backstreet Boys. *NSYNC. Même des plus anciens, comme Bell, Biv, DeVoe, et Marky Mark and the Funky Bunch.

Ça ne collerait jamais. Pourtant, il y avait chez elle quelque chose qui m'incitait à continuer à la bombarder de questions.

— Votre couleur préférée ?

— Une teinte entre le jaune et la mangue.

— Que pensez-vous du piercing ?

— C'est une pratique barbare.

— Et des mecs qui mettent de l'eye-liner ?

— Ils sont gays.

— Et des mecs qui portent des lunettes ?

— C'est des *geeks*.

Elle a recommencé à grignoter son quartier de pomme, et j'aurais dû m'en tenir là pour l'interrogatoire, oublier cette fille et boire mon Martini pomme, mais c'était plus fort que moi. J'ai dévisagé Suze.

— Vous êtes une garelle, n'est-ce pas ?

Elle a coulé un regard nerveux en direction de Rachel qui tenait un shaker dans une main et un verre dans l'autre.

— Tout va bien, l'a-t-elle rassurée. Ce n'est pas une vraie vampire.

Mon cœur a bondi de joie. Parce que j'étais sur un coup, j'étais à *ça* de trouver une partenaire à un client *a priori* incasable, et c'était à chaque fois une expérience euphorisante, grisante, de savoir que le véritable amour attendait au coin de la rue, à portée de main de tous ceux assez courageux pour ne pas le laisser passer. Oui, c'est pour ça que mon cœur s'était emballé, et certainement pas parce que l'affirmation de Rachel me faisait plaisir. J'étais une vampire cruelle et assoiffée de sang, et j'allais le leur montrer – dès que j'aurais satisfait la curiosité qui me démangeait.

— Vous êtes une garelle.

C'était plus une affirmation qu'une question, cette fois. Suze a hoché la tête.

— Chihuahua ?

Elle a souri.

— Même taille. Autre espèce.

— Chat.

— Pas vraiment.
— Opossum ?
— Non.
— Mouffette ?
— Non, mais on m'a déjà traitée de grosse cochonne.

Cela ne nous était-il pas arrivé à toutes ? (Ma curiosité est passée à la vitesse supérieure.) Bon, j'ai trouvé. Va-tout : Lapin !

Suze a secoué la tête.
— Écureuil.
— Je n'étais pas tombée loin.

18

— Elles sont toutes tellement belles ! s'est lamentée Mandy au bout de trois heures, après avoir essayé pour la deuxième fois chacune des trente-deux nouvelles robes. Je n'arrive pas à me décider.

J'ai avancé les fesses sur le bord du canapé, j'ai vidé cul sec mon troisième Jello, et lancé d'une voix éraillée :

— Un autre.

— Tout de suite, a répondu Shirley avec un sourire, en soulevant le plateau de verres vides – Mandy en avait descendu quatre, et sa mère cinq.

Je m'apprêtais à m'avachir à nouveau pour passer quelques appels téléphoniques pendant que Mandy attaquait un autre round d'essayages, quand elle m'a empoignée par le bras et obligée à me mettre debout. Son regard était noyé de détresse.

— Tu dois m'aider ! (Elle a secoué la tête et contemplé le portant qui croulait sous les fanfreluches blanches.) Il y en a trop. Et elles sont toutes si...

Chargées ? Ringardes ? Hideuses ?

— ... blanches. Je commence à avoir la migraine.

— C'est à cause de la tequila. Plus de Jello pour toi.

J'ai détaché ses doigts de mon bras et je me suis reculée, en vacillant imperceptiblement sur mes sandales à lacets. Non pas que j'y voyais double. Pas encore. J'ai battu des paupières jusqu'à ce que l'impression de flou se dissipe et j'ai examiné les robes.

— Bon, ai-je repris. *Bon.*

— Bon quoi ?

— Bon, je vais prendre la situation en main. Redresser la barre. (J'ai cligné des yeux, carré les épaules, et mon esprit s'est éclairci.) As-tu déjà imaginé le mariage de tes rêves ? Rêvé du Grand Jour ? Avec toute la panoplie ?

— Euh, oui.

— Dans ton rêve, est-ce que tu voyais une robe en particulier ?

— Plusieurs.

Ben pardi.

— Et ces robes, elles se ressemblaient toutes ? Elles avaient le même genre de coupe, de style ?

— Elles étaient assez similaires, a répondu Mandy après un instant de réflexion, (et puis une idée a semblé lui traverser la tête et j'ai compris qu'elle voyait où je voulais en venir). Non, pas exactement, a-t-elle enchaîné. Mais elles avaient plein de détails en commun.

— Bien. Viens t'asseoir, ai-je dit en désignant le canapé.

Elle s'est laissée choir comme une masse et pendant qu'elle se dandinait pour s'installer confortablement, j'ai poursuivi :

— Maintenant, tu vas fermer les yeux, visualiser ces robes, et moi, je vais te poser des questions, et éliminer toutes celles qui ne correspondent pas aux images que tu as dans la tête. Ça ne nous conduira peut-être pas directement à une robe, mais ça devrait limiter un peu le choix.

Elle a hoché la tête, fermé les yeux et je lui ai laissé quelques secondes pour se mettre en condition.

Bon, d'accord, j'en ai profité pour m'éclaircir également les idées. Mais dans l'histoire, on était gagnantes toutes les deux.

— Droite ou évasée ?

— Plutôt droite. Mais pas trop. Je dois pouvoir suivre Jack quand nous repartirons de l'autel. (Elle a entrouvert un œil.) Les vampires se marient devant un autel, n'est-ce pas ?

Jamais.

— Oui, évidemment.

Elle a souri, et refermé la paupière.

— Ça marche ?

— On progresse, incontestablement. (J'ai sorti huit robes sur trente-deux du portant.) Et le tissu ? Satin ou soie ?

— Oui. Je veux dire, l'un ou l'autre. Ou les deux.

— Ce qui élimine le taffetas. (Et hop ! Sept de plus à la trappe.)

— Et la dentelle ?

— Oui, mais pas trop.

Exit cinq autres modèles de la collection Au-secours-les-années-quatre-vingt-sont-de-retour.

— Les gros nœuds ?

— Les nœuds, c'est pas trop mon truc. Ni les perles. Je n'aime pas les vêtements surchargés.

Neuf de plus au rencard. J'ai contemplé le tiercé gagnant.

— Avec manches, ou fourreau ?

— Fourreau.

Et *adios* les trois finalistes.

Un immense soulagement m'a envahie.

— Terminé !

— C'est vrai ? Laquelle est-ce que j'ai... (Mandy a ouvert les yeux et vu le portant – vide.) Mais... je n'en ai choisi aucune !

— Considérons ça comme un signe divin. (Oups ! Venais-je vraiment de dire ça ? *Mea maxima culpa.*) Je vais prendre rendez-vous chez Vera Wang. Je suis sûre qu'ils auront quelque chose de merveilleux.

— Mais je ne peux pas aller chez Vera Wang.

— Bien sûr que si. Je connais du monde. Je peux nous obtenir un rendez-vous en soirée. On sirotera du champagne, on matera des robes et on passera un moment fabuleux.

Mandy a secoué la tête.

— Recommençons.

— Tu te fiches de moi, n'est-ce pas ?

— Je dois en choisir une *ici.* (Son regard était voilé de désespoir.) Shirley fait partie de la famille. Elle s'est donné un mal de chien pour rassembler le plus de robes possibles afin que j'aie le choix. Elle nous a ouvert sa boutique en nocturne. Et elle nous a offert tous ces Jello ! Je ne peux pas lui dire que je vais aller voir ailleurs. Elle serait vexée à mort.

— Moi, je peux.

— Ah bon ?

— Oui, je me charge de le lui annoncer.

— Tu peux faire ça ? a demandé Mandy, une lueur d'espoir dans les yeux.

— Je suis de la race cruelle des vampires. Nous violons et pillons comme d'autres font du jogging ou jouent au tennis. Anéantir rêves et aspirations ? Acculer quelqu'un à la faillite ? (J'ai souri.) Tu peux compter sur moi.

Oui, ce sont bien mes paroles. Mais quelque part entre le viol et la faillite, j'avais – comment dire ?.... Perdu mon enthousiasme.

Et lorsque Shirley est revenue avec une autre tournée de Jello et l'air serein, j'ai également perdu mon culot.

— Alors, vous avez arrêté votre choix ?

Mandy et sa mère m'ont regardée. Je me suis éclairci la voix. *Tu peux le faire. Tu en es capable. Libère le vampire qui est en toi. Il te suffit d'ouvrir la bouche et de montrer éventuellement une petite canine.*

— Elle veut les essayer toutes une troisième fois, me suis-je entendue répondre. Et la nuit portant conseil, elle en choisira une demain à la première heure.

— Ah bon ? ont lâché Mandy et sa mère à l'unisson.

Je leur ai décoché un regard qui signifiait, *Allô ? C'est un mensonge. Marchez dans mon jeu !*

— Tout à fait, a bafouillé Mandy.

— Absolument, a renchéri sa mère.

Ah, le regard. Ça marche à tous les coups.

— Parfait, a répondu Shirley. En ce cas, nous pouvons maintenant nous occuper du voile, des chaussures et des accessoires.

— Youpi. On a une chance folle.

— Eh bien oui, figurez-vous. J'ai plein de nouveaux fournisseurs, je reçois des articles de droite et de gauche et, parmi eux, un fantastique collier de coquillages qui sera mignon comme un cœur avec la robe ourlée de mini nœuds marins.

— Fabuleux, ai-je répondu.

Shirley a brandi son plateau avec un sourire rayonnant.

— Un petit verre ?

— Avec plaisir.

Mandy s'est emparée du Jello au citron vert. J'ai choisi celui à la pomme verte, et Mrs Dupree a pris celui à la pastèque *et* celui à la framboise.

Les quelques heures suivantes ont passé dans un brouillard de robes, de tequila, et d'auto-apitoiement (de ma part). Plus je regardais ces débauches d'étoffes, de dentelles et de perles, plus je les imaginais sur moi. Et plus Ty me manquait.

Mordu. Héréditaire. On oublie, tout de suite.

J'avais beau savoir qu'un avenir avec Ty n'était pas envisageable pour moi (et encore moins pour ma mère), et déployer des efforts surhumains, je n'arrivais pas à chasser ces images de ma tête. Ni à dompter l'inquiétude qui me rongeait, ni à contrôler mon impatience d'appeler Ash. Pour la énième fois.

— Je sais à quoi tu penses, a déclaré Mandy.

Elle venait de passer une monstruosité tout droit sortie du dressing de Scarlett O'Hara. D'ailleurs, Shirley était partie chercher le chapeau de paille assorti (oui, vous avez bien lu, chapeau de *paille*) et le voile, et nous étions seules pour la première fois depuis que je m'étais dégonflée.

— Ah bon ?

Mandy a hoché la tête.

— Tu n'as même pas besoin de me le dire. Vu ta bobine, c'est évident.

Est-ce qu'on pouvait voir à ma bobine que je me mourais d'amour pour un mordu ?

— Je le vois dans tes yeux.

Oh non !

— Tu penses que je suis monstrueuse dans cette robe. (Elle s'est retournée vers le miroir et elle a levé les mains au ciel, en grimaçant de dégoût.) Peut-être que je ferais mieux de renoncer, tout simplement. Jamais je ne trouverai la super robe. L'hôtel nous a éjectés et tous les autres beaux hôtels sont complets. Le seul endroit libre à cette date, c'est le boui-boui de mon oncle Nino. Il propose de nous servir un chili avec des nachos au fromage. (Elle a reniflé.) Et je commence à penser que ta mère me déteste.

— Qu'est-ce qui te fait dire ça ?

Hormis des neurones shootés à la tequila, évidemment.

Mandy a haussé les épaules et les manches flottantes de la robe se sont affaissées sur ses épaules.

— Elle ne m'adresse jamais la parole. Au début, je pensais que c'était parce qu'elle ne me connaissait pas bien. Mais j'ai assisté à plusieurs chasses, et j'ai essayé de discuter avec elle, et elle ne mord tout simplement pas.

— Ce qui est plutôt une bonne chose.

— Certes. (Elle a haussé les épaules.) Mais elle me dévisage très souvent avec un regard mauvais, comme si elle ne pouvait pas me supporter. Qu'en penses-tu ?

Nous y étions. Je tenais l'opportunité de passer aux aveux, et délester mes épaules du fardeau qu'y faisait peser ma mère. Il me suffisait de dire à Mandy à quel point Jacqueline Marchette la détestait et tout serait réglé. Cette fille avait le droit de savoir. Non, franchement. Moi, j'aurais voulu le savoir si la mère de l'amour de ma vie me haïssait.

Enfin, je pense.

— Elle ne te déteste pas.

— Qu'est-ce qui te fait dire ça ?

Ouais, *qu'est-ce qui me faisait dire ça* – bonne question.

— Il lui faut un temps d'acclimatation pour témoigner de la chaleur aux gens. (Bon, techniquement parlant, ma mère était une vampire tiédasse, qui ne se réchaufferait jamais, mais là n'était pas le problème.) Sois patiente.

— Elle trouve que je ne suis pas à la hauteur de son fils.

— C'est un fait.

— Je le savais !

— Elle te trouve trop bien pour lui. Ne le prends pas mal, Mandy, mais Jack est un vrai petit con. Crois-moi, je l'ai vu à l'œuvre. Nous l'avons tous vu. Ma mère ne veut pas que tu te réveilles un jour en réalisant que tu as commis une erreur. (Bon, d'accord, ça, c'était ma crainte, pas celle de ma mère, mais qui étais-je pour pinailler sur des détails ?) Elle veut simplement que tu sois sûre de toi.

— Je sais comment était Jack, avant. J'ai entendu raconter des choses. C'était un dragueur invétéré, qui couchait avec une fille différente chaque week-end.

— En semaine aussi.

— Mais il a changé. C'est un homme merveilleux. Dévoué. Aimant. Et tout le monde a droit à une seconde chance, tu ne penses pas ? Même un tombeur comme Jack, a-t-elle ajouté sans attendre ma réponse.

— Tu es sûre de toi ?

Elle a semblé réfléchir.

— Tu sais quoi ? Oui, j'en suis sûre. (Elle a raidi les épaules.) Jamais de toute ma vie je n'ai éprouvé une telle certitude à propos de quelque chose ou de quelqu'un. Je sais que je ne me trompe pas en l'épousant, a-t-elle ajouté en me regardant droit dans les yeux. Au plus profond de moi, je le sais.

Je lui ai souri.

— Eh bien, c'est tout ce qui compte.

Elle s'est soudain aperçue que son visage était baigné de larmes. Elle a reniflé et s'est essuyé les joues.

— Tu sais, tu as raison. Quelle importance si ma robe est moche, et qu'on mange du chili le plus beau jour de ma vie ? J'épouse le vampire que j'aime. Le vampire qui m'aime. Quel besoin avons-nous d'un hôtel chic ou d'une cérémonie sophistiquée ? Ce n'est même pas indispensable d'offrir des dragées aux invités. Nous n'avons besoin que l'un de l'autre.

Ouais, absolument.

J'ai essuyé une larme qui avait insidieusement coulé sur ma joue.

— Ta robe ne sera pas moche, et tu ne te marieras pas dans un boui-boui minable. (J'ai reniflé.) Il est hors de question que tu approches à moins d'un mètre d'une assiette de chili avec une robe blanche. Pas si je peux faire quelque chose. Tu auras le mariage dont tu rêves.

— C'est vrai ?

Ses yeux scintillaient d'un espoir retrouvé et j'ai hoché la tête.

Que voulez-vous que je vous dise ? L'espoir avec un grand E, c'est mon petit-lait.

— Tu es merveilleuse, Lil. Je suis tellement heureuse qu'on devienne sœurs. (Elle a essuyé un autre flot de larmes et j'ai cru la voir rassembler sa détermination.) Bon, c'est quoi le plan ?

J'ai écarté résolument de ma tête toutes ces idées échevelées quant à l'amour, le mariage, Ty et j'ai plaqué un sourire archiconvaincant sur mes lèvres.

— Tu n'as pas l'ombre d'un souci à te faire. Continue les essayages et laisse-moi m'occuper des détails.

19

Au terme de notre soirée chez *Wedding Wonderland*, j'ai sauté dans un taxi et je suis rentrée directement chez moi. J'ai avalé un verre de sang tiède, j'ai ouvert une boîte pour Killer puis j'ai passé quelques heures devant l'ordinateur, à chercher des solutions alternatives pour résoudre la crise de la robe de mariée. Et lorsque j'ai eu la certitude d'avoir un plan imparable, je me suis attaquée au problème suivant.

— J'ai besoin d'un service, ai-je dit à Nina I lorsqu'elle a décroché son portable.

— J'ai besoin de ma veste. Et de mes lunettes de soleil.

— Tu auras les deux, si tu me rends ce minuscule service.

— Je ne vais pas faire de plat à Remy. Il est charmant et tout ce que tu veux, mais je ne suis pas prête à pondre des bébés, là tout de suite, et sa mère est pire que la tienne.

Non, vraiment ?

— Ça ne concerne pas Remy. J'ai besoin d'une salle de bal.

J'ai expliqué le souci auquel se heurtait Mandy, et conclu, dans un bel élan d'emphase :

— Si tu fais ça pour moi, tu pourras me demander tout ce que tu veux.

— Ton châle en cachemire ?

— Je pensais plutôt à une attention en rapport avec mon premier-né. Et mon second aussi, si tu valides le parking.

— Excuse-moi mais je préférerais une gratification plus immédiate. Disons quelque chose qui aura lieu dans ce siècle.

— Je te remercie. (J'ai fermé les yeux et je me suis représenté mon accessoire préféré entre tous. Et souvenue, à titre de consolation, que la nouvelle collection Hermès sortirait dans trois mois, deux jours et seize heures.) Bon d'accord, ai-je dit précipitamment avant de pouvoir changer d'avis. Il est à toi.

— C'est vrai ?

— N'est-ce pas ce que je viens de dire ?

— Je vais consulter notre planning et voir qui je peux virer. (Je l'ai entendue pianoter sur son clavier.) Ça va être un peu compliqué... Nous avons déjà un banquet prévu ce soir-là. (Elle a continué à pianoter et mon anxiété est montée d'un cran.)

— Je vais peut-être appeler Lola, pour voir si elle peut m'arranger quelque chose au Plaza, ai-je lâché.

Silence de plomb à l'autre bout de la ligne. Les doigts sont restés en suspens au-dessus du clavier, la Terre a arrêté de tourner sur son axe.

Lola Bettancourt Camden était la fille de l'extraordinaire Hamilton Camden, magnat de l'immobilier et vampire héréditaire. Souvent, Hamilton se retrouvait en compétition avec le père de Nina pour l'acquisition de propriétés de luxe. Et récemment, en rachetant l'immeuble de la banque Chase, il venait de damer le pion à Victor Lancaster.

Marchant dans les traces des mocassins Gucci de leur père, Nina et Lola étaient souvent en concurrence directe pour l'achat de pièces de grands couturiers, rares et extrêmement difficiles à se procurer. Mon châle en cachemire était une pièce unique. Un cadeau de ma mère, que j'avais reçu en même temps que mon stock de polos vert pomme et de Dockers beiges, lorsque mon père et elle m'avaient offert, pour mon anniversaire, la gérance des succursales de Midnight Moe's implantées autour de NYU.

Je leur avais rendu les clés des boutiques (les uniformes en question s'ornaient de mon nom brodé, ce qui signifiait qu'ils étaient à moi jusqu'à ce qu'ils tombent en lambeaux, ou que je butte malencontreusement sur un objet pointu), mais le châle, je me l'étais approprié en moins de temps qu'il n'en fallait à Killer pour avaler une boîte de Thon Tentateur.

— Tu n'appellerais pas Lola, a dit enfin Nina d'un ton accusateur. Tu la détestes.

— Certes, c'est une garce, mais ça ne va pas m'empêcher de conclure un petit marché avec elle, s'il en va de l'intérêt de ma famille.

— Laisse-moi voir. (Les doigts ont recommencé à s'activer sur le clavier, avec plus d'allant cette fois, et j'ai souri.) Je pourrais dire au président de l'association qui organise le banquet qu'un client mal embouché vient de nous intenter un procès, et que son avocat est l'un des membres de l'association, ce qui constituerait un conflit direct d'intérêts s'il venait dîner dans notre établissement.

— Génial.

— Je vais déplacer le banquet à l'Omni (un autre des établissements de papa Lancaster) et mettre à la place la noce Marchette-Dupree. (Nina continuait à taper frénétiquement sur son clavier.) Voilà, c'est fait.

— Tu es formidable.

— Et cette fois tu vas tenir parole, n'est-ce pas ? Parce que vingt-quatre heures se sont écoulées et je n'ai toujours pas vu ni ma veste, ni mes lunettes.

— Je te les dépose d'ici demain.

— Croix de bois croix de fer, si tu mens, tu éborgnes une pucelle ?

Beurk ! Étions-nous à ce point sanguinaires, gamines ? Bien sûr que non ! C'est pas parce qu'on a des crocs, qu'on dort dans des cercueils, qu'on rôde la nuit...

Bon, d'accord, nous étions des enfants sanguinaires.

— Compte sur moi, ai-je grommelé.

— Dis-le.

J'ai levé les yeux au ciel.

— Croix de bois, croix de fer, si je mens, j'éborgne une pucelle.

— Et dis : Merci Nina.

— Merci Nina.

— Pour ce soir et pour hier soir.

— Pour ce soir et pour hier soir.

— Et n'en parle à personne. Je n'arrête pas de faire des changements. Au bureau des réservations, ils me détestent. Sauf George et Chuck. Pour eux, je suis juste une emmerdeuse. Mais Anna et Megan ? Elles me haïssent. L'une et l'autre. En général, a-t-elle enchaîné avec une pointe d'excitation dans la voix, je n'aime pas trop passer chez tes parents parce qu'ils sont tellement... Bon, tu sais comment ils sont.

Oui, malheureusement.

— Mais hier soir, c'était assez amusant. Ça faisait des siècles que je n'avais pas vu ton frère. Dans mon souvenir, c'était un gigolo bêcheur et imbu de lui-même, mais il a vraiment changé.

Max ? Rob ? Ou Jack ? Duquel parlait-elle ? Les trois correspondaient à la description. Jack cependant était le seul à avoir trouvé le filon du changement. Et de la gentillesse. Ou du moins de la semi-gentillesse, depuis qu'il avait rencontré Mandy.

— J'ai peur qu'il soit déjà pris.

— Oh non ! Par qui ?

— Nina ! C'est justement pour ça que je t'ai demandé de traverser les frontières de l'État. Jack va épouser Mandy. Ma mère est aux cent coups. Ça te rappelle quelque chose ?

— Je ne te parle pas de Jack, idiote. Mais de Rob.

— Rob a changé ?

— Ça crève les yeux. Il a vieilli et il est plus mûr.

— Étions-nous bien à la même soirée ? Celle où Rob a joué au bras de fer contre Max pour gagner le droit de se vautrer sur la méridienne ?

— Et il a gagné. J'étais super impressionnée.

Mieux valait entendre ça que d'être sourde.

— Bon, récapitulons. Si j'ai bien compris, tu t'intéresses à Rob ?

— Je pense qu'il y a un petit quelque chose. Une connexion. Tu crois que je l'attire ?

Voyons, réfléchissons. Nina est un bipède. Elle boit du sang. Elle a un vagin.

— Il t'adore.

— C'est vrai ? Il te l'a dit ?

— Pas en des termes aussi détaillés mais je connais mon frère. Fais-moi confiance, il démarre au quart de tour.

— Excellent. Je vais peut-être m'inviter à la prochaine chasse.

— Il n'y aura pas de chasse ce dimanche. Enfin, si... (Et ce parce que mon père prenait les traditions très à cœur et que depuis trois cents ans, nous n'avions pas dérogé une seule fois à la règle de la chasse dominicale.) Mais elle aura lieu après le dîner qu'a organisé ma mère.

— J'accepte avec joie.

— Tu n'es pas invitée. À moins, ai-je ajouté en réfléchissant à toute vitesse, que je puisse garder les lunettes de soleil.

— Mais je les ai gagnées ! a-t-elle pleurniché.

— C'est vrai, mais je vais les récupérer en te cédant ma place à table afin que tu puisses être assise à côté de Rob.

— D'accord.

— Tu plaisantes, n'est-ce pas ?

— Non, non. Garde-les. Écoute, je dois raccrocher. Il y a une queue de tous les diables, à la réception. Nous accueillons une convention de romancières à l'eau de rose. Je te vois demain pour récupérer ma veste.

Click.

J'ai raccroché et j'ai contemplé le combiné, un peu éberluée. Il était impossible, absolument impossible, que Nina vienne de renoncer à une paire de Badgley Mischka pour un truc aussi insignifiant qu'un orgasme, ou même dix. Tout comme moi et quelques autres mégadélicieuses vampirettes, Nina pouvait se targuer d'un impressionnant quotient orgasmique à deux chiffres, mais dans l'ordre des priorités, un prestigieux accessoire de mode passait toujours avant une partie de jambes en l'air. Et c'était une règle d'or. À moins que...

Un sourire s'est faufilé sur mes lèvres.

— Nina en pince pour Rob, ai-je annoncé à Killer qui était lové sur mes genoux. N'est-ce pas génial ? Peut-être que grâce à moi, ils vont se mettre ensemble et que je vais devenir tatie.

Je me suis vue, escortant un petit troupeau de Rob et Nina miniatures chez Barney's, vêtue de ma robe en mousseline Rebecca Taylor, et mon sourire s'est évanoui. On parle ici de mousseline de soie, voyez-vous. Une étoffe vulnérable aux traces de doigts indélébiles, incompatible avec des petites mains qui s'accrochent, qui tirent et *riiiiip !*

Oh, non, ils n'ont pas fait ça !

Non, non, du calme, personne n'avait rien fait, et j'allais un peu trop vite en besogne J'ai inspiré un grand coup pour calmer mon rythme cardiaque, et j'ai fait apparaître une autre image : Nina et Rob se dévorant des yeux avec adoration (après m'avoir signé un chèque rondelet pour services rendus) et avoir dit : « Oui je le veux. » Voilà qui était bien mieux.

J'ai soupiré et Killer a miaulé.

Je me suis prélassée dans ce doux sentiment de satisfaction pendant plusieurs secondes, avant de me retrouver catapultée à nouveau dans une mer d'idées noires.

La nuit battait son plein et toute vampirette d'excellente ascendance, sexy, branchée que j'étais, je me trouvais désespérément seule – certes, j'avais Killer, mais je préférais ne pas le compter dans le paysage. Songer qu'il y avait désormais une caisse remplie de litière dans ma salle de bains, qui n'attendait plus que je fasse le grand saut, n'aurait fait qu'aggraver mon état. Mes deux meilleures amies avaient trouvé quelqu'un (Nina I avait Rob, et Nina II son compagnon d'éternité, Wilson). Jack avait Mandy. Max se tapait la moitié des filles à papa de Manhattan – y compris une des sœurs Hilton, mais attention, pas de gaffe ! Ce n'est pas moi qui vous l'ai dit. Vendredi soir, Juste aurait Suze. Ma mère avait mon père. Et moi, j'avais des cheveux déments.

Eh bien, franchement, mon éternité, elle n'était pas top.

Miaou.

L'appel discret de Killer s'est insinué dans le cours de mes pensées et j'ai baissé les yeux. Il était en train de me dévisager de ses grands yeux verts, sans ciller.

Ça va aller, la séance d'auto-apitoiement. Tu ne connais rien du vrai désespoir tant que tu n'as pas crevé de faim dans une ruelle et subi les quatre volontés d'un pit-bull qui jouait les caïds.

C'est sûr.

J'ai congédié ma morosité et j'ai essayé de me concentrer pour trouver l'adresse d'un restaurant qui conviendrait au rencard de Juste et Suze. J'ai exploré un certain nombre de possibilités via Google. Haut de gamme, ou sans prétention ?

L'alternative m'a rappelé mon dilemme personnel. Commissaire de police, ou chasseur de primes renégat ?

J'ai songé à Remy, et à la perfection de son profil – il était raffiné, et pouvait se targuer d'un impressionnant taux de fertilité, et de là, j'ai pensé à Ty, à ses imperfections patentes, à ses manières de rustre, à son taux de fertilité inexistant, et au fait que tout ça m'était égal.

Je les aimais bien tous les deux.

En fait, je préférais Ty.

J'ai noté les noms et adresses de deux brasseries et j'ai éteint l'ordi. Et puis j'ai appelé Ash. Il a répondu à la quatrième sonnerie.

— Vous avez trouvé des pistes ?

— Non, pas depuis votre dernier coup de fil il y a six heures.

— Il n'y a que six heures ?

— Oui.

— Vous en êtes sûr ? Ça m'a semblé bien plus long.

— Je vous chronomètre.

— Oh. (J'ai posé Killer par terre pour me lever et j'ai commencé à faire les cent pas.) L'attente, ce n'est pas trop mon truc. J'ai vraiment besoin de savoir s'il va bien.

— La seule chose que je peux vous dire, c'est que nous avons relevé une seconde série d'empreintes sur la poignée de sa porte. Elles correspondent à celles d'un truand de Brooklyn. Le type vient tout juste de sortir de taule, où il a purgé huit ans pour braquage à main armée.

Quoi ?

— Huit ans ? Pour un braquage à main armée ? C'est tout ?

— Il a peut-être bénéficié d'une remise de peine pour bonne conduite. Il est sorti il y a trois semaines, environ, et dans la rue, on raconte qu'il cherche Ty. Il a dit à qui voulait l'entendre qu'il allait l'étriper et lui bouffer la langue.

— Beurk !

— Et depuis, il a disparu.

— Avec Ty et sa langue ?

— Ma conviction ?

— Oui.

— J'en doute. Le sale type qui s'en est pris à Ty – qui que ce soit ou quoi qu'il soit – est bien pire qu'un petit malfrat humain. Il n'en reste pas moins que les empreintes de celui-ci n'avaient rien à faire sur la porte de Ty et, donc, on remonte la piste.

Comme ce n'était vraiment pas là ce que j'avais envie d'entendre, j'ai redirigé la conversation sur l'inefficacité de notre système judiciaire.

— Huit ans ? Pour un braqueur qui mange de la langue ? *C'est tout ?*

— C'est le tarif.

— Mais il devrait être sous les verrous, et manger la langue d'autres scélérats, pas celle d'aimables citoyens, probes et respectueux de la loi.

— Certes. Comme devrait être sous les verrous la moitié des criminels de New York, mais le système est débordé. Il n'y a tout simplement pas assez de place.

— Et ça, c'est une raison suffisante pour relâcher dans la nature des délinquants violents et déséquilibrés ? (Mes doigts se sont crispés sur le téléphone et je commençais à voir rouge vif.) À quoi servent nos impôts ? Si tous les Hannibal Lecter peuvent se balader librement sur la 5e Avenue, kidnapper et torturer et...

— Du calme, Norma Rae, m'a-t-il coupée. Vous prêchez un convaincu. Je ne faisais que vous tenir au courant.

J'ai tenté de me calmer.

— Très bien. Excusez-moi. Mais je vais faire un courrier à mon député.

— Ne vous privez pas. En attendant, je vais essayer de localiser le criminel. Je vous appelle si je trouve quelque chose.

Ce n'était pas la réponse que j'aurais voulue mais c'était mieux que rien. Une piste ténue. Un minuscule espoir.

Je m'en suis saisi et je l'ai serré contre moi en me glissant dans le lit à côté de Killer. J'ai fermé les yeux. Ash allait retrouver la trace du truand, qui le mènerait jusqu'à Ty avant que ce monstre ait eu le temps de lui manger la langue, ou pire.

Du moins était-ce ce que je me racontais.

Mais plus j'essayais d'entrer en contact avec Ty, plus le silence s'éternisait et plus je commençais à penser que peut-être – *peut-être* – il était déjà trop tard.

20

J'ai passé la journée à me tourner et me retourner dans le lit. J'avais l'impression d'être une canette de Coca Light esseulée dans un frigo rempli de O+ et de AB–.

Traduction : inutile.

Ce qui explique pourquoi *moi* – comtesse Lilliana Arrabella Guinevere du Marchette – j'ai abandonné mes draps en coton mille deux cents fils au profit d'un aspirateur.

Non, non, je ne blague pas.

J'étais complètement à cran, il fallait que je fasse quelque chose, le sommeil me fuyait, alors l'aspirateur, ça semblait une bonne idée. Bien meilleure que de rester au lit à contempler le plafond. À attendre. En me rongeant les sangs.

J'ai aspiré les moquettes. Épousseté les meubles. J'ai même passé la serpillière dans la salle de bains. Cela fait, je me suis accordé une pause, adossée au lavabo, et j'ai regardé la brosse des toilettes.

Bon, d'accord, – je n'étais pas aussi inquiète que ça.

Le temps que je joue la fée du logis, la journée avait filé. Le soleil allait bientôt se coucher et ma nuit promettait d'être bien remplie.

J'ai sauté sous la douche puis j'ai sacrifié à mon rituel quotidien – cheveux, maquillage, cheveux. J'ai enfilé une robe en soie blanc cassé ultra-courte, brodée, avec une paire de nu-pieds plats et dorés, et pour compléter mon look à mi-chemin entre la bourgeoise de banlieue et le *swinging London*, j'ai choisi une pochette Coach, des boucles d'oreilles en cristal et des lunettes de soleil. J'ai attrapé la veste Donna Karan de Nina et le châle, et j'ai filé.

J'étais peut-être crevée, mais au moins, j'en jetais un max, comme d'habitude.

Et apparemment, je n'étais pas la seule de cet avis, parce que le flash de l'appareil photo a commencé à crépiter à la seconde où j'ai passé la porte de mon immeuble. Mais ce soir-là, je n'étais pas d'humeur. Sans que j'aie eu le temps de comprendre ce qui se passait, mes pieds surnaturels m'avaient portée de l'autre côté de la rue, et plantée devant une Gwen pour le moins médusée. On aurait dit qu'elle venait de voir un fantôme.

On se calme, Lil. Profil bas, tu te souviens ?

— Vous..., s'est-elle étranglée en désignant le trottoir opposé. Vous... étiez là-bas... Et maintenant, vous êtes là. (Elle a dégluti péniblement.) Comme ça.

Je me suis souvenue qu'avant de me résoudre à sortir l'aspirateur, j'avais allumé la télé pour zapper un peu.

— Je suis une illusionniste. Comme ce Criss Angel. Vous savez ? Le magicien.

— Je pensais que vous dirigiez une agence de rencontres.

— Eh bien oui, c'est le cas, ai-je répondu avec un grand sourire. Mais à mes heures perdues, je suis magicienne. Et puisqu'on parle de rencontres...

— Ah bon, on parle de ça ?

Oui, on parle de ça. Je lui ai envoyé mon message silencieux tout en sachant bien qu'il resterait lettre morte. À moins que sa détestation des hommes ne l'ait transformée en lesbienne militante, ou au moins convertie à la bisexualité.

Elle m'a dévisagée d'un regard vide. Ce qui pouvait être un bon, ou un mauvais signe, selon l'angle qu'on choisissait d'adopter. J'ai décidé de me montrer positive : puisqu'elle était réfractaire à mon petit exercice de charme, elle continuait d'aimer les hommes – tout en étant tout de même convaincue que Lorena Bobbitt[1] aurait dû être la première femme présidente.

— C'est tellement difficile de rencontrer quelqu'un aujourd'hui, rien d'étonnant à ce que tant de femmes finissent avec des pauvres types.

— Ce sont tous de pauvres types.

— La grande majorité, je vous le concède. Mais il y en a quelques-uns, rares, qui sont des perles : des hommes qui vous apportent le petit déjeuner au lit et vous massent les pieds. Qui ne pètent pas sous les draps et n'accaparent pas la télécommande.

— Vraiment ?

Elle n'aurait pas eu l'air plus dubitatif si je lui avais soutenu que la Terre était plate et que les vampires héréditaires faisaient du bénévolat dans les associations humanitaires.

— Si je vous le dis. Vous ne pêchez pas au bon endroit, c'est tout. Vous avez besoin d'un mentor. De quelqu'un qui mette un appât sur votre hameçon et procède pour vous à un tri raisonné. (Je lui ai tendu une carte.) C'est là que j'entre en scène. Une femme aussi séduisante que vous ne devrait pas boire son café toute seule, ai-je ajouté en regardant le gobelet en carton posé à côté d'elle, et auquel elle n'avait pas touché.

1. Héroïne d'un fait divers célèbre, mettant en scène une épouse excédée, un pénis et un couteau de cuisine.

— Oh, je ne buv… Je veux dire, le café c'est ma drogue, s'est-elle reprise en secouant vigoureusement la tête, paniquée à l'idée d'avoir grillé sa couverture. Je ne peux pas m'en passer.

Ouais, c'est ça. Il m'avait suffi de croiser une seule seconde son regard effrayé pour savoir qu'elle détestait le café autant qu'elle détestait son ex. Leur premier rencard avait eu pour cadre un Expresso Bean et elle ne pouvait plus mettre un pied dans un *coffee shop* sans constituer une menace pour l'intégrité physique d'un client.

— En ce cas, vous devriez trouver quelqu'un qui partage votre passion pour euh… Le café, ai-je répondu avec un sourire.

— Vous trouvez aussi ?

— Vous êtes séduisante. Vous êtes dans la fleur de l'âge. Vous méritez mieux qu'un ex malhonnête et coureur.

— Vous trouvez aussi ?

— La vie ne se résume pas à être le factotum de quelqu'un. (Les mots avaient dégringolé de ma bouche avant que je puisse les arrêter, mais Gwen n'a pas semblé relever mon étourderie, ni comprendre que j'en savais long sur elle, bien plus long qu'une minette lambda canon et fabuleusement bien sapée.) Vous pourriez vous amuser, au lieu de passer votre temps à arpenter New York dans tous les sens pour jouer au détective privé pour le compte de votre mère.

— Vous trouvez aussi ?

— Appelez-moi, et je vous trouverai des partenaires.

Elle a contemplé ma carte de visite, l'œil brillant d'excitation. Puis elle a semblé réfléchir, et son enthousiasme est retombé. Elle a secoué la tête.

— C'est très cher, non ? Parce qu'en ce moment, je dois faire attention.

Ben tiens ! Son ex l'avait plumée et laissée sur la paille, la pauvrette.

— Justement, en ce moment, nous avons une promo réservée aux amateurs de café qui possèdent un appareil photo. (Je vous l'accorde, mon argument était lamentable. Pour ma défense, je n'avais pas fermé l'œil de la journée et mon intelligence supérieure était en train de partir en fumée.) L'offre consiste en un profil gratuit et deux rendez-vous avec des partenaires potentiels, dans la mesure, naturellement, où vous réalisez quelques clichés pour le compte de Vamp'n'Love. J'envisage d'enrichir mon site avec des visuels.

Que voulez-vous que je vous dise ? Je n'étais pas non plus complètement à court d'idées.

Gwen a souri.

— Marché conclu.

Je lui ai rendu son sourire, avant de poursuivre mon chemin, et cette fois, personne ne m'a filé le train.

Je suis passée au Waldorf déposer la veste et les lunettes de soleil à Nina, qui m'a donné en échange quelques brochures de l'hôtel et une confirmation en bonne et due forme de la réservation.

Prochain arrêt : l'appartement de Jack et Mandy.

Dix minutes plus tard, et après une course en taxi qui aurait bien pu m'être fatale (mais n'est-ce pas le risque qu'on encourt chaque fois qu'on grimpe dans un taxi, dans cette ville ?), je gravissais le perron de Jack et sonnais à l'interphone. À l'instant où j'allais toquer à la porte de l'appartement, celle-ci s'est ouverte à la volée et je me suis trouvée nez à nez avec un visage rond et une bonne paire de joues roses.

— Harriet ?

— Bonsoir, Miss Lil, a répondu la vielle dame, comme d'habitude tirée à quatre épingles dans sa robe noire, son tablier blanc amidonné et son minuscule calot noir calé sur des cheveux courts et argentés. Quel plaisir de vous voir.

Harriet était la femme de chambre de ma mère – une descendante de la énième génération de la jeune fille au pair qui s'était occupée d'elle enfant. Ma mère tenait à Harriet presque autant qu'à sa collection Éditions spéciales de parfums Chanel. Elle ne pouvait pas se passer d'elle.

Jusqu'à ce jour, apparemment.

— Que faites-vous ici ?

— Je suis venue aider Mr. Jack. (Avec un sourire, elle m'a invitée à entrer.) Prenez un siège. Puis-je vous apporter un rafraîchissement ? Une eau gazeuse ? Un soda ? Un verre de sang ?

— Je euh… Non merci, ai-je décliné tout en tournant la tête.

Jack était vautré sur le canapé, télécommande en main. Un assortiment de ses magazines favoris s'étalait sur la table basse (*GQ*, *Maxim*, et même quelques numéros du très confidentiel *Aristocratic Vamp*), à côté d'une sélection de flacons de sang d'importation parmi les plus chers du marché, un oreiller en plumes et un iPod dernier cri – avec sa station.

— C'est maman qui t'a envoyé tout ça, n'est-ce pas ? (Il a hoché la tête.) Et Harriet, aussi ?

— Je suis censé lever le pied. Harriet est là pour veiller à ce que je me repose. Je n'arrive toujours pas à le croire, a-t-il ajouté avec un sourire béat.

— Quoi donc ?

— Que maman se soit enfin rendue à la raison. Qu'elle ait accepté Mandy et qu'elle essaie maintenant de se racheter de ses comportements de foldingue.

— Soit ça, soit elle croit que tu as attrapé un microbe rarissime et que ton état nécessite une assistance 24 heures sur 24.

Jack a froncé les sourcils, et sûrement pas parce que Harriet venait de lui servir un verre de son groupe sanguin préféré – elle lui avait même glissé une petite serviette sous le menton.

— Qu'est-ce que tu racontes ?

Motus et bouche cousue, Lil. Tu emporteras ce secret dans ta tombe.

Mais bon – la tombe, ce n'était pas pour demain, loin sans faut, et l'éternité, c'est long, quand il s'agit de tenir sa langue. Et même interminable, si je devais regarder Jack se la couler douce et jouer au coq en pâte. Franchement, ce plan-là, j'avais déjà donné. (Jack est le plus jeune de la nichée Marchette et le plus pourri-gaté de nous tous.)

— Il est possible, vois-tu, que j'aie glissé une allusion à ton état de santé.

— Qu'est-ce qu'il a, mon état de santé ?

— Rien, rien. Supposons simplement que je l'ai invoqué pour souligner le fait que Mandy t'était indispensable. En d'autres domaines que sexuel.

— Mais c'est le cas. Mandy et moi, c'est pas qu'une histoire de cul.

Quelques mois plus tôt, un tel propos dans la bouche de Jack m'aurait laissé présager le pire. Mais depuis que Mandy était entrée en scène, Jack était devenu un mec bien, et j'avais arrêté de redouter de le voir surgir comme un diable de sa boîte en hurlant « Je t'ai bien eue ! »

— Je le sais, et tu sais que je le sais, mais Maman, elle, n'arrive pas à le piger. La seule chose qu'elle pige, c'est que tu es son petit dernier et que ton existence est en danger.

— Elle a gobé ça ?

— Bon, au début, elle a eu un peu de mal, puisque tu es un Super Vamp et tout, mais quand je lui ai expliqué que ce microbe était tout nouveau, rarissime et n'affectait que les Super Vamps… Elle a fini par accepter l'idée.

— En d'autres termes, tu lui as menti.

— Pour une bonne cause !

Je lui ai raconté qu'elle m'avait embauchée pour lui trouver une compagne et Jack a bien failli me recracher une gorgée de truc rouge en pleine figure.

— Tu te payes ma tête, hein ? a-t-il demandé tandis que Harriet accourait pour lui éponger le menton. Elle t'a embauchée ?

Il m'a transpercée du regard.

J'ai hoché la tête.

— Elle a même payé un supplément Prestation Express.

— Quelle garce sans cœur !

— Elle était désespérée, ai-je bafouillé. (Ouh là ! Étais-je vraiment en train de prendre la défense de l'obsessionnelle et dominatrice Jacqueline Marchette ?) Elle se sentait acculée. Tu es son fils. Elle pensait agir pour ton bien.

— Vouloir que je rompe avec Mandy, ce n'est pas agir pour mon bien. Je l'aime, comme jamais je n'ai aimé personne. Merde ! Je ne savais même pas qu'un tel sentiment existait. (Il s'est levé.) Il faut qu'elle se calme.

— Elle est calmée. Elle a rangé l'artillerie lourde. Le mariage est programmé. Savoure le cessez-le-feu et détends-toi.

— Maman n'est pas du genre à déposer les armes.

— Pourquoi pas ?

— Dans tes rêves. (Il a secoué la tête.) Je dois réagir. Tout de suite. Avant que la situation n'empire.

Il m'a regardée droit dans les yeux.

— Dis-moi que tu ne vas pas faire ce à quoi je pense.

— Je vais me gêner ! Je vais la remettre à sa place. Et sans prendre de gants. (Il a attrapé son portable et l'a secoué sous mon nez.) Ça ne va pas être facile, ni joli à voir, mais je suis prêt à en assumer les conséquences. Elle doit comprendre qu'elle ne peut pas fourrer son nez partout, chaque fois que l'envie lui en prend. Concernant ce que je fais, ou ne fais pas, elle n'a pas voix au chapitre. Ni aujourd'hui. Ni jamais. Et c'est ce que je vais lui dire. Entre quatre yeux. (Il a contemplé son portable, avant de tourner la tête vers la table de massage qui trônait dans la salle à manger.) Tu paries combien que je vais lui dire ?

— Une fois terminée ta séance avec Hans ?

Mon frère a opiné vigoureusement.

— Absolument. À la seconde où je me relève.

— Mauviette.

21

— J'ai du mal à croire que nous soyons là, s'est émerveillé John.

Nous nous tenions sur le seuil de la salle de réception du Lady of the Sea, un bateau de croisière qui proposait des diners dansants avec, en toile de fond, les illuminations nocturnes de Manhattan.

Plusieurs caméras de télévision avaient été disposées autour de la vaste salle, et confiées aux soins de techniciens des deux sexes, arborant casquette et micro. Non loin de là, le producteur, sur les dents, observait la foule et notait les arrivées sur son bloc. Les finalistes (cinquante au total) bavardaient entre elles, un verre à la main, en attendant l'apparition du célibataire le plus convoité de Manhattan. Près du bar, un trio de musiciens jouait une version instrumentale de *Disco Inferno*, revue et corrigée dans un style big band.

— C'est pourtant le cas.

Mes narines se sont dilatées : trop de parfums, trop de relents de laque à cheveux, trop de nerfs en pelote.

— On a réussi, quelles qu'en soient les raisons.

— Quand je dis nous, je ne parlais pas de vous et moi, mais de moi et de mes copines, a précisé John en posant les mains en coupe sur ses attributs mammaires. Cette fois, La Perla a dû passer une commande spéciale, et j'ai bien failli ne pas les avoir pour ce soir. Ils ne sont pas de traviole, hein ?

J'ai toisé John, vêtu d'une robe en soie bleu marine à manches courtes et taille empire, et perché sur des sandales argentées, avant d'inspecter attentivement l'objet de ses craintes.

— Ils sont parfaitement en place, et j'ai l'impression qu'ils ont grossi depuis la dernière fois. Vous avez gagné un bonnet ?

John a souri.

— Puisque c'est grâce à ces petites chéries que je suis là, je me suis dit que je n'allais pas lésiner. Ceci étant, a-t-il ajouté en redressant les épaules et en creusant les reins, c'est plus lourd que je ne l'aurais cru.

— Dites vous que ce sont des équipements de sécurité. Ça vous fera de chouettes bouées, si jamais on heurte un iceberg.

— Un iceberg ? Sur l'Hudson ?

— Bon, eh bien, vous pourrez sauter sans crainte si jamais on heurte une benne à ordures, ou un cadavre.

J'ai vérifié que j'avais ma petite réserve de cartes de visite, j'ai repéré quelques candidates pile poil dans ma cible – des femmes séduisantes, avec une belle réussite professionnelle à leur actif, mais suffisamment aux abois côté cœur pour s'en remettre à une agence de rencontres si jamais elles se faisaient recaler ce soir –, et j'ai pénétré dans la salle à manger, John sur les talons.

Au cours de la demi-heure suivante, nous nous sommes mêlés à la compagnie, puis le producteur a rassemblé tout le monde près de l'entrée, les musiciens ont attaqué une version instrumentale de *There she is, Miss America*... et lorsque les portes se sont ouvertes, un tonnerre d'applaudissements a retenti, bientôt suivi d'un murmure collectif d'excitation.

Je me suis mise un peu à l'écart, résolue à ne pas me faire piétiner dans la bousculade (cinquante femmes célibataires, des horloges biologiques en panique et un seul bon parti, ça ne peut rien donner d'autre), et j'ai jaugé l'homme qui venait d'apparaître.

Monsieur Météo était si canon, si riche et si imbu de lui-même (je suis une vamp, c'est le genre de détails qui me sautent aux yeux) que je me suis demandée si, enfant, il n'avait pas échoué dans quelque somptueuse propriété française, où il aurait été élevé par une bande de vampires héréditaires.

Imaginez Tarzan, qui aurait troqué son pagne pour un costard noir Gucci.

Il était grand, bronzé, blond, avec des yeux verts, et un sourire assez aveuglant pour éblouir toutes les téléspectatrices d'une ville.

John m'a donné un coup de coude dans les côtes.

— Il est plutôt mignon.

— Est-ce que par hasard les nichons vous monteraient à la tête ?

Il a haussé les épaules.

— Depuis quand est-ce un crime pour un homme d'apprécier le physique d'un autre homme ? Je n'ai pas dit que j'allais me jeter sur lui. Sûrement pas. Pas de danger. À moins, a-t-il ajouté, que je n'y sois obligé. J'ai une mission à accomplir, après tout. L'appel du devoir...

Ben voyons.

Dans un coin de ma tête, j'ai noté de téléphoner à Rosie dans les plus brefs délais pour l'enrôler dans mon projet « Maquer John Schumacker », avant qu'il ne commence à me demander des conseils sur les brushings et les fringues.

J'ai observé Monsieur Météo s'avancer dans la salle avec grâce en arborant son légendaire sourire, et contempler le harem, l'œil brillant d'une lueur prédatrice, tempérée de juste ce qu'il fallait d'humilité.

Une assistante de production le talonnait, les bras chargés de roses rouges à longue tige. La coqueluche de Manhattan a souri et extrait une rose du bouquet pour la tendre à la première femme qui se présentait sur sa route. Il a répété le même manège avec une autre candidate, et encore une autre, et, très vite, j'ai commencé à trouver le temps long. Au bout de dix minutes, il en était encore à la troisième candidate, et j'ai arrêté d'observer le rituel pour aller chercher un verre de vin au bar. Je sais, je sais. Bientôt les Alcooliques Anonymes. Mais que voulez-vous, attendre – une rose ou autre chose – ça me porte sur les nerfs. Il fallait bien que je trouve une parade. D'autant que j'avais essayé de lier conversation avec d'autres femmes, mais toutes n'avaient d'yeux que pour Monsieur Météo.

Pendant que John manœuvrait pour se rapprocher de sa fraudeuse (du moins est-ce l'excuse qu'il a invoquée pour foncer droit vers le célibataire du moment), j'ai vidé mon premier verre, j'en ai pris un autre, et plutôt que de poireauter debout, je suis allée m'asseoir à une petite table, à l'écart. J'en étais à mon troisième verre, et je claquais des doigts en suivant la mesure d'une reprise de *Get Down Tonight* qui n'était pas vraiment dans le ton, lorsque j'ai senti une main se poser sur mon épaule, et entendu une voix de gorge, mielleuse, exaspérante, susurrer :

— Bonsoir, vous...

Je traîne sur cette Terre depuis cinq cents ans, les filles. Autant vous dire qu'en ce qui concerne les stratégies de drague, j'ai tout entendu, tout vu. Et il est bien entendu que je ne suis pas du genre à me laisser emballer facilement – raison pour laquelle j'avais renoncé aux aventures d'une nuit pour me consacrer à la quête de l'âme sœur.

Je me suis retournée, nos regards se sont croisés et le CV du monsieur a défilé dans ma tête : Mark Williams. Blindé de fric. Adorait se regarder dans les miroirs.

Blindé. Adorait se regarder les pecs. Blindé. Adorait manger dans les grands restaurants, et se regarder le derrière. Blindé. Adorait les blanchiments de dents. *Blindé.*

Il me souriait et attendait manifestement que je tombe en pâmoison pour poursuivre son manège. Il pouvait toujours courir. J'ai étréci les yeux et fixé sa bouche :

— Couronnes, ou plaquettes ?

— Je vous demande pardon ?

— Vos dents. Apparemment, vous avez passé du temps chez le dentiste. Vous avez ravalé les façades, ou tout reconstruit ?

Il a d'abord paru sonné, puis il s'est détendu, et le sourire est revenu :

— Vous êtes la petite marrante.

— Je vous demande pardon ?

— J'ai bien aimé votre essai caméra.

— Ah bon ?

Il a secoué la tête et gloussé.

— Les flageolets, a-t-il lâché d'une voix étranglée. Elle était bien bonne, celle-là.

Je sais. Monsieur Météo qui s'étrangle de rire, ce n'était pas très classe. Mais au moins, c'était sincère. Et en totale contradiction avec ma théorie du type élevé par des vamps.

— Vous avez un sens de l'humour formidable.

— Vous trouvez ?

Il a hoché la tête et souri, avec plus de douceur et de sincérité cette fois.

— J'adorerais bavarder plus longuement avec vous mais je dois faire connaissance avec toutes ces dames.

— Pas de souci, je comprends. Complètement.

— On pourra peut-être se revoir plus tard ? Prendre quelques minutes pour mieux faire connaissance ? En tête à tête ?

— Absolument.

Ma main s'est refermée sur la rose qu'il venait de me tendre et j'ai senti un minuscule frisson d'excitation.

Je lui plaisais bien.

N'allez pas en conclure que ça me faisait *plaisir*. Mais le truc, c'est que j'avais, sans aucune ambiguïté, joué ma carte « vibrations antipathiques », et que ça ne l'avait pas empêché de s'extasier et de me supplier de le retrouver plus tard. (Bon, d'accord, *je sais* – j'extrapole un peu, mais c'est *moi* qui récapitule, et moi je dis qu'il s'extasiait, point.)

Je l'avais emballé en deux temps trois mouvements.

Trop dommage qu'il ne soit pas un certain mordu qui pourchassait des criminels amateurs de langue pour gagner sa vie. À cette pensée, des images de Ty ont aussitôt afflué, et d'un coup d'un seul, l'euphorie s'est transformée en nausée. Et ce d'autant plus qu'on venait de passer à table et de me déposer sous le nez une assiette de saumon grillé et de riz sauvage.

J'ai fait semblant de picorer quelques bouchées, que je me suis empressée de recracher dans ma serviette, discrètement (en usant de la rapidité surnaturelle de mes mouvements et, à l'occasion, en jouant la carte de la diversion : « Regardez ! Monsieur Météo a la braguette ouverte ! ») Et tandis que je regardais la pomme d'Adam de John monter et descendre, je mourrais de faim. Il était évident que j'aurais dû boire plus d'un verre d'AB+ avant de partir de chez moi.

Pour mater ma fringale, j'ai bu un autre verre de vin, et ayant réussi à survivre au dîner, je m'imprégnais des odeurs de gâteau au chocolat et coulis de framboise lorsque John m'a discrètement poussée du coude.

— Regardez, regardez ! Elle est en train de danser.

J'ai reporté mon attention sur la piste microscopique, au centre de laquelle la grande blonde, vêtue d'une robe noire ultra-courte et perchée sur des bottines en daim à talons hauts, ondoyait avec provocation, en arborant une expression sensuelle qui exprimait sans ambages ce qu'elle éprouvait en cet instant, et je peux vous dire une chose : ce n'était pas la souffrance.

John, à côté de moi, est devenu comme fou : il approchait sans arrêt sa pochette à hauteur des lèvres et marmonnait dans le fermoir.

Lorsque je me suis aperçue qu'une femme, à notre table, le dévisageait avec insistance, j'ai lâché avec précipitation :

— Problèmes de digestion. Elle suit un traitement, mais ça n'a pas l'air de marcher. Le docteur lui a suggéré d'essayer la méditation pour soulager la douleur. Elle doit se concentrer sur son sac à main. Voilà, comme ça, ai-je ajouté en frictionnant le dos de John. Concentrez-vous. Psalmodiez. Bien, ça va passer...

Vu que John, en monopolisant l'attention de la tablée, concurrençait le dessert, ces dames se sont empressées de gober mon explication afin de pouvoir se consacrer au gâteau au chocolat.

Arrêtez de vous donner en spectacle, lui ai-je intimé en usant de mon pouvoir télépathique. Mais comme il ne me regardait pas, j'ai dû me rabattre sur une autre technique de Super Vamp – la calotte sur la tête.

— Aïe !

— Vous vous ridiculisez. Arrêtez de parler à votre sac.

— J'ai besoin d'une bonne photo. Accompagnée de commentaires. Et c'est fait, a-t-il ajouté avec un grand sourire. Ma promotion est dans la poche, aussi sûr que deux et deux font quatre.

— Sauf si on vous interne avant. Pourquoi ne vous levez-vous pas ? lui ai-je suggéré en désignant la piste. Déplacez-vous. Vous pourriez trouver un meilleur angle.

— Bonne idée, a-t-il répondu en suivant mon conseil. Promotion, me voilà !

Je l'ai regardé faire le tour de la salle en rasant les murs. Il avançait avec hésitation. À un moment donné, il a précipitamment battu en retraite derrière un énorme ficus. Ensuite, il s'est planté derrière un serveur qui tenait une carafe d'eau. Mais comme apparemment aucun de ces postes d'observation ne lui offrait un angle satisfaisant, il a continué à contourner la piste. Je voyais la frustration peinte sur son visage tandis qu'il essayait de zoomer sur son sujet en louvoyant entre les autres danseuses. Ça ne marchait pas. Le sujet n'était jamais dans son cadre. L'enfer.

Et puis soudain, je l'ai vu redresser les épaules et une étincelle de détermination a brillé dans son regard. Il a coincé la pochette sous son bras, il a remis subrepticement en place ses nichons, et il a entamé sa percée sur la piste, la démarche chaloupée, son objectif en ligne de mire.

Quand l'orchestre a attaqué un nouveau morceau, au rythme plus rapide, tout le monde sur la piste a changé de tempo, y compris John. Il a commencé à s'agiter. Se trémousser. Sautiller.

Bon, je ne voudrais pas passer pour une sceptique, parce qu'il est évident que si les vamps existent (au même titre que les garous et les Autres), alors tout est possible. Mais je n'ai jamais accordé foi aux rêves prétendument prémonitoires, aux prédictions des voyantes ou des diseuses de bonne aventure, ni aux propos de quiconque se pique de savoir ce que l'avenir nous réserve.

Au contraire, j'aime penser que l'avenir dépend, en définitive, des choix que chacun fait, qu'il n'existe pas de chemin tout tracé et que tout peut basculer en un clin d'œil. Et si tel est bien le cas, alors entrevoir ce que l'avenir nous réserve est virtuellement impossible, n'est-ce pas ?

On est bien d'accord.

Pourtant, lorsque j'ai vu John tournoyer sur cette piste de danse, j'ai été submergée par le pressentiment d'un désastre imminent. Un *Oh merde !* affolé a résonné dans ma tête et tandis qu'il exécutait une nouvelle pirouette, je me suis préparée à affronter ce qui n'a pas manqué d'arriver : son buste a tourné vers la droite. Ses seins, vers la gauche.

Et d'un coup d'un seul, la soirée s'est transformée en une descente aux Enfers. Sans escale.

22

Tout s'est enchaîné très vite, mais moi, j'ai eu l'impression de regarder un film d'horreur projeté au ralenti pour faire durer la douleur. En sentant ses nichons prendre la poudre d'escampette, John a paniqué, et quand ils se sont carapatés sur la piste, chacun dans une direction opposée, il a plongé pour en rattraper un. Sa longue chevelure rousse a fouetté l'air, avant de prendre son envol et d'exposer des cheveux châtains tondus en brosse.

Un cri puissant a tonné et résonné dans la pièce. La musique s'est arrêtée. Le producteur a pété les plombs. Des dizaines de paires d'yeux ont fait la navette entre la piste de danse et votre servante et…

Je me suis empressée de refermer la bouche, et le cri s'est tu. Que voulez-vous que je vous dise ? Une coupe en *brosse.*

La suspecte de fraude s'est écartée vivement, et ce faisant, son talon s'est écrasé sur la seconde prothèse, qui s'est vidée sur le plancher. Une femme a posé le pied sur la flaque, a glissé et a voulu se retenir à la petite brune qui se trouvait à côté d'elle, avant d'atterrir sur les fesses, entraînant dans sa chute la même petite brune, qui entre-temps avait agrippé sa voisine blonde, qui elle-même avait cherché à s'accrocher à une rousse, et ainsi de suite, jusqu'à ce qu'il ne reste plus qu'une seule personne en position verticale : Monsieur Météo.

Qui, défiguré par le choc, était en train d'essayer de retenir la femme qui venait de trébucher contre lui...

Et là, sans réfléchir, j'ai bondi. En deux fractions de secondes chrono, j'ai traversé la salle et je suis arrivée sur la piste juste à temps pour rattraper au vol Monsieur Météo et sauver de la noyade, dans un océan de french manucures et de sandales à lanières, cette merveille de costume Gucci.

— C'est quoi ce cirque ? a-t-il marmonné, tandis que je l'aidais à recouvrer son équilibre tout en lissant le revers de sa veste.

Il a cligné des yeux, en secouant la tête, comme s'il essayait de comprendre comment le vortex qu'il venait de voir pouvait ne faire qu'un avec votre servante.

— J'ai bu deux ou trois boissons énergétiques avant de venir, ai-je expliqué précipitamment. La taurine, ça dépote.

— Euh, ouais. (Il a secoué la tête une fois de plus et cligné plusieurs fois des yeux.) Vous avez une sacrée poigne.

— Je prends des vitamines, aussi. L'organisme a toujours besoin de B52.

— Ce n'est pas une vitamine, mais un cocktail. Vous vouliez dire vitamine B12 ?

— B12, B52... je prends toute la famille des B. Et tout le reste de l'alphabet avec.

J'ai contracté mes biceps à titre de preuve, tout en lui envoyant un message silencieux : *en matière de femmes, je suis le spécimen le plus costaud qu'il te sera jamais donné de voir, et ton ébahissement ne manque pas d'à-propos. Mais ton souci le plus immédiat, c'est de te tirer d'ici, et de filer aux chiottes, pour vérifier que ce carambolage d'hystériques n'a pas ruiné ton brushing.*

— Il faut que j'aille pisser. Merci encore.

— De rien. Oubliez tout ça.

Ça, ça ne risquait pas.

Certes, j'avais les moyens, si je le souhaitais, d'effacer cet incident de sa mémoire, mais je pouvais difficilement me livrer à un numéro de vampage dans une pièce grouillant de monde. J'ai regardé autour de moi. La plupart des femmes étaient trop occupées à déplorer le saccage de leur robe ou à faire bouffer leurs cheveux pour se préoccuper de moi. Mais quelques-unes me dévisageaient comme si je venais de me transformer en poupée géante.

Ou en vampire.

J'ai passé la langue sur mes dents. RAS. Pas de crocs en vue. J'ai lissé ma robe des mains. Pas de duvet rose de chauve-souris.

Mon seul faux pas, ç'avait été de traverser la salle façon boulet de canon, au vu et au su de toute l'assistance, et en présence, surtout, de quatre caméras vidéo en train d'enregistrer, tout ça au nom de mon respect pour Gucci.

Monsieur Météo s'est dirigé vers les toilettes, et la styliste de la production lui a emboîté le pas, un fer à repasser dans une main, une bombe de détachant dans l'autre.

Je m'apprêtais à aller limiter les dégâts auprès du caméraman le plus proche quand j'ai vu deux agents de sécurité, et plusieurs membres d'équipage du bateau se diriger droit sur John, qui essayait tant bien que mal de se relever. Les agents l'ont alpagué à l'instant où il retrouvait la position verticale et l'ont entraîné sans ménagement, pendant qu'une demi-douzaine d'assistants de production s'affairait à démêler les nœuds de bonnes femmes.

— Mais je n'ai rien fait ! a protesté John. Attendez !

Il s'est débattu, s'est tortillé, il a voulu enfoncer les talons dans le sol, mais dans le cataclysme, il avait perdu ses chaussures, et ses pieds refusaient d'adhérer à la moquette.

— Non ! s'est-il écrié en me jetant un regard affolé. Mes cheveux ! Mes cheveux !

Le commissariat du 26e district s'est avéré moins pire que ce que j'imaginais. Naturellement, je ne comptais pas au nombre des pauvres diables qui défilaient, menottes aux poignets. Non : moi, on m'avait assignée à résidence sur une chaise métallique, à côté du comptoir de l'accueil.

— Beaux cheveux, a observé ma voisine.

Ma main s'est crispée sur la perruque rousse posée sur mes genoux.

— Merci, ai-je répondu avec un sourire, en lui coulant un regard.

Debbie Ray Lawrence. Vingt-cinq ans. Originaire de Trenton. Installée depuis deux ans à New York. Étudiante à temps partiel. Escort à plein-temps. Célibataire pour l'instant. Son dernier mec, un enfoiré du nom de Sonny, lui avait fauché ses trois cents dollars d'économies et avait mangé la dernière barre de Rice Krispies avant de la planter pour une stripteaseuse, une certaine Lou. Il avait prétendu que Debbie n'avait pas assez d'expérience à son goût, ce qui l'avait conduite à embrasser sa profession actuelle. Jamais plus aucun mec ne la plaquerait au motif qu'elle était nulle au pieu. Tout en sachant où elle allait, elle n'était pas certaine d'aimer la balade. Elle n'avait toujours pas eu d'orgasme, et franchement, elle ne comprenait pas trop tout le tintouin à ce propos.

Son CV incluait une tonne d'autres détails (sa couleur préférée, son plat favori, le député pour lequel elle avait voté...) mais j'étais vannée et Debbie était extrêmement prolixe. J'ai souri et mis fin à la connexion.

— Amatrice ou professionnelle ?

— Professionnelle, évidemment.

— Ouais, je m'en doutais. On voit que vous avez soigné le look.

— C'est vrai ?

Je n'aurais jamais pensé que les entremetteuses avaient un look particulier. J'ai baissé les yeux. Chaussures fabuleuses. Robe superbe. Pour assurer, on peut dire que j'assurais.

— Vous prenez combien ?

— Pour deux, ou pour trois ?

— Oh, je pensais... pour un.

J'ai secoué la tête.

— Je ne m'arrête jamais à un. C'est toujours deux minimum, sinon ça ne rentabilise pas le temps et l'effort investis. Quelles sont les chances d'obtenir des résultats, si on se limite à un ?

— C'est vrai. Mais deux, quel boulot !

— Deux ? C'est rien ! J'ai fait bien plus, largement plus. Tenez, douze, pas plus tard que le mois dernier.

— En une nuit ?

— Ah non, faut pas pousser. Étalés sur plusieurs semaines.

— Ah d'accord, je comprends mieux. Moi aussi j'ai déjà fait ça.

— Vous avez aussi une boîte de rencontres ?

— Non, j'ai un mac qui prend mes rendez-vous. Je fais juste en sorte que le type en ait pour son fric. Et vous ? Vous avez un mac ?

J'ai secoué la tête.

— Non, je ne fais pas le tapin. Je racole pour les autres.

— Vous êtes une maquerelle ?

J'ai songé à Viola et à la partie fine que j'avais organisée pour elle quelques mois plus tôt. Au nom de la procréation, pas du plaisir. On parle ici de la survie des espèces.

— En quelque sorte.

Elle a hoché la tête.

— Et vous n'êtes pas intéressée par une nouvelle protégée ?

— Uniquement si vous avez l'intention de renoncer à votre profession actuelle pour trouver l'amour de votre vie.

— L'amour, ça tourne presque toujours en eau de boudin. Je préfère les espèces sonnantes et trébuchantes.

— Je ne vous le fais pas dire. Que faites-vous ici ?

— Une de mes copines a perdu son sac et ne s'en est aperçu qu'au moment de payer sa course de taxi. Elle a voulu se défiler et le chauffeur a appelé les flics. Il a porté plainte, et ils l'ont coffrée. Je suis sa répondante : si elle a besoin d'aide, elle m'appelle ; si moi j'ai besoin d'aide, je l'appelle. Et vous ?

— Un de mes amis a perdu la tête, et je suis là pour veiller à ce que personne ne le fasse interner.

Nous avons bavardé quelques minutes de plus, et j'en ai profité pour lui donner une pleine poignée de cartes à distribuer à ses copines (au cas où elles en auraient marre de se faire payer pour coucher avec des mecs, et auraient envie de refaire ça à l'œil) et puis Ash est enfin arrivé. Comme il était mon seul contact dans la police, c'est lui que j'avais appelé à la rescousse.

Les deux hommes qui l'accompagnaient partageaient sa beauté ténébreuse et ses yeux noirs d'encre. L'un avait des cheveux blonds lâchés sur les épaules, l'autre était rasé. Tout comme Ash, ils arboraient une flamme tatouée sur le bras droit. Ils étaient sexy, canonnissimes… Démoniaques.

Cette dernière pensée s'est logée dans ma tête lorsque j'ai remarqué comment ils captivaient l'attention de toutes les femmes présentes dans ce hall bruissant d'animation. Seuls des vamps (ou les gourous d'une secte de tordus) pouvaient exercer un tel magnétisme. Comme Ash n'était ni l'un ni l'autre (il ne m'avait jamais refilé de brochures à lire, ni demandé de boire un jus de fruit aromatisé au cyanure[1]), il ne pouvait être qu'un démon.

Et plus précisément, un incube[2].

Il m'a semblé qu'une ampoule électrique s'allumait au-dessus de ma tête. Comment n'y avais-je pas pensé plus tôt ?

La légende rapporte que la femme de chambre de mon arrière-arrière-arrière-arrière-grand-mère avait été séduite par un incube. Elle dormait comme un bébé, et l'instant d'après elle ruait, éructait et suppliait à cor et à cri un bel étalon de l'ensemencer (c'est le terme de ma mère, pas le mien). Bref. Le bel étalon fit ce qu'on lui demandait, et ensuite, pffft ! Plus de nouvelles. La moitié du château prétendit que c'était là l'œuvre d'un incube. L'autre moitié, celle d'un garçon d'écurie, un bon à rien du nom de Sean. Mais jamais personne n'avait réellement découvert le fin mot de l'histoire.

Personnellement, je n'avais jamais croisé de démon, et encore moins trois d'un coup, jusqu'à ce jour. Et pour l'instant, personne ne ruait, n'éructait, ni ne suppliait à cor et à cri, mis à part l'escroc, dans un coin de la pièce, qui épuisait une fliquette par son baratin, ce qui signifiait qu'il était possible – dans d'infimes proportions évidemment – que je me trompe.

J'ai pris note de regarder sans faute, sitôt rentrée, de me documenter sur les démons via Google, et je me suis levée pour accueillir Ash et ses copains.

— Merci d'être venu.

1. Allusion au « suicide » collectif, en 1978, des membres du Temple du Peuple, organisé par le gourou de la secte, Jim Jones.

2. Démon masculin censé abuser des femmes endormies.

— De rien. On partait dans le Bronx, pour une enquête. (Il a désigné le type avec les cheveux longs.) Mo, je te présente Lil. Lil, voici mon frère, Mo. Et lui, a-t-il ajouté en se tournant vers le tondu, c'est Zee, mon autre frère.

Je leur ai souri tandis qu'eux me dévisageaient avec insistance, et quelque chose a frémi dans mon ventre. J'avais une vision soudaine de nous trois, nus, haletants et... Ouh là là.

Mon sourire s'est évanoui, les trois frères Prince m'ont adressé un grand sourire réjoui.

Aucun besoin de Google. Il s'agissait bien de démons, sans l'ombre d'un doute, ou alors, ma frustration était telle que la seule vue d'un pantalon me mettait dans tous mes états. Certes, ç'avait été le cas avant que je rencontre Ty (je voudrais vous y voir, vous, cent ans sans une seule relation un tant soit peu sérieuse), mais ça ne l'était plus. J'avais vraiment pris mon pied (même si cela n'avait duré qu'une seule nuit) et satisfait à mes besoins pour six bons mois au moins. La seule conclusion possible, c'est que j'avais bel et bien devant moi trois purs délices sexuels.

— En chemin, j'ai appelé l'officier de permanence au sujet de votre ami, m'a informée Ash.

— Mon ami ? (J'ai écarté de force les images obscènes et lascives et j'ai bataillé pour retrouver le fil d'une pensée cohérente.) Ah oui, mon ami ! Bien sûr ! John. Vous avez appris quelque chose ? Ils ne vont pas l'arrêter, n'est-ce pas ? Vous comprenez, je sais bien qu'il a massacré sa robe en plongeant par terre, mais ce n'est pas illégal, n'est-ce pas ?

— Il n'est pas en état d'arrestation, mais les producteurs de l'émission ne sont pas très contents. Ils veulent porter plainte pour travestissement.

— Se travestir n'a rien d'illégal.

— Exactement. Raison pour laquelle cette histoire va s'arrêter là. Cependant, la direction de la chaîne a demandé une ordonnance restrictive. Schumacker aura interdiction de remettre les pieds dans les locaux de la chaîne, et d'approcher Mark Williams, et toutes les candidates, à moins de quinze mètres.

— Et celle sur laquelle il enquêtait ?

— Sa filature était légitime, mais pendant le grabuge, la fille a glissé et maintenant, elle est aux urgences, où elle va subir une laminectomie lombaire.

— Oh non !

— Et c'est pour cela que John se trouve encore en salle d'interrogatoire, alors qu'on lui a dit qu'il était libre de s'en aller. Il dit que sa vie est fichue et qu'il préfère rester là plutôt que de rentrer chez lui pour manger des raviolis en boîte jusqu'au jour où il cassera sa pipe. (Ash m'a regardée droit dans les yeux.) Vous devez le faire sortir de là. Il rend tout le monde chèvre.

Je ne pouvais que sympathiser avec ce pauvre John, qui s'imaginait que sa vie était finie... Ty avait été kidnappé par un psychopathe, j'avais dégringolé de mon piédestal surnaturel et tout avait été enregistré par les caméras, et je n'avais toujours pas trouvé de solution pour résoudre la crise de la robe de mariée. Moi non plus, je ne me sentais pas vraiment dans mon assiette. L'envie de rentrer chez moi de toute urgence pour plonger face la première dans la litière du chat était même assez forte.

Mais à l'inverse de moi, qui n'avais pas d'épaule sur laquelle pleurer (sinon les trois paires que j'avais sous les yeux, mais ça, il n'en était pas question), John n'était pas seul au monde, contrairement à ce qu'il pouvait penser en cet instant.

J'ai sorti mon portable.

— Vous appelez des renforts ? a demandé Ash. (J'ai hoché la tête.) Une paire de guérilleros drag-queens ?

J'ai souri.

— J'ai une meilleure idée.

Je n'avais jamais rencontré Rosie, l'experte en assurances, mais je l'ai reconnue à l'instant où elle a passé la porte.

Les indices ? Le jean chiffonné, le tee-shirt de nuit trop grand pour elle, les pantoufles (comme si quelqu'un l'avait tirée du lit) et l'inquiétude qui se lisait dans ses yeux.

Ah oui ! Et aussi le slogan placardé sur son tee-shirt : « L'assurance-vie, c'est mon rayon. »

Je me suis levée pour la rejoindre devant le comptoir de l'accueil.

— Rosie ? Lil. C'est moi qui vous ai appelée.

— Où est-il ? Est-ce qu'il va bien ? Je peux le voir ?

J'avais espéré que Rosie éprouverait pour John la même sympathie que lui avait à son égard, mais il m'a suffi de plonger mon regard une seconde dans ses yeux bleus pour comprendre combien mon intuition s'était plantée du tout au tout.

Rosie n'éprouvait pas de la sympathie pour John.

Elle était amoureuse de lui. Follement. Éperdument.

Aaaaah…

— Il est en salle d'interrogatoire mais il va bien, l'ai-je rassurée.

— Personne ne lui cogne le visage contre la table, ni ne lui enfonce des crayons dans le nez pour lui extorquer des aveux ?

— Pas encore, mais s'il ne vide pas les lieux rapidement, ça pourrait arriver.

J'ai expliqué la situation à Rosie, et lui ai dit combien John était abattu.

— C'est affreux ! C'est épouvantable !

— Je sais. C'est pour ça que je vous ai appelée. (Il était temps de commencer à poser les fondations.) Je me suis dit que si quelqu'un pouvait le réconforter, c'était vous. Il parle tout le temps de vous.

— C'est vrai ? Que dit-il ?

— Que vous êtes une très bonne amie. Qu'il vous apprécie énormément, me suis-je empressée d'ajouter en voyant son expression se défaire.

— Il a dit ça ?

— Il n'a pas autant développé, mais je sais que c'est ce qu'il pensait.

— Comment le savez-vous ?

Parce que je suis une redoutable machine à lire dans les esprits.

— C'est mon petit doigt qui me l'a dit, et il ne se trompe jamais. John vous aime vraiment beaucoup ; simplement, à ce jour, il ne l'a pas encore réalisé.

— Nous travaillons ensemble depuis six ans. Six ans qu'on déjeune ensemble et qu'on joue au softball. Six ans qu'on boit des bières et mange des pizzas le vendredi soir. Il connaît l'histoire de ma vie et je connais la sienne. Si, à l'heure qu'il est, il n'a pas pris la mesure de ses sentiments pour moi, il ne le fera jamais.

— Les hommes sont lents. Extrêmement lents. (Elle a semblé réfléchir et son expression s'est ranimée.) Ce sont également des créatures conditionnées. Or il est habitué à avoir une bonne copine. La clé de tout ça, c'est d'épicer un peu les choses et de lui montrer une autre facette de la fille qui boit de la bière et mange de la pizza.

— Vous voulez dire que je devrais commander des spaghettis au lieu d'une quatre saison ?

— Je veux dire que vous devriez lui sauter dessus, là, tout de suite. En plus d'être lents, les hommes ne sont pas très futés. À moins de le voir écrit en toutes lettres, ils ne comprennent rien. Vous devez lui dire ce que vous attendez de lui. Clairement. Avec des phrases simples.

— Vous croyez ?

— L'autre solution, c'est de lui faire un strip tease, mais comme cet endroit grouille de flics, à votre place, j'attendrais pour ça de l'avoir ramené à la maison. Dans l'immédiat, contentez-vous de lui avouer vos sentiments. Passez aux aveux. Et flirtez. Vous savez flirter ?

— Je sais faire des clins d'œil, et siffler. Je sais même faire les yeux blancs.

— Les clins d'œil, c'est parfait. Le reste, vous oubliez. Votre objectif, c'est qu'il ait envie de coucher avec vous, pas de vous faire exorciser.

— Bien vu. Mais comment pouvez-vous être à ce point certaine que ça va marcher ?

Parce que je suis une vamp de haute volée et que ces choses-là, ça me connaît.

— Intuition féminine.

— Il doit se sentir vraiment bête. Ce dossier était la chance de sa vie.

— Non, lui ai-je rétorqué en la regardant droit dans les yeux. La chance de sa vie, c'est vous.

Que voulez-vous que je vous dise ? L'amour avec un grand A, c'est mon péché mignon.

Elle a souri et redressé les épaules, comme si elle rassemblait son courage.

— Vous avez peut-être raison. Il a besoin qu'on le réveille, c'est sûr.

Je lui ai souri et tendu la perruque.

— Allez-y. Allez chercher votre homme.

23

Sitôt Rosie partie rejoindre John pour le convaincre, en l'amadouant, de quitter la salle d'interrogatoire, je suis allée retrouver Ash.

— Vous avez des nouvelles ? lui ai-je demandé tandis que Mo et Zee se dirigeaient vers le distributeur de boissons.

Mo a inséré sa pièce dans la machine et toute une troupe de prostituées s'est précipitée pour l'aider à extraire le gobelet.

— Nous avons retrouvé le cambrioleur.

— Avec la langue de Ty ?

— Non, juste la sienne. Il nous a dit qu'il était allé chez Ty pour le défier, mais qu'il n'y avait personne. Il a aussi dit qu'il avait trouvé le loft dans le même état que nous l'avons découvert nous – sens dessus dessous. Et il n'a pas appelé les flics pour des raisons évidentes.

— Il n'a rien remarqué de suspect ?

— Le type prend tellement de coke que c'est à peine s'il remarque qu'il a des pieds. (Ash a secoué la tête.) J'ai bien peur que nous soyons de retour à la case départ. Et vous ? a-t-il ajouté en me regardant avec insistance. Il ne vous a pas murmuré de mots doux, entre-temps ?

— Si seulement.

À l'instant où cette réponse m'échappait, je me suis aperçue qu'elle était sincère, qu'elle venait du fond de mon cœur de morte-vivante. Ty me manquait. Ça me manquait, de ne plus pouvoir parler avec lui, de le convoiter. Et que lui ne puisse plus me convoiter, aussi.

Cette nostalgie a dû se lire dans mes yeux parce que Ash m'a serré le bras, dans un geste de réconfort. Oui, c'était un incube, aussi sûr que deux et deux font quatre : une onde de chaleur a parcouru mon corps et chatouillé mes hormones.

Ces petites traînées ont pointé leurs têtes monstrueuses et poussé un cri de joie semi-enthousiate, puis elles se sont calmées aussitôt, genre, *non, finalement, on a la migraine*. La nuit touchait à sa fin, le soleil n'allait pas tarder à se lever, mes muscles étaient faibles, et cela faisait trois jours que je ne dormais pas. Autant dire que des ébats endiablés avec un incube canon de la mort, mieux valait oublier tout de suite. Pour l'heure je n'avais qu'une envie : mon lit, mon pyjama en jersey Victoria's Secret, et Killer.

Pas parce que j'avais de l'affection pour ce chat, attention !

Mais comme il était en période d'adaptation dans un nouvel environnement, je ne voulais pas qu'il ait le sentiment d'être un intrus. Car si tel était le cas, il pourrait céder à l'anxiété et marquer son territoire sur mon canapé et sur mon surmatelas en duvet. La dernière chose dont j'avais besoin, encore moins qu'un vieux chat ronchon, c'était un vieux chat ronchon psychotique *et* des meubles qui puent.

— Merci, mais non merci, ai-je dit à Ash. Je ne suis vraiment pas d'humeur.

— Vraiment ?

Il avait l'air sidéré, comme si un refus ne faisait pas vraiment partie des alternatives. La culpabilité s'est faufilée en moi, et je me suis entendue ajouter :

— Ce n'est pas que vous ne soyez pas super sexy et que je n'en ai pas envie, simplement aujourd'hui, je lave mes cheveux.

— Ah ouais, a-t-il fait en hochant la tête, l'air partagé entre l'incrédulité et le choc.

— Et mon chat.

— Je vois.

— Mais une prochaine fois, ce sera avec plaisir, ai-je ajouté en souriant.

L'espace d'une seconde, il n'a rien trouvé à répondre, et puis un sourire a creusé ses lèvres.

— Ty avait dit que vous étiez différente.

— Je croyais qu'il avait dit que j'étais grande gueule.

— Mais d'abord, il a dit que vous étiez différente. (Son sourire s'est élargi et il m'a fait un clin d'œil.) Il avait raison.

— Une bonne ou une mauvaise différence ?

— Bonne pour vous. Mauvaise pour moi. (Un éclair a traversé ses yeux, tel un orage magnétique.) À moins que vous ne changiez d'avis.

— Navrée, l'ami. Mais n'y comptez pas. Un homme dans ma vie me suffit.

— Ty ?

— Killer.

Il m'a lancé un nouveau clin d'œil et il a fait signe à ses frères qu'il était temps d'y aller.

— Cependant, ai-je ajouté, si je ne suis pas intéressée, je connais quelqu'un qui l'est. (Je lui ai désigné Debbie, qui attendait toujours des nouvelles de son amie.) Vous et vos frangins pourriez peut-être lui montrer ce qu'elle rate, depuis toutes ces années.

Ash a croisé et soutenu le regard de Debbie, dont les joues se sont empourprées. Je savais que les frères Prince lui inspiraient les mêmes pensées torrides que celles qu'ils m'avaient inspirées.

— Là tout de suite, le boulot m'attend, mais plus tard, je verrai ce que je peux faire, m'a-t-il répondu.

J'ai opiné et je l'ai regardé tourner les talons. Je me retrouvais seule et livrée à moi-même.

Je suis allée voir ce qui se passait dans la salle d'interrogatoire, et j'ai découvert que Rosie avait réussi à convaincre John de la suivre aux toilettes. J'ai souri. J'ai pris congé de Debbie et avant de gagner la sortie, j'ai distribué quelques cartes supplémentaires. Puis, j'ai attrapé un taxi et filé chez moi.

Dès que j'ai passé la porte, Killer m'a fait la fête, comme d'habitude, et je me suis préparée à affronter ses débordements d'enthousiasme.

Il m'a décoché un regard endormi – *Hé, plus doucement, d'accord ? Il y en a qui essaient de dormir, ici* – avant de se pelotonner confortablement sur un chemisier que j'avais laissé traîner – le petit salopiau.

Un flingue, et un mini-cercueil : voilà tout ce dont j'avais besoin pour ramener l'ordre dans mon univers.

J'ai muselé ces pensées destructrices – la destruction, ce n'est pas non plus mon point fort – et j'ai filé dans ma chambre. J'ai enfilé mon pyjama, réchauffé un verre de AB–, vérifié que les volets étaient bien tirés, et je me suis glissée sous les draps. J'ai siroté mon petit déjeuner puis je me suis allongée sur le dos. Et j'ai contemplé le plafond, en écoutant les ronflements de Killer.

J'ai lancé une chaussure, qui a atterri pile sur sa tête, puis j'ai continué à contempler le plafond en écoutant les ronflements de ma voisine, qui ne se sont tus que lorsque son réveil a sonné et qu'elle a mis CNN à fond. J'ai bien songé à l'assommer avec mon autre chaussure, mais je savais que je ne visais pas assez bien pour ça (et puis on parle ici d'une Jimmy Choo, pas d'un boomerang) et donc je me suis retournée sur le ventre et j'ai écrasé l'oreiller sur ma tête, de toutes mes forces, pour essayer de barrer la route aux nuisances tout en m'efforçant de ne pas penser.

De ne pas flipper.

Avais-je vraiment fait ça ? Avais-je vraiment fait un numéro de Superwoman au vu et au su de tout le monde, pour sauver Monsieur Météo et son costard Gucci ? M'étais-je vraiment engagée à dénicher la robe de mariée idéale parmi les vieilleries de Shirley ? Avais-je vraiment menti à ma mère ? Et décliné l'opportunité de connaître l'expérience sexuelle la plus incroyable de ma vie dans les bras d'un démon ? Étais-je vraiment tombée raide dingue amoureuse d'un mordu ?

Non, non, non, non et oh que non !

C'est du moins ce que je me suis dit. (Pour ce qui est de semer la mort et la désolation, je ne suis pas très forte ; en revanche, le déni, je sais y faire.)

Pourtant, les dernières semaines et la soirée tout juste écoulée n'arrêtaient pas de passer en boucle dans ma tête et même moi, la reine incontestée du déni, je ne pouvais plus me voiler la face : dans mon rôle de vampirette héréditaire, je n'avais pas assuré.

Si jamais je passais avec succès les dernières sélections, et si jamais cette séquence était diffusée à l'antenne, j'allais me retrouver en ligne de mire des SCS – autrement dit, les Snipers de Créatures Superflues. À la différence des téléspectateurs humains, qui mettraient cet étrange épisode sur le compte des effets spéciaux et, sans chercher midi à quatorze heures, en concluraient que c'était de la télé réalité de qualité, les SCS pouvaient repérer un vamp à cinquante mètres. J'allais me retrouver dans leur collimateur en moins de deux, sans parler du fait que j'allais attirer l'attention de tous les vampires héréditaires qui, dans leur grande majorité, mettaient un point d'honneur à garder profil bas. J'allais être la honte de mon peuple.

Certes, j'étais déjà le mouton noir de ma chaleureuse et bienveillante famille, mais là, ça allait prendre d'autres proportions. Je supportais déjà mal les mimiques désapprobatrices de ma mère. Multipliez-les par quelques milliards, et j'étais bien partie pour mettre tout le monde d'accord au prochain grand raout de vamps. J'allais être ostracisée. Ma petite entreprise allait en pâtir affreusement. Tout le contenu de mon dressing serait saisi, à l'exception des uniformes de Moe's. J'allais être expulsée de chez moi. J'allais finir à la rue, en Dockers et polo vert pomme, condamnée à saigner des rats pour me nourrir, en me racontant à voix basse des histoires du bon vieux temps.

Une larme a roulé le long de ma joue, et je l'ai chassée d'une tape énergique. *Bon*, me suis-je dit. *D'accord*. Je m'étais légèrement fourvoyée et je me retrouvais maintenant acculée dans un cul-de-sac. Et alors ? Il me suffisait de revenir sur mes pas, non ? Faire machine arrière, en quelque sorte. J'allais dire à Shirley qu'elle n'avait pas une seule robe portable dans cette décennie. J'allais tout avouer à ma mère (après le mariage évidemment). Accepter l'offre d'Ash la prochaine fois que je le verrais. Et témoigner une indifférence glaciale à Ty, une fois que je lui aurais sauvé la peau et que je me serais assurée qu'il était sain et sauf.

Quand à *Amour, Gloire et Télé*... Faux problème, me suis-je dit.

Franchement, quelles étaient mes chances d'être retenue dans la sélection finale ? Je n'avais pas échangé plus de trois phrases avec Monsieur Météo. Il ne me connaissait pas, je ne le connaissais pas, et des hordes d'autres filles s'étaient trémoussées devant lui sur la piste de danse. Certes, c'était moi la mieux fringuée. Et mes cheveux se démarquaient carrément du lot. Et mon gloss magenta-orangé assurait à mort. Mais les hommes ne remarquent pas ce genre de détails. Sinon, j'aurais plié boutique depuis belle lurette.

Aveugles : voilà ce qu'il ne faut jamais oublier à propos des hommes. Tout ce qu'ils remarquent, ce sont les seins, les fesses, et Monsieur Météo n'avait que l'embarras du choix. Pourquoi m'aurait-il choisie moi ?

Que je sois retenue parmi les dix candidates en finale, c'était du même ordre qu'attendre que les eaux de l'Hudson se transforment en vin, ou qu'Oprah plébiscite un roman qui ne me donnerait pas envie de m'ouvrir les veines.

En clair : ça n'arriverait jamais.

— Tu as été retenue ! a exulté Evie avec un sourire rayonnant à l'instant où j'ai franchi la porte de Vamp'n'Love le mercredi soir.

La nouvelle m'a arrêtée net dans mon élan et j'ai failli renverser le *latte* que j'étais passée chercher au Starbucks. Il faut croire que mon désarroi se lisait sur mon visage car Evie s'est précipitée pour me prendre le gobelet des mains, avant de se rasseoir derrière son ordinateur.

— Tu plaisantes, n'est-ce pas ?

— Jamais je ne plaisanterais à propos d'un truc aussi incroyable. Ils viennent d'appeler. J'étais en train de noter un message de la part de ta mère : elle veut que tu arrives tôt dimanche soir pour l'aider à tout installer pour le dîner. Bref, une limousine viendra te chercher vendredi soir et, avec les neuf autres filles, vous conduira à Central Park. Vous aurez chacune un tête-à-tête d'un quart d'heure avec Monsieur Météo, qui sera enregistré et diffusé samedi soir. N'est-ce pas génial ?

— Sensass.

— Tu dois absolument porter des vêtements colorés pour la caméra, quelque chose qui te fasse remarquer.

— Pas de problème. La fille sur des talons vertigineux avec une cible dessinée sur le cœur, ce sera moi.

— Ne sois pas si négative ! Ce n'est pas parce que tu accueilles à bras ouverts l'amour et l'engagement qu'un type va en profiter pour te loger une balle dans le cœur. (À l'évidence, Evie n'avait pas pris ma remarque au pied de la lettre.) Vois le bon côté des choses. Et puis, Monsieur Météo n'a pas l'air d'un briseur de cœur. Il est tellement beau !

Je n'étais pas certaine qu'être beau et con soit incompatible, mais j'étais trop bouleversée pour soulever une objection.

Evie m'a tendu un tas de messages pendant que je m'administrais un petit discours d'automotivation.

Il te reste la santé.

Et un corps dément.

Et trois cartes de crédit (sur seize) qui n'ont pas atteint le plafond de découvert autorisé. Tu vas passer à la télé samedi ? Et alors ? C'est une chaîne câblée ! Combien de gens regarderont l'émission ? Et – bien plus important – c'est une émission de rencontres. Flash info : les vampires héréditaires ne s'intéressent pas aux rencontres. Pas dans le sens traditionnel. Ils se fréquentent, baisent, échangent un serment d'engagement éternel, baisent encore, pondent quelques bébés vamps et – vous l'avez deviné – continuent à baiser. Les dîners aux chandelles, les valses au clair de lune, le romantisme, ce n'est pas leur truc. En clair : il y avait 99,9 % de chances pour qu'aucun vampire héréditaire ne regarde l'émission.

Les SCS, c'était une autre histoire, mais dans la mesure où KNYC était une chaîne locale, les seuls dont je risquais d'attirer l'attention, c'était Vinnie et son frère, Crusher, deux SCS du New Jersey. Ils supervisaient tous les contrats de la région et, à en croire ma mère du moins, on pouvait les soudoyer avec un petit billet et quelques fournitures de bureau. La vie d'un SCS ne se résumait pas à empaler des vampires et loger quelques balles en argent dans un garou sans méfiance : Vinnie avait une boîte à faire tourner – avec des frais, un bilan comptable, des impôts.

En clair, ce n'était pas la Bérézina.

— Après cette soirée, ils élimineront cinq candidates, et ensuite, trois autres. Si tu es sélectionnée, a repris Evie, tu passeras demain au *Today show*[1].

Quoique…

J'ai maté un élan de panique, haussé un sourcil et pris l'attitude de la vamp ultra cool.

— C'est tout ?

— Shirley a appelé. Elle a dit qu'il lui fallait une réponse pour la robe aujourd'hui.

Oh non ! *Bye bye*, la vamp ultra-cool. Bonjour la demoiselle d'honneur flippée.

— Aujourd'hui ?

Evie a hoché la tête.

— Sinon, ce sera trop juste pour passer la commande. Sauf si tu choisis un des modèles d'exposition.

Lorsqu'elle est parvenue à mon cerveau, cette information a brisé net l'élan de panique et j'ai commencé à réfléchir à toute vitesse.

— Mais même dans ce cas, a poursuivi Evie, la couturière aura besoin de six semaines pour faire les retouches nécessaires…

— Mais bien sûr ! l'ai-je coupée. Des retouches ! Toutes ces angoisses, alors que la réponse est là, sous mes yeux, depuis le début. (J'ai souri pour la première fois depuis que j'étais sortie du lit.) Tu es un génie, Evie. Un pur génie !

— Bah, la routine.

Elle a bu une gorgée de *latte* et s'est reconcentrée sur son écran. J'ai gagné mon bureau et appelé Mandy pour lui faire part de l'idée lumineuse de mon assistante.

1. La matinale de la chaîne NBC, qui réalise de très fortes parts d'audience.

— Tu crois vraiment qu'on peut trouver quelqu'un pour modifier une des robes de Shirley ?

— Évidemment. Certes, on ne peut s'adresser à aucune autre boutique de robes de mariées, parce qu'ils voudraient s'approprier tout le crédit. Ni à la couturière de Shirley, car elle comprendrait qu'on déteste la robe.

— Est-ce qu'elle ne le comprendra pas de toute façon lorsqu'elle me verra, le jour du mariage, dans une robe différente ?

— Mais sublime, ai-je fait remarquer à ma future belle-sœur. Pour laquelle elle recueillera des louanges. Elle sera tellement occupée à prendre des commandes qu'elle n'aura même pas le temps de se demander ce qui s'est passé.

— Bon, peut-être...

— Pourrais-tu arrêter d'être aussi négative ? Ça va marcher, je te dis.

— Ta mère est passée ce soir. Elle a apporté son dîner à Jack.

— Ma mère est venue chez vous ? (Jacqueline devait vraiment se faire du mouron.) C'est plutôt sympa de sa part, non ? (J'essayais de minimiser la gravité de la situation.) Qu'a-t-elle apporté ? Une bonne bouteille de chez Giovanni ? Ou ce nouveau truc d'importation de chez Angelo ?

— Une danseuse de revues, prénommée Lola. Quand je te disais qu'elle me détestait. Elle veut que Jack et moi rompions.

— Lola n'a rien à voir avec un projet de rupture. C'est de la nourriture. Et je suis sûre que Jack n'a pas...

— Non, il m'aime. Mais que se passera-t-il dans dix ans, lorsque je commencerai à vieillir, à la différence de Lola ?

— C'est une vamp ?

— Non, tu n'as pas compris. Il y aura toujours une Lola pour remplacer la précédente, et Jack sera éternellement jeune.

— Toi aussi, enfin si tu souhaites réellement t'engager auprès de lui.

— Je sais. Nous en avons déjà discuté. Il va me convertir. Mais on s'est dit qu'on allait attendre que le mariage soit passé. À quoi bon se précipiter ? On n'est pas à la minute. Je suis juste à cran. Et avec cette histoire de robe, par-dessus le marché, je ne suis plus bonne à grand-chose.

— La robe est un problème que tu vas très bientôt pouvoir rayer de ta liste d'angoisses parce que ça va marcher.

— Tu es sûre qu'on va trouver une couturière ?

— La couture c'est du fil et une aiguille. Ce n'est pas sorcier. Il y a forcément quelqu'un qui sait faire ça.

24

— Désolée, je ne fais que des petites retouches. Même en me payant très cher, jamais je ne m'attaquerais à une robe de mariée.

Clic.

J'ai rayé encore un nom de la liste de couturières qu'Evie avait imprimée.

Trouver une petite main pour des interventions basiques, ourlets, pinces, fuselage, ce n'était pas difficile, mais personne – je répète, PERSONNE – ne voulait toucher à une robe de mariée.

— Il y a des spécialistes, pour ce genre de travail, m'a indiqué Jowanna Truman – la vingt-troisième couturière de ma liste (qui comportait… vingt-cinq noms.)

— En connaîtriez-vous une ?

Tu en connais une. J'ai envoyé cette injonction silencieuse à mon interlocutrice à tout hasard, au cas où Jowanna, mère de cinq enfants et épouse dévouée de Tim, aurait des attirances homosexuelles et serait donc malléable entre mes mains manucurées. *Tu en connais une qui se ferait une joie de m'aider. Qui serait même extatique. Et tu vas me donner son nom, là tout de suite.*

— J'ai une copine qui fait les robes de mariées, mais elle travaille déjà pour deux créateurs, et elle a du boulot par-dessus la tête.

Bon, l'important, c'est d'essayer, non ?

J'ai envisagé un instant de lui proposer mon offre standard – une inscription gratuite chez Vamp'n'Love, trois rencards et un amour sans nuages jusqu'à la nuit des temps, mais le mari de Jowanna possédait le pressing contigu à *Doigts de Fée*, son échoppe de retouches, et ils se retrouvaient tous les jours pour déjeuner, et s'envoyer en l'air vite fait bien fait. (Cette dernière information, je l'avais glanée auprès de Tim – bien plus facile à manœuvrer pour moi. C'était drôlement dommage qu'il ne connaisse pas d'autre couturière en dehors de sa femme.) Leur couple était très solide et ils n'avaient pas besoin d'une entremetteuse. D'une baby-sitter à la rigueur, parce qu'il n'en pouvait plus des gamins et qu'il aurait bien aimé pour une fois – juste une fois – pouvoir regarder un match des Knicks sans ce concert de jappements perpétuels.

Mais je m'écarte de mon propos.

À savoir : chou blanc.

J'ai raccroché et contemplé les deux dernières options de la liste. Les deux étaient situées à Chinatown. Entendons-nous bien : je n'ai rien contre un *chai* bien parfumé ou un kimono en soie. Mais il m'était déjà arrivé d'appeler une couturière du quartier asiatique, et je n'avais pas compris un traître mot de ce qu'elle m'avait raconté.

Je sais, je sais. Vampirette dotée de pouvoirs ultra-puissants. Imperméable aux balles, immunisée contre les hématomes et les oignons.

Mais je vous parle ici de quelqu'un qui s'exprime avec un *accent*.

J'ai écarté la liste pour relever mes e-mails, puis j'ai feuilleté les dossiers des dernières clientes recrutées.

Quatre d'entre elles avaient participé au dîner croisière, et n'avaient pas été sélectionnées parmi les dix finalistes. Trois d'entre elles étaient sincèrement intéressées par un rencard, mais la quatrième, j'en étais presque sûre, voulait une info de première main sur mon incarnation de Speedy Gonzalez. Lorsqu'elle avait rempli son dossier, elle avait spécifiquement demandé à me rencontrer. « Elle a dit qu'il lui fallait ce qui se faisait de mieux, et ne s'adresserait à d'autre experte en rencontre que toi. » Voilà ce que m'avait rapporté Evie.

Après cinq secondes de jubilation – ben oui, quoi ? J'assurais indéniablement –, tous les éléments s'étaient mis en place : une journaliste. Une vampirette ultra-sexy avec des chaussures démentes. Un gros titre qui ne demandait qu'à sortir. La cata.

Et puis il y avait le cinquième dossier de la pile : Gwen Rowley, détective amateur à mi-temps et contemptrice des hommes à plein-temps. J'ai cherché dans ma base de données des hommes qui s'intéresseraient à la photo amateur. Deux résultats. J'ai lancé une autre recherche en modifiant le filtre, cette fois, des hommes affublés d'une mère odieuse. La moitié des noms de la base ont défilé sur l'écran. Bien : limitons la recherche aux hommes avec une mère odieuse et fonctionnaire municipale. Voilà qui était mieux : un résultat.

Trois possibilités. J'assurais non ?

Par l'interphone, j'ai demandé à Evie de me sortir les trois dossiers complets pour me faire une meilleure idée, avant de m'occuper des candidates du dîner croisière. J'étais sur le point de me lancer dans une autre recherche lorsque l'évidence s'est imposée à moi.

Pourquoi perdre mon temps à démarcher des couturières ? J'aurais dû être en train de consulter ma propre base de données, pour y dénicher quelqu'un, n'importe qui, qui avait rencontré l'amour grâce à moi. Si cette personne se sentait une dette éternelle envers moi pour son bonheur, ce serait un jeu d'enfant de la convaincre de faire quelques retouches de rien du tout sur une des robes de Shirley.

J'ai entré le mot-clé « Couture » et j'ai attendu que l'essaim de propositions vienne bourdonner sur mon écran.

Un seul nom est apparu, qui m'a arraché un gémissement de dépit : Esther Crutch.

Esther était une mordue avec qui j'avais sympathisé lorsque j'avais monté ma petite entreprise. Depuis, j'essayais de lui trouver un compagnon, mais elle n'était vraiment pas facile à caser. Premier hic ? Esther avait été convertie au XIXe siècle, à une époque où la beauté féminine s'entendait avec dix à vingt kilos de plus qu'aujourd'hui, et zéro maquillage. Esther avait certes investi dans assez de produits Mac pour que, même moi, je sois impressionnée, mais elle ne pouvait rien faire, en revanche, pour se délester de son surpoids de bagages sur les hanches. Hic numéro deux ? Elle voulait passer l'éternité avec un mordu qui appréciait les filles girondes, et les rediffusions de *Bonanza*. Le problème, c'est qu'aucun mordu du sexe fort ne craquait sur les filles girondes. Ils voulaient tous se taper des Jennifer Lopez et des Jessica Biel. Comme ils avaient du charisme et du sex-appeal à revendre (pour plus d'info, je vous renvoie à la notice « Vamp » de votre dico), ils pouvaient le faire, et ne s'en privaient pas. Du coup, ça ne leur laissait pas des masses de temps libre pour regarder la télé.

J'ai ouvert le profil d'Esther pour consulter la liste de ses hobbies. Sans grande surprise, la couture en faisait partie. Avec le crochet, le macramé, et la poterie. À bâiller d'ennui.

J'ai décroché le téléphone et composé son numéro.

— Bonsoir Esther. C'est Lil.

— Lil ! Quel plaisir de vous entendre. Et merci mille fois pour la crème hydratante que vous m'avez envoyée. Je l'ai adorée.

— Ça a marché ?

— Non, mais le parfum était délicieux. Ça sentait le concombre. Et ça avait bon goût, aussi.

— Vous en avez mangé ?

— Non, mais un de mes chats y a goûté.

D'accord. Je sais que j'aurais dû être effarée en apprenant qu'un pauvre matou avait lapé un pot de crème à deux cents dollars, mais c'était un produit 100 % bio et parfaitement inoffensif. Donc, mon effarement a pu se concentrer sur la vraie calamité.

— Vous avez un *chat* ?

— Eh bien... oui. J'en ai même quatre. Autrefois, Je détestais les animaux. Je m'étais même jurée de ne jamais en avoir. Mais un jour, j'ai trouvé une chatte de gouttière dans la rue et elle m'a suivie à la maison.

Brrrr... Où avais-je déjà entendu cette histoire ?

— Et de fil en aiguille, a poursuivi Esther, je me suis retrouvée pelotonnée sur le canapé avec Mindy. Et maintenant, j'en ai quatre. Et vous ?

J'ai pensé à Killer.

— Moi ? Aucun. (Quand je vous disais que j'étais la reine du déni.) Pas l'ombre d'un chat chez moi. Un chat, ça sent, et quand il n'est pas en demande d'affection, il griffe pour un oui ou pour un non.

— Quel dommage. Vous ratez vraiment quelque chose. Un animal, c'est une compagnie merveilleuse. À condition, bien sûr, de les dresser avec un vaporisateur à ne pas approcher de vos meubles. Quand Miffy fait quelque chose qu'elle ne doit pas faire, une petite giclée sur la truffe et bam ! elle coopère immédiatement. Ah, et il ne faut pas oublier de changer la litière tous les jours. Et surtout, ne posez pas la caisse trop près du téléphone. Figurez-vous que l'autre jour, en voulant répondre à un appel de démarchage, je me suis pris les pieds dans le fil et j'ai atterri tête la première...

— Ça ne risque pas de m'arriver, l'ai-je coupée. Comme je vous le disais, je n'ai pas de chat. Cette seule pensée me donne la chair de poule. Écoutez Esther, ai-je enchaîné, pressée de changer de sujet. Je vous appelle parce que vous avez mentionné dans votre dossier que vous aimiez bien coudre.

— Tout à fait. Ne me dites pas que vous avez trouvé quelqu'un qui aime ça aussi. Parce que justement, je me suis lancée dans un superbe plaid en patchwork, et ce serait tellement plus amusant à deux...

— Non, non. Je ne vous ai pas trouvé de spécialiste du patchwork. (Je me refusais à imaginer à quoi pouvait bien ressembler un mordu amateur de patchwork.) Je ne vous appelle pas pour vous présenter un candidat, mais pour vous demander un service. J'ai un problème avec une robe de mariée qui a besoin de retouches. C'est pour la fiancée de mon frère. Elle est importable telle quelle. Je me suis dit que si nous pouvions trouver quelqu'un qui savait manier une aiguille et du fil, cette personne pourrait apporter quelques améliorations.

— Bigre..., a lâché Esther d'un ton abattu. C'est vrai que je cousais mes vêtements, autrefois... (Esther avait grandi à une époque où les grands magasins n'existaient pas encore.) Mais ils étaient loin de ressembler à ce qu'on trouve aujourd'hui dans le commerce. Et une robe de mariée... J'ai toujours rêvé d'en essayer une, mais l'occasion ne s'est jamais présentée.

Il y avait dans sa voix une note de mélancolie qui m'a donné l'impression d'être la pire entremetteuse de tout Manhattan.

Je n'étais même pas fichue de trouver un compagnon à cette pauvre Esther qui dépérissait de solitude. J'étais nulle. Pire que nulle : une nulle aux abois, qui essayait d'extorquer un service à une pauvre vampire dépérissant de solitude.

Bon, et si tu arrêtais là le petit festin d'auto-apitoiement ? À quoi bon être deux à se désespérer ? Au boulot ! Tu auras tout le temps de te racheter par la suite.

Aussitôt pensé, aussitôt fait. J'ai rassemblé toute la détermination dont je pouvais faire preuve.

— Voyez ça comme un entraînement pour le grand jour, qui, je n'en doute pas, ne saurait plus tarder.

— Vous croyez ?

Oui. Le mensonge était là, sur le bout de ma langue mais – allez savoir pourquoi – il refusait d'aller plus loin.

— Bon, je n'ai pas de candidat en vue, me suis-je entendue répondre. (Ben oui, je n'ai pas plus d'appétence pour la culpabilité que pour le meurtre, la destruction ou le polyester.) Mais sitôt que je serai débarrassée du mariage de mon frère et de quelques autres affaires pressantes qui m'occupent en ce moment, je vous trouverai quelqu'un. Je vous le jure. Je vais écumer tous les repaires de convertis de Manhattan. Et du Queens. Et de Brooklyn. Et j'irai même… (J'ai dégluti.) À Long Island.

— Non ! s'est émerveillée Esther. Vous feriez ça pour moi ?

— Si vous me rendez ce menu service, oui. S'il vous plaît, Esther. J'ai vraiment besoin de votre aide.

— Ça ne coûte rien d'essayer. J'ai encore ma machine à coudre, quelque part. Mais ne vous attendez pas à des merveilles, d'accord ?

— Croyez-moi, rien ne peut être pire que ce que nous avons pour l'instant.

Littéralement.

Mandy avait choisi la robe la moins hideuse du lot, mais qui n'en avait pas moins des mètres et des mètres de vilain tulle. Et des perles à tire-larigot. Et des nœuds. Bref, c'était épouvantable. Quoi que fasse Esther, elle ne pourrait que l'améliorer, j'en étais certaine.

Enfin, du moins l'espérais-je.

Je me suis cramponnée à cet espoir et j'ai bavardé quelques minutes de plus. J'ai parlé à Esther d'un nouvel enveloppement pour l'estomac que j'avais vu dans mon institut de bronzage, pas plus tard que la semaine précédente. Esther a promis de l'essayer (elle essayait tout ce qui se présentait, au cas où son ADN de vamp, de guerre lasse, la laisserait se transformer en Nicole Richie.)

— Merci Lil. Je vous tiens au courant.

— Super. (À l'instant où elle allait raccrocher, j'ai rassemblé tout mon courage et j'ai lancé :) Attendez ! Supposons… supposons que j'aie un chat. Ce qui n'est pas le cas. Supposons que j'ai une amie qui a un chat, lequel chat passe son temps à se faire les griffes sur son canapé en cuir. Quel genre de vaporisateur devrait-elle acheter pour le dissuader de faire des bêtises ?

— Quel est le problème ? Il fait des rayures, ou des trous ?

— Il met tout en miettes.

— Qu'elle achète un pulvérisateur de jardin grand modèle. Elle le remplit d'eau et elle asperge le petit malappris chaque fois que son regard s'égare en direction du canapé.

— Ça m'a l'air jouable, ai-je répondu en souriant.

Avant de rentrer chez moi, je me suis arrêtée faire quelques emplettes.

— Un nouveau shérif est arrivé pour faire régner l'ordre, ai-je annoncé à Killer en brandissant le vaporisateur. Et il s'appelle Lil Marchette.

25

— Je ne vois pas en quoi ça va m'aider à réussir mon rencard, a objecté Juste tandis que je m'attaquais à sa tignasse avec un peigne et un flacon de démêlant.

Nous étions dans mon bureau, le jeudi soir. Assis face à moi sur une chaise, Juste surveillait les opérations grâce au petit miroir que j'avais posé sur mon bureau. Evie avait déserté le navire à la seconde où j'avais débarqué avec mon attirail capillaire.

— Je sais que tu veux l'aider mais, crois-moi, c'est une cause perdue.

Comme c'était là une expression qui n'existait pas dans mon vocabulaire, je me suis attelée à mon défi du soir : métamorphoser l'effroyable Juste en un type délicieux – ou au moins appétissant.

— Fais-moi confiance. (J'ai posé le peigne et attrapé le spray de démêlant.) Les femmes se pâment devant les hommes bien coiffés.

— Je ne lui demande pas de se pâmer.

— Fais-moi confiance. Les femmes sont sensibles aux hommes bien coiffés. (J'ai vaporisé du produit pendant une bonne minute, puis j'ai enfoncé les dents du peigne dans la masse de cheveux, mais elles sont restées bloquées.) Je t'avais demandé de les laver. Tu l'as fait ?

— Je les ai lavés il y a trois jours. Je n'allais tout de même pas recommencer.

— Non, bien sûr que non. À quoi bon risquer de puer le shampooing quand on peut puer la chaussette sale ? (Je lui ai donné une calotte.) C'est quoi ton problème ? Tu as un rencard demain soir. Tu n'es pas un peu excité ?

— Évidemment que si. Je suis une érection sur pattes depuis des jours. Aïe ! (Il s'est frictionné le crâne.) Pourquoi vous me tapez ?

— Tu ne penses donc qu'au sexe ? Tu n'as pas envie qu'une femme t'admire ? T'apprécie ? Te regarde dans les yeux et tombe à la renverse ?

— Tant qu'elle tombe à l'horizontale et qu'on baise...

J'ai lâché un soupir exaspéré et inspiré profondément pour aider mon cœur à ralentir. *Ne t'énerve pas*, ai-je dit à mon vampire intérieur. *Ne soit pas agressive. Ce n'est qu'un gamin.*

— Ça, ou une pipe.

J'ai senti mes crocs glisser et j'ai lâché un sifflement. Et puis je lui ai pincé le bras, à la façon d'une mère.

Juste a glapi et a failli tomber de la chaise. Après quelques pleurnichements qui n'étaient pas très virils et plusieurs faux départs, il a réussi à articuler :

— Pourquoi vous avez fait ça ?

— Parce que tu es un imbécile. Je t'ai trouvé la femme idéale et tu vas tout fiche en l'air parce que tu es incapable de penser plus loin que le bout de ta queue.

Ah les *humains*...

Encore que, vampires héréditaires convertis ou démons, ils étaient bien tous pareils, les mecs.

J'ai inspiré longuement, posément. Je n'allais pas le pincer. Ni l'assommer. Ni lui botter le train. Ni lui arracher vous savez quoi. Non : j'allais faire appel à sa raison. Me faire entendre, en me mettant à son niveau.

— Fais-moi confiance, ai-je répété en vaporisant un peu plus de démêlant sur ses boucles. Pour une femme, un homme avec de beaux cheveux, une bonne hygiène et de beaux vêtements – ou tout au moins des vêtements propres – c'est un aphrodisiaque. Et elles ont quasiment un orgasme spontané si, quand tu leur tiens la porte, tu les regardes dans les yeux plutôt que dans le décolleté.

Bon, d'accord – je sais. Je truquais un peu les attentes. Mais pour capter l'attention de Juste, j'avais besoin d'un argument infaillible.

Son regard s'est éclairé. Bingo.

— Vous voulez dire qu'elle pourrait avoir un orgasme, elle aussi.

De toute évidence, Juste n'avait jamais considéré que le plaisir puisse être chose partagée. Encore un trait de caractère que les mortels possédaient avec leurs homologues masculins d'autres espèces.

— Je conçois que ce puisse être un concept qui t'est étranger mais, oui, c'est de l'ordre du possible. Et même du très probable si tu joues correctement tes cartes. Et laisse-moi te dire une chose : si tu trouves ça bon de prendre ton pied, c'est sans commune mesure avec ce que tu vas ressentir si elle prend son pied elle aussi.

— Ça m'étonnerait.

— On en reparlera.

Il a passé la main sur ses cheveux, s'est regardé dans le miroir, puis il m'a semblé qu'il parvenait à une conclusion.

— Il a intérêt à marcher, ce rencard, sinon je désinstalle la station du iPod *et* les enceintes.

— Ça va marcher comme sur des roulettes.

J'ai renoncé à poursuivre ce que j'avais entrepris, et opté pour une nouvelle idée. J'ai reposé le peigne et le démêlant, et j'ai attrapé mon sac.

— Vous faites quoi, là ?

— *On* fait quoi, ai-je corrigé en lui indiquant de me suivre.

— On fait quoi ? a-t-il répété en se levant.

— On va prendre une douche.

Son regard s'est éclairé.

— Ensemble ?

— Si je trouve une combinaison de décontamination... Allez, on se bouge !

Je l'ai emmené chez moi, je l'ai poussé de force sous le jet brûlant, je lui ai tendu du shampoing et du savon, et j'ai laissé Killer dormir – je veux dire garder la porte jusqu'à mon retour.

J'ai parcouru plusieurs blocs, à tire d'aile, une vaillante petite chauve-souris rose et duveteuse (je ne donnais pas très cher des instincts de chien de garde de Killer et l'idée que Juste puisse flâner chez moi, à poil et tout ruisselant, me retournait l'estomac), pour gagner la boutique de Pierre Claude, un de mes créateurs favoris.

Pierre avait le génie de la coupe et des couleurs, et il était également un vampire héréditaire. On ne lui connaissait aucune attache sentimentale, et je le soupçonnais d'être gay, autre raison pour laquelle je l'aimais bien. N'allez pas imaginer que je préfère la fréquentation des gays pour éviter de m'investir dans de vraies relations amoureuses. (Ai-je mentionné que depuis mes récents problèmes d'insomnie, j'avais recommencé à regarder les émissions de Dr Phil ?) Non, je l'aimais bien parce que les gays étaient autant ostracisés par la communauté des vampires héréditaires que, disons, les entremetteuses.

— Que cherches-tu, aujourd'hui ? s'est enquis Pierre en m'éblouissant de son sourire. (Il arborait une chemise blanche sur mesure, un pantalon noir, des santiags noires, et un mètre ruban autour du cou.) Un haut ? Un bas ? (Une étincelle est passée dans ses yeux.) Des sous-vêtements ?

— Tu ne fais pas de sous-vêtements.

Il a hoché la tête.

— Si. Depuis hier. (Il a extrait un machin en soie rouge, léger comme une plume, de sa poche.) Qu'en penses-tu ?

— À défaut de le porter, tu pourras toujours t'en servir de fil dentaire.

— Bon... a-t-il grimacé en contemplant son œuvre. J'y travaille encore. Tu cherches quoi ? Du chic ? Du très chic ?

— Du simple.

— Un jean ?

— Pourquoi pas ? Peut-être avec une chemise en soie, ou un haut un peu près du corps pour mettre en valeur la définition musculaire.

— Mmmm..., a-t-il fait en remuant les sourcils. (Il m'a tendu quelques propositions.) Voilà qui pourrait faire l'affaire.

— Trop cow-boy, ai-je décrété en regardant la chemise noire.

Il m'en a tendu une rouge, et j'ai secoué la tête.

— Trop Tom Jones.

Il m'en a montré une bleue et j'ai grimacé.

— Trop Schtroumpf.

— Et si je te laissais faire un tour par toi-même pendant que je vais chercher une coupette ?

— Elle serait la bienvenue.

— Pas pour toi chérie. Pour moi. (Il a secoué la tête et tandis qu'il s'éloignait, je l'ai entendu marmonner.) Ah, les femmes vampires... Voilà pourquoi je préférerais me castrer.

Bon, eh bien, merci beaucoup pour cette image.

J'ai passé en revue la nouvelle collection et dégoté quelques pièces susceptibles de faire l'affaire. J'ai tendu à

Pierre ma carte de crédit et j'ai regagné dare-dare mon appartement. Où j'ai retrouvé Juste vautré sur mon canapé en tenue d'Adam, Killer lové au creux de son ventre – par chance. J'ai lutté pour endiguer une vague de nausée.

— Tu étais censé le surveiller ! ai-je lancé au chat.

Pour quelques grattouilles derrière l'oreille et une boîte de Rourou en rab, je retourne ma veste sans l'ombre d'une hésitation.

J'ai lancé ma moisson de vêtements à Juste.

— C'est quoi ?

— Une tenue que tu vas porter ce soir pour acclimater ton corps à des étoffes dignes de ce nom, et une autre pour demain soir. C'est ton nouveau look, ai-je ajouté en voyant qu'il continuait à me dévisager.

— Mais j'aimais bien l'ancien.

— Tu es bien le seul. Vas t'habiller, ai-je ordonné en lui indiquant la salle de bains.

Voyant que Juste commençait à ronchonner dans sa barbe, j'ai levé les yeux au ciel et poussé un « Ouiiiiiiiiiiiiii » strident, suivi par des halètements, des gémissements et un long soupir langoureux. Ses oreilles ont viré au rouge écarlate, j'ai eu la certitude qu'il venait d'opter pour le changement de look. Mais pour mettre les chances du bon côté, j'ai tout de même brandi mon vaporisateur géant.

Killer a aussitôt bondi et détalé pour se mettre à l'abri.

— Vous ne feriez pas ça !

— Tu crois ça ?

Il a filé en droite ligne vers la salle de bains pour s'habiller, et j'en ai profité pour désinfecter le canapé. Puis il a réapparu quelques minutes plus tard.

— Qu'en pensez-vous ?

Je l'ai toisé de la tête aux orteils et j'ai réprimé une grimace. (À cause des orteils, pas de ce qui se trouvait au-dessus.)

— Tu es sexy.

— C'est vrai ?

Ces deux mots vibraient de tant d'espoir que je me suis radoucie. Certes, il était obsédé par le sexe. Mais il était jeune. Inexpérimenté. Au plus profond de lui, ce qu'il voulait, ce qu'il attendait, c'était rencontrer quelqu'un qui compterait pour lui, et ses doutes en étaient la preuve.

— Oui c'est vrai. (Je me suis approchée pour passer la main dans ses cheveux lavés de frais.) Ça te va bien, le look cheveux mouillés. Je pense qu'on devrait les laisser comme ça.

Il avait rasé ses joues et la barbichette clairsemée sur son menton et il s'était frictionné avec de l'after-shave. Il sentait bon. Un sourire m'a échappé.

— Je suis drôlement fière de toi, ai-je dit en le serrant dans mes bras dans un élan d'affection fraternelle.

Un *bref* élan d'affection fraternelle.

— Assez pour coucher avec moi ?

Je l'ai lâché.

— Ne gâche pas cet instant.

Je me suis écartée et pendant qu'il débarrassait ma salle de bains de ses fringues sales, mon portable a sonné. En voyant le numéro qui s'affichait, mon cœur est passé en vitesse démultipliée.

— Que se passe-t-il ? ai-je bafouillé en décrochant.

— On a une piste, a répondu Ash.

— Vous plaisantez ! C'est vrai ?

— Un des contacts de Mo a identifié Ty. Il prétend l'avoir vu en compagnie d'un type, il y a quelques semaines de ça, pile au moment où il aurait disparu. Nous avons établi un portrait robot et on va voir si on peut identifier le bonhomme. Le contact a dit qu'il avait entendu Ty appeler ce type Morgan. Ou Borgan. Un nom de ce genre. Ça vous dit quelque chose ?

Je me suis empressée de fouiller dans ma mémoire, sans y trouver d'éléments tangibles.

— Peut-être. Je n'en suis pas sûre.

— Eh bien réfléchissez et appelez-moi si quelque chose vous revient. Et pour votre info, vous pouvez d'ores et déjà allumer votre ordi. Vous allez rentrer un nouveau dossier sous peu.

Malgré mon anxiété, j'ai repris un peu du poil de la bête.

— La solitude vous pèse et vous êtes prêt à vous caser ?

— Du tout. Mais Mo et Debbie se sont tellement éclatés, hier soir, qu'elle a décidé de raccrocher ses gants, et de redevenir étudiante à plein-temps. Et elle va vous laisser le soin de lui trouver un partenaire

— Génial. (Au fond de moi, cependant, ça ne me faisait ni chaud ni froid parce que j'étais une fois de plus en train de repenser à la scène entre Ty et l'ombre.) Je vous donne une prime d'intermédiaire.

— En nature ?

— C'est quoi au juste le problème entre les hommes et le sexe ?

— C'est le sexe qui fait tourner le monde, ma belle.

— C'est bien un dicton de mec, ça. Je vous offre une inscription gratuite et un rencard. Et une douzaine de beignets pour la bonne mesure. À prendre ou à laisser.

— L'inscription gratuite, Debbie ne dirait pas non. Elle ne roule pas sur l'or.

— Et les beignets ? Vous refusez aussi ?

— Je ne suis pas homme à refuser les douceurs.

La tentation était trop forte.

— Homme ? Ou démon ?

— Ha ! a-t-il gloussé. Vous êtes toujours dans le noir ?

— Je parie sur un démon.

— Réfléchissez. Et rappelez-moi.

— Mais j'ai réfléchi. Je me suis même documentée, via Google, sur les entités des Enfers. Vous en avez toutes les caractéristiques – la beauté, les yeux de braise, le sex-appeal. Ou alors, vous usez de phéromones dernier cri qui vous rendent irrésistible pour le sexe opposé.

— Non, je voulais dire réfléchissez au sujet de Ty et de l'homme qui était avec lui.

— Oh.

J'ai écarté toutes les pensées qui embourbaient mon cerveau et j'ai fait apparaître le visage de Ty.

— Essayez de voir si ça vous rappelle quelque chose.

— Je n'y manquerai pas.

Et j'ai tenu parole. J'ai passé le reste de la nuit et presque toute la journée du lendemain à réfléchir, enfin, jusqu'à ce que je m'attaque au ménage.

Je sais, je sais. Étais-je en train de m'enfoncer dans un tas de saletés domestiques si insondable qu'il risquait de m'engloutir ? Peut-être, mais apparemment je ne pouvais pas m'en empêcher. J'avais besoin d'une distraction. Sans compter que j'avais accueilli Juste dans ma salle de bains et sur mon canapé, et que j'étais investie d'une mission.

Lorsque le soleil s'est couché, mon appartement était immaculé, et moi j'étais morte de fatigue. Non, vraiment. Morte au point d'envisager sérieusement d'appeler les producteurs d'*Amour, Gloire et Télé* pour leur annoncer que j'avais été piquée par un dangereux insecte et que je me trouvais en quarantaine à l'hôpital.

En même temps, compte tenu de ce qui s'était passé pendant le dîner croisière, je ne pouvais pas me défiler sans attiser de vraies suspicions. J'avais déjà éveillé la curiosité d'une journaliste. Il aurait été peu judicieux de ma part d'en rajouter. Quelle femme normale et saine d'esprit aurait laissé passer l'opportunité de faire plus ample connaissance avec le présentateur météo le plus sexy de Manhattan ? Aucune, si vous voulez mon avis.

Voilà pourquoi je devais y aller. Sinon, quelqu'un allait me soupçonner de ne pas être une femme normale et saine d'esprit. Et c'est là qu'entreraient en scène Vinnie et son frère et là, je paierais le prix fort, à coups de feutres fluo et de rames de papier à photocopie.

Au final, je n'avais qu'une option : y aller, me montrer odieuse et en faire des tonnes pour inciter Monsieur Météo à m'éliminer. Cela fait, je réagirais comme il était de bon aloi de le faire dans les émissions de télé réalité : j'éclaterais en sanglots et jouerais à la femme blessée puisque, évidemment, après trois pseudo-rencards, je serais tombée raide amoureuse de lui. Certes, je pouvais aussi réagir comme le font les personnages de sitcom et lâcher un tombereau de jurons et de noms d'oiseaux. Mais c'était risqué : un producteur pourrait insister pour m'offrir le rôle vedette dans une série comique destinée au *prime-time* et là, je serais bien embêtée pour expliquer ça à mes parents. Non, mieux valait opter pour les grandes eaux, repartir seule dans la nuit et *bye bye* la télé réalité.

Cependant, je ne pourrais pas pour autant pousser un soupir de soulagement ni me réjouir du nombre impressionnant de clientes que j'aurais rameuté grâce à l'émission, car il me faudrait encore retrouver Ty, survivre au dîner qu'organisait ma mère et m'occuper des retouches de la robe de Mandy.

Je me suis empressée de museler la sensation de malaise qui venait de m'assaillir.

Un problème après l'autre.

26

— Saperlipopette. (Esther est restée bouche bée devant la robe blanche que j'étais passée déposer chez elle.) Je n'ai jamais rien vu de tel.

— Je comprends que ça vous semble au-dessus de vos forces, mais j'ai une confiance absolue dans vos talents. (Je lui ai tapoté le dos pour la réconforter.) Vous pouvez y arriver.

Elle a continué à fixer la robe et elle est restée sans voix un long moment. Je comprenais parfaitement sa réaction.

— Elle est…, a-t-elle fini par dire, mais la boule qui s'était formée dans sa gorge l'a empêchée de poursuivre.

— Je sais, je sais. Elle est vulgaire. Chargée. Elle vous donne envie de prendre les jambes à votre cou. Mais songez à l'avant-dernière collection de DKNY. C'était le même problème, et puis ils ont embauché Janie Strausberg, et regardez ! À présent, c'est d'un goût irréprochable. Un peu éclectique, mais ça ne me gêne absolument pas. Et c'est pile poil dans la tendance. Cette fille a littéralement sauvé la situation. Et c'est ce que vous allez faire vous aussi.

Esther s'est tamponné les yeux et j'ai senti la culpabilité m'assaillir.

— Allons, allons. S'il vous plaît, ne pleurez pas. Sinon, je vais avoir envie de pleurer moi aussi, et je ne peux absolument pas me le permettre, parce que dans moins de deux heures je vais me retrouver en face de toute une batterie de caméras de télévision… Et…

Raison pour laquelle j'avais pleuré pendant que je me rendais chez Esther et que je disposais de temps pour retoucher mon maquillage.

— Elle est… magnifique.

— Je sais que c'est un immense service que nous vous demandons, ai-je poursuivi, mais… que venez-vous de dire ?

Esther a reniflé et essuyé ses yeux humides.

— Je disais que c'est la plus belle robe que j'aie jamais vue, a-t-elle repris d'un air émerveillé. C'est la robe de mes rêves.

— *Cette* robe ?

Elle a hoché la tête plusieurs fois de suite.

— Oui. Avec le gros nœud dans le dos, et les petits nœuds en guirlande sur l'ourlet, et d'autres posés sur la jupe comme des papillons.

— *Ces* nœuds ?

— Et un corsage rebrodé de perles.

— *Ce* corsage ?

— Et une traîne de deux mètres avec des frous-frous.

— *Cette* traîne ?

— Comment vous dire ? C'est comme un rêve devenu réalité. Il n'y a pas un détail à changer. (Elle m'a regardée.) Ça ne peut pas être la robe dont vous m'avez parlé.

— Non, bien sûr que non, ai-je bafouillé.

Mandy m'a poussée du coude et m'a lancé un regard qui signifiait : *Vas-y, dis-lui.*

J'ai redressé les épaules. Place à la vampirette intrépide, qui est capable de tout, ne recule devant rien ni personne et ne se laisse mettre aucun bâton dans les roues. J'ai ouvert la bouche, prête à y aller franco : c'était la pire robe jamais créée de toute l'histoire de la mode, et si nous n'étions pas dans une situation aussi désespérée, nous la traînerions devant un peloton d'exécution pour abréger ses souffrances.

— Enfin, peut-être bien que si.

Ouais, je sais. J'avais dévié de mon objectif, mais Esther avait dit que c'était la robe *de ses rêves*. Je ne pouvais décemment pas lui dire que cette monstruosité sortait droit du dernier remake des *Griffes de la nuit*, et qu'elle, elle devait d'urgence faire une mise à jour de sa culture mode.

J'ai embrassé du regard l'appartement, petit mais immaculé, décoré de vieilles affiches de cinéma – de *Géant* aux *Justiciers du Far West*. Oui, côté déco aussi, il y avait du boulot.

Et puis mes yeux se sont posés sur le tricot en cours à côté du canapé, les piles de mots croisés sur la table basse. Elle devait également épicer ses loisirs. Mais le destin d'un mordu était déjà assez solitaire et compliqué comme ça. Qui étais-je pour saupoudrer du sel sur ses plaies en lui disant que ses rêves étaient nuls, en plus de tout le reste ?

— Alors, où est la vraie robe ? a-t-elle demandé. (Elle a désigné l'antique machine à coudre installée dans un coin de la pièce. On aurait dit un bureau à l'ancienne, avec un piétement en fer forgé, et une pédale à la place du repose-pieds.) Je suis prête.

Mandy m'a redonné un coup de coude et je me suis éclaircie la voix. *Vas-y, lance-toi.*

— Écoutez, Esther, les goûts et les couleurs… Certains aiment les *cheesecakes*, et d'autres préfèrent les gâteaux au chocolat. Il y a des fans de Brad Pitt, et d'autres femmes sont raides dingues de Toby Keith. Tous les goûts sont dans la nature.

— Qu'essayez-vous de dire ?

— Que peut-être... (J'ai dégluti.) Il est possible (j'ai encore dégluti.) Que ce soit cette robe.

Voilà. Mission accomplie. Et je n'avais pas fait de combustion spontanée, et je ne m'étais pas non plus transformée en étron de chat.

— Mais c'est de la folie ! Que voulez-vous changer à quelque chose de parfait ?

Mandy et moi avons échangé un regard.

— Tout, avons-nous répondu à l'unisson.

— Vous me faites marcher, n'est-ce pas ? (Ses yeux sont allés se poser derrière nous.) C'est un jeu pour la télé, c'est ça ? Il y a une caméra cachée.

— Si seulement. (Je me suis éclaircie la voix et me suis concentrée sur la monstruosité blanche.) Vous ne la trouvez pas un peu... chargée ?

Esther a secoué la tête.

— Certainement pas.

— Mais elle est chichiteuse, non ? Vous ne pouvez pas dire le contraire.

— Si.

— Et la silhouette ? Elle est lourde, n'est-ce pas ?

— Pas le moins du monde.

— Et elle est un peu voyante, tout de même.

— C'est une robe de mariée. Elle est supposée attirer l'attention.

J'ai haussé les épaules.

— Sur ce point, je ne peux pas vous contredire. (Mandy s'est empressée de m'enfoncer le coude dans les côtes.) Écoutez Esther, Mandy, ici présente, n'est pas le genre de fille à porter des robes voyantes. Elle préfère la simplicité.

Esther a hoché la tête.

— Vous voulez dire la sobriété ?

— Exactement. Et contrairement à vous ou moi, qui enfilerions cette robe sans y réfléchir à deux fois, Mandy n'a pas en elle assez de joie de vivre pour l'assumer.

— Merci bien !

J'ai tapoté Mandy sur l'épaule et je l'ai implorée d'un regard qui signifiait, « Joue mon jeu, d'accord ? »

— Mandy n'a pas une once d'extravagance dans son tempérament. C'est une fille saine, conservatrice. (Mandy s'est raidie et j'ai continué à lui tapoter l'épaule.) Vous ne voudriez pas qu'elle se sente mal à l'aise, n'est-ce pas ?

— Non, bien sûr que non. C'est son mariage. Elle doit se sentir aussi belle qu'une reine.

— Exactement. Or ce n'est pas ce qui va se passer si elle est obligée de porter cette robe. Elle veut quelque chose qui cadre mieux avec sa personnalité. C'est là que vous entrez en scène. Avec quelques menues retouches de-ci, de-là, cette robe deviendra parfaite.

— Quel genre de retouches avez-vous en tête ?

J'ai sorti la liste de deux pages que Mandy et moi avions dressée dans le taxi.

Esther a pris la première feuille, et a secoué la tête.

— Ça va chercher plus loin que quelques retouches par-ci par-là. Je ne suis peut-être pas la personne qu'il vous faut.

— Absurde. Vous avez l'expérience. Le savoir-faire. Et six semaines devant vous. On peut changer le monde en six semaines.

— C'est impossible, s'est entêtée Esther en secouant à nouveau la tête. Je ne peux pas le faire.

— Elle a peut-être raison, est intervenue Mandy, les traits tirés d'inquiétude, le regard noyé de désespoir. C'est une idée stupide.

Possible.

— Absolument pas, ai-je tranché. C'est une idée lumineuse, et ça va marcher. (Ça devait marcher, parce que je n'avais aucun autre atout dans ma manche.) Sinon, tu peux toujours mettre la robe telle quelle.

— Je peux aussi ne pas la mettre du tout et tout annuler.

— Et renoncer à une toilette aussi ravissante ?

Mandy a secoué la tête.

— S'il vous plaît, Esther, pourriez-vous arrêter de dire ça ?

— Quoi donc ? Qu'elle est ravissante ?

— Oui. Elle n'est pas ravissante. Elle est hideuse.

Esther s'est décomposée, comme si quelqu'un avait délogé d'un coup de pied le chat de gouttière ventripotent enroulé sur son canapé.

— Vous le pensez vraiment ?

— Non, suis-je intervenue. Enfin, si, Mandy le pense mais son avis n'engage qu'elle, ne l'oubliez pas. Vous, vous la trouvez ravissante et par conséquent elle l'est. Mais ce n'est pas vous qui allez la porter. C'est Mandy, et elle, elle est beaucoup moins enthousiaste. (J'ai regardé Esther droit dans les yeux.) Question gabarit, elle fait la moitié du vôtre, ai-je asséné à la convertie. Ce look n'est pas pour elle.

Esther a semblé réfléchir.

— C'est vrai, a-t-elle finalement reconnu. Les jupons, ça ne va pas à tout le monde.

— Exactement ! Et c'est pour ça qu'on aimerait que vous les arrachiez, et que vous fuseliez la jupe.

— Mais..., a commencé à protester Esther.

Elle s'est mordu la lèvre puis a coulé un regard en direction de Mandy : à voir son expression, on aurait pu croire que c'était elle, et non le chat, qui avait reçu un coup de pieds. Un élan de compassion a aussitôt éclairé le regard de la convertie.

— J'imagine que je peux au moins supprimer une épaisseur de jupon.

— C'est vrai ? a fait Mandy d'un ton plein d'espoir.

Esther a hoché la tête.

— Peut-être même deux. (Elle a plongé la main sous les couches de tissu.) Mais je ne veux pas vous raconter des histoires : je ne crois pas pouvoir fuseler la jupe sans compromettre l'ensemble de la robe. Je préfère ne pas essayer. (Elle a hoché la tête avec fermeté.) Je ne pourrais plus me regarder dans une glace si je massacrais une création aussi précieuse.

J'étais prête à entendre le pépiement des oiseaux et à sentir une pluie de poudre d'ange ruisseler sur nos épaules. Au lieu de quoi j'ai entendu la sonnerie de mon portable.

— Faites ce que vous pouvez, lui ai-je dit avant de décrocher et de répéter l'adresse de Suze pour la cinquième fois.

— Et maintenant, tu arrêtes de tergiverser et tu vas au rendez-vous.

— Ça va, ça va, a grommelé Juste, avant de me raccrocher au nez. (J'ai rangé le téléphone dans mon sac en assurant Esther de notre infinie reconnaissance.) Faites ce que vous pouvez, ai-je répété.

Elle a acquiescé, sans grand enthousiasme, et Mandy et moi avons sauté dans un taxi, direction la morgue. Mandy était de garde et j'allais la déposer sur ma route.

— Tu es drôlement colorée ce soir, a observé Mandy tandis que le taxi fonçait le long de la 57e. Et tu brilles de mille feux.

J'avais sorti une robe Chanel rose pétard, un sac Vuitton argenté, une paire de Manolo à brides, et assez de bijoux pour concurrencer le butin d'un casse. Côté maquillage, j'étais partie sur un style entre Barbie Fairytopia et Lil' Kim[1] : ombre à paupières pailletée, beaucoup d'eye-liner, du rouge à lèvres Sparkling Ruby de MAC, un blush irisé Pink Obsession, et un vernis à ongles brillance extrême.

1. Rappeuse américaine, reine de la provocation.

— J'essaie de faire passer un message, ai-je expliqué à Mandy.

— Et ce ne serait pas *Ne venez pas m'emmerder, je suis en plein trip d'acide*, par hasard ?

— *Évitez de me sélectionner. Je passe très mal à l'image.*

— C'est la deuxième possibilité à laquelle j'avais pensé. Alors, dis-moi, à ton avis, que va-t-il se passer avec la robe ?

— Tu poses la question à Lil la réaliste, ou à Lil l'optimiste ?

— Lil la réaliste n'existe pas.

— Tu frappes donc à la porte numéro deux. Que va-t-il se passer ? Eh bien, Esther va enfin réaliser que la robe est hideuse, monstrueuse, et comme c'est une indécrottable romantique qui fantasme sur son propre mariage, elle va se surpasser pour que le tien soit réellement le plus beau jour de ta vie. Elle va se tuer à la tâche nuit et jour, jusqu'à ce que la robe soit une vision enchanteresse. Et puis tu marcheras vers l'autel, tu diras *Oui, je le veux* avec un grand sourire, et mon frère et toi vivrez heureux jusqu'à la fin des temps.

— Elle ne va pas enlever les nœuds, n'est-ce pas ?

— Non, je le crains.

Mandy a semblé réfléchir.

— C'est sans espoir, n'est-ce pas ? Ton frère et moi... (Elle a ravalé un sanglot.) On ne va jamais réussir.

— Mais tu es folle ! Vous avez déjà réussi. Vous vivez ensemble. Tu le supportes, et il te supporte. Tu te moques qu'il laisse traîner ses chaussettes sales, et lui se fiche que tu suspendes tes lessives de soutiens-gorge dans la salle de bains. (Elle m'a décoché un regard interloqué, et j'ai haussé les épaules.) Je suis une vamp, tu te souviens ? Bref. Tu acceptes qu'il ne range jamais les flacons de sang entamés, et lui il accepte que tu abandonnes les emballages de barres de céréales sur la table de nuit. Il tolère ton emploi du temps, et toi, tu tolères notre mère.

— Et Luc.

Je l'ai fusillée du regard.

— Elle lui a aussi envoyé Luc ? (Mandy a hoché la tête et la jalousie a manqué m'étouffer. Luc était le manucure attitré de ma mère. Il vous faisait une french en dix secondes chrono, avant d'oindre vos menottes d'un soin à base de cire et de paraffine à se damner. Et ses pédicures... Aïe aïe aïe ! Le septième ciel.) Tu diras à Jack que je le hais, ai-je ajouté. (Et là, mon regard s'est posé sur les doigts de Mandy, enroulés sur son sac.) Quoi ? Toi aussi ?

Elle a pris l'air penaud.

— Il est là à demeure, à notre entière disposition. Ce serait du gâchis de le laisser regarder la télé toute la journée. Tu comprends, Jack ne peut pas se faire limer les ongles des pieds plusieurs fois par jour.

Personne ne le pouvait, hélas.

— Je pourrais repousser la date du mariage, a-t-elle ajouté après un long moment. Je n'en ai pas envie mais, parfois, je me dis que c'est ma seule option. Rien ne semble marcher droit.

J'ai repensé aux deux messages que j'avais écoutés avant d'entrer chez Esther : l'un émanait d'Evie, et concernait quelques nouvelles clientes, et l'autre de Juste, pris d'un doute quant à l'adresse de Suze. De ma mère, point de nouvelles. Je n'aurais su dire à quand remontait la dernière fois qu'elle avait passé vingt-quatre heures sans m'appeler. De toute évidence, elle était trop occupée à dépêcher sa valetaille auprès de Jack et à échafauder des stratégies pour l'amener à rompre avec Mandy pour se préoccuper de sa fille.

Hip, hip, hip... hourra !

Du moins pour l'instant. Car si Jack et Mandy jetaient l'éponge, j'allais me retrouver au point de départ.

— Tu racontes n'importe quoi, ai-je tranché avec conviction. L'hôtel est confirmé, et je suis bien certaine qu'Esther va nous tirer d'affaire. (Tout comme j'étais bien certaine que j'allais me faire expulser du casting de l'émission de télé réalité – j'ai croisé les doigts – et retrouver Ty – j'ai croisé les doigts *et* les orteils – avant qu'il ne soit trop tard.) Sois positive !

— Oui. L'autre solution, ce serait d'aller boire quelques Martini au chocolat avant que tu me déposes.

J'ai consulté ma montre et j'ai songé à la folle soirée qui m'attendait – et aux quelques paramètres qui échappaient à mon contrôle. Oui, j'avais un plan, mais rien ne me certifiait qu'il allait fonctionner.

— J'ai une heure devant moi avant que la limousine vienne me prendre.

— Affaire conclue, alors. Et si on doit être positives, ce sera à l'alcootest.

Moi, j'étais bonne pour pointer aux Alcooliques Anonymes sitôt que mon éternité rentrerait un peu dans l'ordre.

27

À l'instant où le taxi me laissait devant Vamp'n'Love, une limousine noire est venue se ranger le long du trottoir. Un chauffeur en uniforme est descendu pour m'ouvrir la portière, et j'ai grimpé à bord, aux côtés des neufs autres finalistes.

Dix minutes plus tard, la voiture nous a déposées à Central Park : chacune à notre tour, nous allions faire une promenade en calèche en tête à tête avec – vous l'avez deviné – le célèbre Monsieur Météo. Pendant ce temps, les autres candidates boiraient des cocktails et s'exprimeraient devant les caméras depuis la terrasse du café installée spécialement pour l'occasion sur un trottoir, avec des tables et des serveurs en uniforme. Des guirlandes clignotaient dans les arbres au-dessus de nos têtes, et plus haut, il y avait la lune, et les étoiles qui scintillaient, et...

Gros soupir.

C'était réellement le décor le plus romantique qu'il m'avait été donné de voir, jusqu'à la calèche blanche enrubannée de guirlandes de roses rouges.

Le producteur a dirigé le troupeau de candidates vers le café pendant que la première sélectionnée, Pamela Sue

Mitchell, une institutrice de maternelle, se dirigeait vers la calèche et Monsieur Météo.

Il était tiré à quatre épingles, comme d'habitude : costume noir Armani et chemise bleu roi, chevelure lustrée au gel, ongles polis et discrètement vernis. Il attendait la candidate une rose à la main et un sourire aux lèvres.

J'ai grimacé, tel un athlète en plein effort, et je me suis avancée. Ou plutôt, je suis allée m'interposer entre Pam et Monsieur Météo, et comme je m'étais déplacée à la vitesse de la lumière, personne n'a eu le temps de dire ouf.

— Moi d'abord, moi d'abord ! ai-je crié.

J'ai arraché la rose des mains du beau célibataire et à l'instant où la caméra a zoomé sur nous, je me suis penchée vers lui, en souriant béatement, tandis que Monsieur Météo recrachait une pleine bouchée de cheveux.

— Qu'est-ce que vous faites ? a-t-il regimbé en me repoussant.

— Je passe toujours la première, l'ai-je informé. Détendez-vous, et suivez le mouvement. Les caméras tournent.

Sans lui laisser le loisir de protester davantage, j'ai grimpé dans la calèche, ma rose à la main.

Monsieur Météo a échangé quelques mots avec le producteur et, le conciliabule terminé, il est venu s'installer à mes côtés, avec un sourire forcé, pendant qu'une assistante de production ramenait une Pamela en état de choc vers la terrasse de café de fortune.

— Votre enthousiasme me plaît, a-t-il dit d'un ton qui semblait signifier tout le contraire.

Mon sourire a redoublé d'éclat.

— Et vous n'avez encore rien vu.

Alors qu'il s'installait confortablement sur le siège, j'ai crié d'une voix perçante :

— Attendez ! Attendez ! Il faut absolument que je fasse une photo.

— Il y a une dizaine de caméras qui sont là pour tout enregistrer.

— Ce n'est pas pareil. Rien ne garantit que ces images seront diffusées, et je dois absolument montrer ça à mes amies. Elles ne vont pas en croire leurs yeux.

J'ai sorti l'appareil jetable que j'avais acheté sur la route.

— Nick ? (Monsieur Météo a hélé un des producteurs.) Pourriez-vous nous aider, s'il vous plaît ?

— Non, non, ai-je protesté en lui fourrant l'appareil dans les mains. Inutile de le déranger. Vous allez vous en sortir tout seul. Vous visez et vous appuyez sur le déclencheur.

J'ai pris ma plus belle pose.

— Mais… Je croyais que c'était des photos destinées à vos amies ?

— Oui. Quand elles vont voir à quel point mes cheveux sont magnifiques, ce soir, elles vont en rester comme deux ronds de flan.

Et comme lui restait là, les bras ballants, j'ai eu un geste d'impatience :

— Allez-y, prenez la photo ! Prenez-en même deux ou trois. Ça intéressera aussi mes parents.

J'ai pris successivement différentes poses – comme ci, *clic* ; comme ça, *clic* ; encore une dernière, *clic*. Voilà, parfait.

— Vous êtes un chou, ai-je dit en lui arrachant l'appareil des mains pour le fourrer dans mon sac.

— Vous ne voulez pas une photo de nous deux ?

J'ai secoué la tête.

— Non.

— Vous êtes sûre.

— J'imagine que je pourrais faire un effort. (Je lui ai décoché un coup d'œil.) Mais avez-vous vraiment envie que des photos se baladent dans la nature, avec la coiffure que vous avez ce soir ?

Il a porté la main à ses cheveux, l'air paniqué.

— Qu'est-ce qui cloche ?

— Eh bien pour commencer, ils rebiquent de partout.

Il a secoué la tête.

— Vous délirez, je n'ai pas un seul cheveu qui ne soit pas à sa place.

J'ai haussé les épaules et ressorti mon appareil photo.

— Bon, c'est vous qui voyez. C'est votre carrière...

Il m'a décoché un regard exaspéré, que j'ai capturé au vol. *Bingo*. Ses prunelles ont scintillé, et je les ai fixées intensément tout en lui faisant passer mon petit message : *Je ne fais jamais que confirmer ce que tu te dis depuis que tu as quitté ton appartement de Park Avenue. C'est un jour sans. Dans l'ensemble, tes cheveux ont accepté de coopérer gentiment, à l'exception de quelques épis qui semblent résolus à n'en faire qu'à leur tête. Ce que tu as tenté d'expliquer au coiffeur de la prod, mais il ne t'a pas écouté. Et voilà le résultat. Tout le monde a remarqué tes cheveux en pétard. Forcément – on ne voit que ça. Et ça ricane un max dans ton dos.*

— Non, non, vous avez raison pas de photos, a-t-il bafouillé.

Je lui ai tapoté la main avec un sourire compatissant.

— Ne vous inquiétez pas. Personne d'autre ne le remarquera, j'en suis sûre. Encore que... en y réfléchissant bien, certaines de ces images vont être diffusées à la télévision, donc il est possible que quelqu'un le remarque...

Et quand je dis quelqu'un, je pense à plusieurs millions de téléspectateurs.

— Un miroir ! Apportez-moi un miroir ! a-t-il glapi en bondissant sur ses pieds.

Un assistant de production est arrivé ventre à terre avec l'accessoire. Et le temps que Monsieur Météo aplatisse et lisse méticuleusement d'invisibles épis sur ses tempes, je me suis fait tirer le portrait avec le cocher.

Un quart d'heure plus tard, nous nous sommes réinstallés et la balade a commencé. Tandis que les chevaux avançaient au pas dans les allées de Central Park, le producteur et deux cameramen évoluaient à côté de nous, entassés dans une voiturette de golf. Un autre cameraman, juché sur le siège du cocher, braquait sa caméra sur Monsieur Météo, qui était en train de m'expliquer la différence entre un entonnoir nuageux et une vraie tornade.

Dans le genre conversation qui donne envie de bâiller...

Tiens, d'ailleurs. J'ai ouvert la bouche à son maximum, pour libérer le bâillement le plus long, le plus sonore dont j'étais capable.

— Désolée, j'étais dans la lune. Mais vous n'y êtes pour rien. Vraiment.

La calèche s'est enfoncée dans le parc. Monsieur Météo continuait à parler, et moi, je bâillais à qui mieux mieux.

Au bout de cinq minutes, je me suis penchée au-dessus de la portière, j'ai invoqué mon vampire intérieur et dardé un regard rouge d'exaspération sur nos chevaux.

Ils ont pris peur, fait quelques mouvements désordonnés, et quand le cocher a bataillé pour les remettre au pas, ils ont rué. Expulsé de son perchoir, le cameraman s'en est allé rouler sur le bas-côté. Et là, comme sous l'effet d'un coup de baguette magique, les chevaux se sont emballés et élancés au galop dans le parc.

— Youpi ! me suis-je écriée, en offrant mon visage au vent.

Et tandis que Monsieur Météo tentait de rentrer la tête dans les épaules pour protéger son brushing, moi, tout sourire et feignant une royale indifférence aux dommages infligés au mien (qui veut la fin veut les moyens, et l'adage vaut aussi pour les vamps), je brandissais les mains au ciel, je ployais mon corps et tournoyait sur moi-même, comme si j'étais sur un de ces manèges à sensations fortes de Coney Island.

À l'instant même où cette pensée m'est venue, j'ai eu la sensation parfaitement saugrenue que cette comparaison voulait dire quelque chose, mais la seconde d'après, la calèche a cahoté, et j'ai tout oublié, hormis d'assurer la qualité de mon spectacle pour la voiturette de golf qui, dans notre sillage, jouait au bolide.

Dix minutes et force cris plaintifs plus tard, (émanant de Monsieur Météo, pas des chevaux), ces derniers ont ralenti leur allure (merci qui ? votre servante) et la calèche s'est immobilisée.

Le temps de ravaler mon cœur qui était monté se loger dans ma gorge (je suis une vampirette, pas une cascadeuse), j'ai pris l'expression de la fille grisée d'excitation et je me suis tournée vers Monsieur Météo.

— Ouah !

Il était hagard, les cheveux dressés à la verticale sur la tête et le teint plâtreux en dépit de son bronzage made in institut. Je l'ai poussé du coude.

— C'était rigolo comme tout. On le refait ?

— Faut que je descende de là, a-t-il marmonné d'une voix blanche. (Il a secoué la tête, comme s'il essayait de se reprendre.) Qu'on me sorte de là ! a-t-il beuglé, et l'équipe au grand complet s'est précipitée à la rescousse.

— Mais il vous reste encore neuf autres promenades à faire, lui ai-je rappelé tandis qu'il se levait, les jambes visiblement en coton. À moins que vous ne soyez conquis autant que je le suis. (Nos regards se sont croisés.) Si c'est le cas, pourquoi n'allez-vous pas leur dire de renvoyer les autres candidates chez elles ? On pourrait faire une autre balade, juste vous et moi, et tester ce que ses chevaux ont dans le ventre.

Une lueur d'épouvante est passée dans son regard et il a essayé d'ouvrir la porte d'une main fébrile.

— Attendez ! me suis-je récriée à l'instant où il allait poser un pied sur le marchepied. *Stop* ! lui ai-je intimé silencieusement. *Retourne-toi.* (Il s'est exécuté, et sans lui laisser le temps de se réorienter, je l'ai mitraillé avec mon appareil jetable.) Il me tarde de poster ces photos sur ma page MySpace !

Son visage s'est défait, j'ai bien cru qu'il allait se mettre à pleurer. Il a fait volte-face, et tandis qu'il détalait vers la tente du coiffeur et des maquilleurs, dressée à côté du café, j'ai avisé un couple de pigeons qui volait au-dessus de nos têtes. Je leur ai jeté le mauvais œil, et ils ont obligeamment lâché chacun un petit cadeau. Monsieur Météo a lâché un cri haut perché, tenté un mouvement d'esquive, glissé, et il s'est étalé sur le trottoir.

J'ai rangé mon appareil jetable, j'ai mis pied à terre avec le sourire, et je suis allée retrouver les autres candidates, qui avaient assisté au spectacle depuis les bancs de touche.

J'ai passé les deux heures suivantes à siroter des club sodas et à regarder, avec satisfaction, Monsieur Météo se promener avec chacune des autres candidates dans le parc – à pied. Ce n'était pas aussi romantique que la balade en calèche, mais ça décoiffait moins.

Au terme de la soirée, le célibataire a pris congé des candidates, individuellement. J'ai attendu mon tour, bien certaine de lui avoir déjà fait une impression qui laisserait des traces indélébiles si j'en jugeais la tache jaune moutarde qui ornait sa chemise.

— Je me suis amusée comme une petite folle, l'ai-je assuré, mon tour venu. J'espère de tout mon cœur, de toute mon âme, de toutes mes forces, qu'on pourra remettre ça bientôt. Je sais qu'on va faire de magnifiques bébés ensemble, et chaque année on célébrera notre anniversaire de mariage par une débandade sentimentale dans Central Park.

— Euh, ouais. Bien sûr. (Il m'a planté un baiser rapide sur la joue avant de s'avancer avec empressement vers ma voisine.) Si vous le dites.

Je lui ai souri, et mon sourire a redoublé d'éclat lorsque le producteur est venu vers moi pour m'annoncer la nouvelle :

— Monsieur Météo ne souhaite hélas pas faire plus ample connaissance avec vous. Nous espérons que l'émission aura été pour vous une expérience constructive, et nous vous remercions pour l'intérêt que vous avez manifesté à *Amour, Gloire et Télé*.

J'ai fait jaillir un flot de larmes, et tandis qu'un assistant me poussait vers le taxi qui attendait, j'ai craché :

— Le salaud !

Avec les cinq autres candidates qui me suivaient, nous nous sommes séparées en deux groupes, toutes pareillement effondrées d'être passées si près de la félicité conjugale.

— Nous aurions fait un si beau couple ! ai-je sangloté sur l'épaule de Pamela, l'institutrice de maternelle.

— C'est vrai que vous alliez bien ensemble, a-t-elle convenu en s'épongeant les yeux. Pour moi, si je ne gagnais pas, ça devait être vous.

— Oui, nous aurions eu six paires de faux jumeaux. Six garçons, et autant de filles, et deux nounous.

— J'en voulais quatre paires, mais avec une seule nounou. J'avais projeté de les élever moi-même en suivant la méthode pédagogique de Richard Alcott. Et vous ?

— Absolument. (Qui diable était ce Richard Alcott ?) Et à Noël, nous serions partis couper nous-même notre sapin, dans la montagne, et puis on se serait rassemblés devant la cheminée, dans notre maison de sept cents mètres carrés dans le Connecticut, en buvant du chocolat chaud.

— Et en fredonnant des chants de Noël.

Je n'aurais pas poussé jusque-là...

— Bon, j'imagine qu'il ne me reste plus qu'à prendre rendez-vous pour une augmentation mammaire. Et peut-être un petit lifting du ventre. Quelque chose qui me remonte le moral.

Pamela m'a souri.

— Moi, je vais m'offrir des nouvelles plaquettes en porcelaine.

Nous avons papoté et échangé des infos concernant divers chirurgiens plastiques. Ou plutôt, elle parlait et moi, j'opinais – parce qu'il est évident qu'en ma qualité de Super Vamp, j'ai plus de chance de croiser Godzilla qu'un chirurgien esthétique.

Nous avons déposé Pam au pied de son appartement du Upper East Side, puis le taxi s'est refaufilé dans la circulation, et après plusieurs virages cahotants, j'étais rendue chez moi.

À titre de pourboire, j'ai gratifié le chauffeur – un garçon d'une vingtaine d'années, seul, avec de beaux abdos, et accro aux rediffusions de *Dr Quinn, femme médecin* – d'une carte de Vamp'n'Love assortie d'une petite injonction : *Tu vas appeler.* Le type m'a regardée avec un sourire hébété puis m'a remerciée chaleureusement.

J'étais à mi-perron lorsque mes narines se sont dilatées et imprégnées d'une curieuse odeur de moutarde au gasoil. Mon cœur s'est emballé. J'ai tourné la tête à droite, à gauche, mais rien. Rien qu'un trottoir. Quelques arbres de-ci de-là. Et des immeubles.

Mes oreilles se sont dressées et ont capté des dizaines de sons différents. Les ronronnements des chats de Mme Janske. La voix du présentateur d'un journal télévisé. Un couple qui s'étripait au sujet de leurs mères respectives. (Étaient-elles donc un fléau universel ?) Des pommes de terre qui rissolaient dans une poêle. Le sifflement d'une bouilloire. Le *pop, pop, pop* d'une machine à pop-corn…

Hé, minute ! Mentalement, j'ai joué à *Lequel de ces bruits n'est pas à sa place ici ?*

Le *pop, pop, pop* a continué. Et l'engueulade. Et le grésillement des pommes de terre. Et puis j'ai capté un grincement métallique. Et un craquement de bois. Le chuintement d'une porte qu'on entrebâille. Un écho de pas sur du béton. Le sifflement d'une lanière de fouet...

Un claquement a cinglé l'air avec férocité dans mon dos, et j'ai trébuché sur les marches. J'ai senti la colère monter en moi. J'ai dégainé mes crocs et j'ai fait volte-face pour affronter mon agresseur.

Mais il n'y avait personne. J'ai regardé à droite. À gauche. Partout. J'ai fouillé l'obscurité. Rien, ni personne.

Pourtant, j'entendais bien une présence. Ces pas. Le claquement du cuir...

— *Merde !* me suis-je écriée tandis qu'une douleur cuisante se propageait dans mon bras.

J'ai perdu l'équilibre et je suis allée cogner contre la porte d'entrée de l'immeuble. J'ai cligné des paupières pour dissiper les points lumineux qui dansaient devant mes yeux et j'ai cherché à tâtons la poignée de la porte. Quelqu'un – ou quelque chose, je n'aurais su dire – en avait après moi, et je devais me mettre en sécurité.

J'ai tourné la poignée et la porte s'est ouverte en grinçant. À l'instant où je passais devant l'appartement de ma voisine, j'ai entendu la voix. Meurtrie. Suppliante. Ty.

— *Non !*

Sa supplique s'est répétée en écho dans ma tête et puis le fouet a cinglé l'air, la douleur a explosé, et je suis tombée à genoux, le souffle court.

— *Ce n'est qu'un début.*

La voix inconnue martelait mes tempes, comme si elle cherchait à forcer la paralysie qui s'était emparée de mes sens, mais en vain. Je n'arrivais plus à penser. Ni à voir. Ni à entendre. Je ne pouvais que sentir. Sentir cette brûlure. Et le sol glacé qui me meurtrissait les genoux

Quand j'ai enfin réussi à me relever, j'ai gagné l'ascenseur d'un pas chancelant, et quelques minutes plus tard, je me trouvais en sécurité chez moi. Mais à peine avais-je fait quelques pas qu'une autre déflagration de douleur m'a précipitée à terre, tête la première.

Pour lutter contre l'incendie qui ravageait ma colonne vertébrale, je me suis mise à haleter. Pourquoi, ça, je n'en sais trop rien, mais je savais que je devais faire quelque chose, et je savais aussi – grâce à ma chère mère qui, a chaque anniversaire, ne manque jamais de se souvenir ce qu'il lui en a coûté de souffrances interminables et infernales pour me mettre au monde – qu'une respiration superficielle et très rapide pouvait parfois aider. Dans le cas présent, cependant, elle ne faisait pas de merveilles.

Je suis restée allongée plusieurs minutes, à l'appeler, à essayer de rétablir la connexion, mais manifestement il ne répondait pas.

Parce qu'il ne voulait pas répondre ?

Ou parce qu'il ne le pouvait pas ?

Ces questions m'ont hantée tandis que la douleur cuisante commençait lentement à régresser, ou du moins à évoluer en un élancement continu. Je me suis aperçue que mes doigts étaient mouillés et que ma paume était en contact avec une fourrure toute douce.

J'ai entrouvert un œil et aperçu Killer qui me léchait les mains. Il s'est interrompu et m'a fixée de ses grands yeux verts.

Allons, debout. J'ai la dalle.

Pas « Mince alors, je suis désolée que tu sois tombée et que tu n'arrives plus à te relever », ni « Ouah ! Tu dois avoir vraiment mal pour rester allongée comme ça. »

— Je te déteste, lui ai-je dit en me relevant, les jambes en coton.

Ouais, ouais, ça, on le sait. Maintenant, tu te bouges le train, tu vas dans la cuisine et tu ouvres une de ces petites boîtes avant que je m'énerve et que ça tourne au vinaigre.

Je me suis exécutée et, laissant Killer laper son écuelle, je suis allée dans la salle de bains. J'ai retiré ma robe rose pétard et j'ai examiné la zébrure rouge vif qui barrait mon dos en diagonale. J'en avais une autre à l'arrière du bras. Et une sur la fesse gauche. Et encore une derrière une cuisse.

Qu'est-ce que c'était que ce bazar ?

En même temps, je connaissais la réponse. Ty m'avait tenue à l'écart de son esprit le plus longtemps possible, mais sa volonté avait fini par flancher. Il en avait trop enduré. La douleur et l'incarcération avaient sapé toutes ses forces et sa détermination. Ses défenses s'étaient étiolées, il était en train de mourir. En d'autres termes, si je voulais pénétrer dans son esprit, il n'était plus en mesure de s'y opposer. Nous ne faisions plus qu'un.

— *Ce n'est qu'un début.*

La menace a résonné dans ma tête, j'ai senti mes blessures qui m'élançaient et c'est là que j'ai compris que la nuit ne faisait que commencer.

28

— Ouvre les yeux.

J'ai essayé. Pas parce qu'il me l'ordonnait mais parce que je voulais le faire. Je voulais être conscient, garder les yeux ouverts et l'esprit éveillé. Les sens en alerte. Tout valait mieux que flotter quelque part entre la vie après la mort et la mort permanente, rongé d'une douleur insoutenable qui me faisait perdre la tête.

Mais la faim était encore plus insoutenable.

J'avais les tripes nouées. Ma gorge me brûlait. À l'intérieur, tout n'était que bouillonnements, tiraillements, écartèlements. J'ai senti mes crocs érafler la chair tendre de ma langue tuméfiée et faire affleurer un filet de sang. Mais mon propre sang, ce n'était pas suffisant : il était trop affaibli, trop froid.

J'avais besoin de sang frais. Alors, je pourrais penser. Et me battre.

Comme si mes pensées avaient réussi à la matérialiser, j'ai senti une goutte tiède et suave se poser sur ma lèvre. Ma bouche s'est entrouverte, ma langue s'est avancée, instinctivement, pour laper.

Encore ! a exigé ma faim, et elle a été exaucée. Un filet suave a continué à affluer dans ma bouche. Je l'ai bu avec avidité, jusqu'à ce qu'il se tarisse. Mais je n'étais pas rassasié. Il m'en fallait encore.

J'ai forcé mes yeux à s'ouvrir et à fixer, à travers la brume qui m'enveloppait, l'ombre qui planait au-dessus de moi.

— Je savais que ça te réveillerait, a lancé l'ombre. (Le sourire réjoui qui s'épanouissait sur son visage contrastait avec la noirceur de son expression). Il est temps de se lever et de briller.

Les mots ont tenté de se frayer un chemin jusqu'à mon cerveau, mais la faim qui grondait en moi et réclamait son dû était trop forte.

J'ai passé la langue sur mes lèvres et j'ai cligné des yeux.

— Encore.

— Oh, tu vas en avoir encore, ne t'inquiète pas, mais tu vas devoir te débrouiller seul. Ça fait trop longtemps que je joue les bienfaiteurs.

Il a tourné les talons et s'est dirigé vers un coin de la pièce, et soudain, il n'y avait plus une ombre, mais deux. Celle de Logan (c'était son nom), la plus grande, la plus effrayante, et une autre, moitié plus petite.

— Allons, avance, a-t-il dit à la petite silhouette qui se débattait.

Non ! Mon appréhension a redoublé, mais l'excitation qui venait de s'emparer de moi a pris le dessus, et a tout balayé sur son passage.

J'avais faim et il allait enfin me donner de quoi me sustenter. Cela faisait si longtemps que je ne m'étais pas nourri – tellement longtemps que j'avais arrêté de compter les jours qui me séparaient de mon dernier repas. J'ai tourné la tête vers la lucarne. Il faisait nuit, à nouveau. Je voyais des lumières et toutes sortes de bruits envahissaient mes oreilles : une musique assourdissante, les battements sourds de mon cœur, les pétarades d'une machine – pop pop pop.

— Allons, allons, laisse-toi faire. Ce sera bien plus facile, si tu ne te débats pas. (Logan a éclaté de rire et poussé brutalement la petite ombre dans le faisceau mouvant de lumières

multicolores qui filtrait par la lucarne.) Mais c'est vrai que plus tu te débats, plus c'est amusant, n'est-ce pas ?

— S'il vous plaît, monsieur. (Le petit garçon a résisté en tirant sur la main de Logan.) Ma maman doit être en train de me chercher.

— Elle peut toujours te chercher, elle ne te trouvera pas. Il ne restera rien de toi lorsque mon ami, ici présent, en aura fini avec toi.

J'ai entendu du métal cliqueter. Les chaînes qui emprisonnaient mes poignets se sont tendues, puis détendues. J'étais libre.

Tant bien que mal, je me suis assis, le ventre noué, la gorge en feu.

J'ai tourné la tête vers le petit garçon. Les battements de son cœur résonnaient dans mes oreilles. J'entendais aussi le sang pulser dans son corps, et l'eau m'est venue à la bouche. J'ai agrippé des doigts la table devant moi, je m'y suis cramponnée pour m'empêcher de basculer en avant. Je n'avais qu'un mouvement à faire et tout serait réglé. Je pourrais apaiser la faim, et recouvrer mes forces. Je pourrais m'échapper.

— Quel héroïsme, a raillé Logan en gagnant la porte. Lutte, si le cœur t'en dit, mais tu ne lutteras pas longtemps. La faim qui te dévore est trop féroce. Elle te gouverne. Laisse-toi tenter, bois quelques gouttes, Ty Bonner. Tu sais que tu en as envie.

Mais jamais je n'aurais pu me satisfaire de quelques gouttes. J'étais trop affamé, et mon self-control trop hésitant. J'ai senti mes doigts se décrisper. Ma vue a gagné en précision et mon regard s'est posé sur la gorge ivoirine, sur la veine qui pulsait.

— Voilà qui est mieux. Capitule. Abandonne-toi à cet instant que jamais tu n'oublieras et que tu pourras ensuite regretter pour le restant de l'éternité. Exactement comme moi

La porte a pivoté sur ses gonds, s'est refermée dans un claquement sec et j'ai entendu le cliquetis du verrou.

Les battements de mon cœur ont gagné en puissance, et ont couvert la musique, les suppliques du jeune garçon et ce maudit pop, pop, pop. *J'ai tendu la main.*

— Ty ? (La voix douce et familière s'est insinuée dans ma tête, et mon geste est resté en suspens.) Tu m'entends ?

J'ai serré les poings, enfonçant fort les ongles dans mes paumes. J'ai entendu mon sang couler goutte à goutte par terre, et des spasmes ont secoué mon corps que je n'avais pas pu rassasier.

— Ty, s'il te plaît, réponds-moi.

Mais ça, je ne pouvais pas le faire. Je ne voulais pas qu'elle soit là, dans ma tête, témoin de la tentation, de mon supplice.

J'ai fermé les yeux, mais je n'ai pas réussi à fermer la porte de mon esprit. Je n'en avais pas la force.

Et surtout, j'avais besoin de la sienne. Alors je me suis cramponnée à chacun des mots qui résonnaient dans ma tête.

— Je me fais du souci pour toi. J'ai besoin de savoir si tu vas bien. Pas parce que je t'aime bien, a-t-elle poursuivi d'une voix douce, hésitante même. Bon d'accord, peut-être que je t'aime bien – un peu du moins. Et peut-être que je pourrais t'apprécier encore un poil plus si tu acceptais de me donner un coup de main, et si tu m'indiquais une piste pour aider Ash à te retrouver. Il te cherche. Nous te cherchons tous les deux et, bien évidemment, c'est lui qui a le plus de chance de te retrouver parce que lui, c'est un professionnel. Cela dit, s'il cherchait à se dégoter un rencard, c'est évident qu'il ferait moins le malin et qu'il me faudrait l'aider…

Elle a continué à raisonner, comme elle savait si bien le faire, et je l'ai laissée faire. Ces bavardages étaient bienvenus parce qu'ils me distrayaient de ma faim, m'aidaient à résister à ce besoin qui me rongeait les entrailles.

— Ça va, ai-je dit au jeune garçon et pour la première fois, j'y ai cru.

Ça allait.

Pour l'instant du moins.

Tout n'était pas perdu. Maintenant, je le savais. Tandis que j'étais étendue sur mon lit dans le noir, il était là, avec moi, calme, en pleine possession de ses moyens. Pour l'instant. Mais ça n'allait pas durer. Ce Logan allait revenir, et à ce moment-là, Ty serait sacrément dans la panade et le petit garçon...

Dans mon esprit, je le voyais, recroquevillé, avec sa chemise verte qui brillait comme un néon dans la nuit. Des larmes ruisselaient le long de ses joues, effaçant cette trace de moutarde juste à côté de sa bouche.

Nom de *** !

Je me suis assise d'un coup. La réalité venait de m'assommer et toutes les pièces du puzzle se sont mises en place dans ma tête.

La moutarde.

Le gasoil.

Les musiques assourdissantes.

Les lumières multicolores.

Ces cliquetis métalliques conjugués à des clappements de bois.

J'ai bondi de mon lit et, avec fébrilité, j'ai sauté dans un jean, j'ai enfilé la première chemise qui me tombait sous la main, j'ai glissé mes pieds dans une paire de mules on ne peut plus ordinaires (ce que le stress vous pousse à faire, tout de même) et j'ai attrapé mon portable pour appeler Ash.

Il n'a pas répondu.

Je lui ai laissé un message affolé pour lui dire où nous retrouver, et par précaution je lui ai redonné l'information par texto. Puis j'ai fourré le téléphone dans ma poche, j'ai attrapé mon sac et je suis allée ouvrir la fenêtre la plus proche. J'ai fermé les yeux pour mieux me concentrer, et en quelques secondes, un battement d'ailes s'est fait entendre dans l'appartement. Tiré en sursaut d'un sommeil profond, Killer a ouvert les yeux à l'instant où je me métamorphosais en adorable chauve-souris rose.

Cela fait, j'ai pris sans lambiner la direction de Coney Island, en m'efforçant de chasser de ma tête l'idée que je puisse arriver trop tard. Il restait trois bonnes heures avant le lever du soleil, et j'étais convaincue que Ty était retenu prisonnier quelque part sur la presqu'île, mais où précisément, je n'en savais rien. Ce qui signifiait que chaque seconde était précieuse.

Sinon…

J'ai balayé cette pensée, et me suis concentrée sur celles de Ty, qui se bousculaient dans ma tête en même temps que les images indistinctes qu'il voyait.

Tu en es capable, me suis-je encouragée tout en battant vaillamment des ailes vers ma destination, l'œil de l'esprit rivé à cette pièce qui ressemblait à une prison. Tu peux sauver Ty, et le jeune garçon.

Oui, mais si je n'y arrivais pas ?

J'ai eu le sentiment très net qu'ils seraient fichus, et moi avec.

29

J'ai suivi la West Side Highway, j'ai survolé le Brooklyn Battery Tunnel puis l'extrémité ouest de Brooklyn, qui s'étendait en contrebas comme un tapis de lumières, avant d'arriver en vue de la plage et de la promenade.

Nous étions un vendredi soir tard et le parc d'attractions n'allait pas tarder à fermer. Je me suis repassée mentalement les bruits que j'avais entendus – les grincements métalliques, les bruits de bois qui s'ébranlent et s'entrechoquent – et j'ai mis le cap sur Astroland plutôt que sur la grande route illuminée au loin.

Les lumières des manèges clignotaient, tels des flashs multicolores. La plate-forme suspendue du Top Spin se balançait et tournait sur elle-même, arrachant quelques cris d'effroi aux traînards qui voulaient des émotions fortes jusqu'au bout. La tour d'observation se dressait comme une sentinelle qui surveillait l'ensemble du parc. Mais mon regard était rivé sur le Cyclone, les antiques montagnes russes en bois, dont l'imposante silhouette dominait les autres manèges.

J'ai atterri à l'arrière d'une des concessions, au pied d'un bâtiment, en plein dans une flaque d'un truc rose et poisseux. J'ai opéré ma métamorphose et le battement d'ailes a laissé place à celui, précipité, de mon cœur. J'ai baissé les yeux et quand j'ai vu mes pauvres mules maculées de matière visqueuse, j'ai dû prendre sur moi pour ne pas les essuyer sur-le-champ. Franchement, il y avait plus urgent.

Je sais, il fallait que je sois vraiment stressée.

J'ai entrepris de contourner le bâtiment. Toutes sortes de bruits grésillaient dans mes oreilles, et j'essayais de les faire coïncider avec ceux que j'avais entendus plus tôt dans la soirée. Et que je continuais d'entendre si je fermais les yeux et me concentrais.

Car la muraille derrière laquelle il avait cherché à se retrancher n'était plus à présent qu'un tas de ruines. J'étais donc avec lui, allongée sur le dos, sur ce sol en béton. Régulièrement, j'entrouvrais les yeux et voyais les reflets des lumières multicolores danser sur le mur. Les gémissements du petit garçon résonnaient dans mes oreilles, me tordaient l'estomac et me rappelaient que le salut était proche.

Trop proche.

— *Tiens bon, soit fort*, ai-je supplié Ty silencieusement.

Tout en parcourant les allées du parc en direction du Cyclone, je passais au crible tous les stimuli qui me parvenaient. J'étais attentive au moindre bruit, je les analysais et les laissais me guider.

La musique, le grondement du grand huit, *bang, bing, clic crac cric bada bing*…

Plus j'avançais, tournais ici, puis là, plus j'avais l'impression de regarder un mauvais film de kung-fu. Je m'attendais presque à me faire assaillir par un ninja masqué (ou un vampire mort de faim) et du coup, par mesure de prudence, je n'arrêtais pas de regarder derrière moi. Malheureusement, ce faisant, mes pieds ont écrasé par mégarde un sachet de ketchup.

À l'instant où j'étais en train de remercier Notre Grand Vampire Tout Là-Haut d'avoir veillé à ce que les éclaboussures épargnent mon jean Chloé, j'ai entendu un bruit familier.

Pop, pop, pop…

J'ai oublié aussi sec le ketchup. Mes oreilles se sont mises à bourdonner. J'ai tourné vivement la tête et mon regard s'est posé sur la baraque à frites à ma gauche, qui proposait des sodas, du pop-corn, des bretzels et des hot-dogs. Un gros flacon de moutarde était posé sur le comptoir à côté d'un panier rempli de sachets de ketchup.

Une vague de terreur s'est emparée de moi, suivie d'un élan d'angoisse. Le cœur battant à tout rompre, j'ai scruté ce qui m'environnait. Un autre manège. Un autre stand. Ma vision a fendu la foule, dépassé les obstacles, jusqu'à atteindre un bâtiment un peu délabré où étaient entreposés des outils et des pièces de manèges.

Je me suis élancée dans cette direction, avec tant de précipitation que mes mules ont carrément décollé du sol. J'ai dépassé, telle une mini-tornade, une bande d'ados, et j'ai entendu fuser, dans mon sillage un « Putain de merde ! » suivi d'un « C'était quoi, ce truc ? » J'aurais dû prendre le temps de m'arrêter, de les vamper, de couvrir mes traces, mais je ne l'ai pas fait. (Désolée, maman !) À vrai dire, c'était le cadet de mes soucis. Je devais agir. Sans perdre une seconde.

Arrivée au pied du bâtiment, j'ai avisé la rangée de lucarnes situées à quelques centimètres du sol. Elles étaient assez grandes pour laisser filtrer de la lumière au sous-sol, mais bien trop petites pour offrir un accès aux cambrioleurs : personne ne pouvait s'y glisser.

J'ai contourné le bâtiment et grâce aux lumières qui illuminaient le sommet d'un manège, j'ai avisé une lucarne ouverte. Les lumières projetées sur la façade du bâtiment traversaient la vitre et saupoudraient les murs d'éclats colorés. Quand je me suis mise à plat ventre pour jeter un œil à l'intérieur, j'ai eu l'impression que mon cœur allait s'arrêter. Pas de chasseur de prime sexy à croquer en vue, ni de gamin terrorisé. Juste un tas de bâches poussiéreuses, quelques vieux chevaux de bois et une tasse géante toute rouillée.

La déception a vite cédé le pas à la panique, et j'ai entrepris de regarder méthodiquement par toutes les lucarnes. Je sentais l'angoisse qui montait, montait, et mes mules poisseuses qui collaient, collaient sur le béton.

— J'aurais bien besoin d'un coup de main, ai-je maugréé en m'acharnant sur une des lucarnes.

Je n'ai réussi qu'à me faire pincer les doigts, et à laisser deux ongles dans la bataille. J'ai senti mes yeux enfler. Pas parce que je venais de massacrer ma manucure (non, non je vous assure), mais parce que Ty avait besoin de moi et que je n'arrivais pas à le trouver. Je brûlais, certes, mais ça ne suffisait pas.

— *S'il te plaît !*

Le mot s'est coincé telle une boule dans ma gorge, j'ai fermé les yeux et j'ai essayé de me reprendre.

Une vampirette ne chiale pas, me suis-je sermonnée. *Elle fait un raffut de tous les diables, elle assure comme une bête et elle reste forte.* J'ai rassemblé mon courage et j'ai reniflé. Le moment était mal choisi pour pleurer comme un veau, ai-je décrété.

— *Je ne te le fais pas dire.*

En entendant cette voix grave et ô combien familière, mon cœur a loupé un battement.

— *Où es-tu ?* ai-je murmuré.

— *Ici.*

La réponse n'était guère plus qu'un souffle étranglé, et elle ne venait pas de derrière cette maudite lucarne qui me devait une manucure.

J'ai tourné la tête et fusillé du regard le bâtiment voisin – un édifice en briques qui allait se loger en partie sous les montagnes russes et abritait sans doute les moteurs du manège. Celui-là ne comportait aucune fenêtre. On s'était contenté de desceller quelques briques au ras du sol pour ménager une ouverture afin de pouvoir surveiller de temps à autre ce qui se passait là-dedans.

Et à n'en pas douter, celui qui avait enlevé Ty n'était pas loin. Il le gardait à l'œil.

J'ai regardé de tous côtés en essayant de régler mes sens sur une fréquence susceptible de m'orienter. En vain. Je ne voyais rien. Je ne sentais rien. Si ce n'est le désespoir qui filtrait de derrière ce trou dans le mur de briques.

Je me suis agenouillée pour coller mon visage contre l'ouverture. Et là, mon cœur est allé se loger d'un coup d'un seul dans ma gorge.

Ty était affalé à plat ventre sur une table, le corps secoué de frissons. Plus loin, le petit garçon était recroquevillé dans un coin, le visage strié de larmes, le regard noyé d'épouvante et de désespoir.

J'ai bien songé un instant à faire irruption par le trou (ma manucure était fichue, de toute façon) mais une vampire furax qui se transforme en boutoir et se précipite sur un mur de briques, ça aurait forcément attiré l'attention. Or je devais entrer et sauver les deux prisonniers avant le retour de leur ravisseur.

J'ai entrepris de contourner le bâtiment et j'ai trouvé une porte à l'arrière. J'ai empoigné le cadenas, je l'ai tordu. La tige en métal a cédé et la porte s'est entrouverte.

Le manège avait plié boutique, mais le moteur ronronnait encore. L'odeur du gasoil m'a prise à la gorge, et j'ai remercié avec ferveur notre Magna Mater dans son Grand Cercueil Tout Là-Haut de pouvoir me passer de respirer, parce que, sinon, je me serais retrouvée à l'horizontale avant d'avoir retrouvé Ty, et non après, comme je l'avais prévu. Vous savez, le repos du guerrier...

Il m'a fallu plusieurs minutes pour réussir à contourner, en trébuchant, la monstrueuse machine et gagner l'escalier branlant qui conduisait au sous-sol. Au terme d'une descente accompagnée de grincements et moult gémissements, j'ai débouché dans un petit couloir flanqué de plusieurs portes. J'ai fait barrage aux bruits de moteur qui provenaient du rez-de-chaussée pour me concentrer sur ceux, discrets, de mon environnement immédiat.

J'ai avisé une des portes, sur ma gauche. Un autre cadenas en restreignait l'accès mais je peux vous assurer qu'il n'a pas fait long feu entre mes mains.

Cela faisait plus d'un mois que je n'avais pas revu Ty. Je n'avais aucun mal à me le représenter mentalement, mais le voir en chair et en os, c'était une expérience totalement différente. Mon cœur s'est mis au point mort, mes nerfs se sont roulés en pelote. Tandis que je prenais la mesure de la situation, j'ai senti un bouillonnement dans ma colonne vertébrale, immédiatement suivi d'un torrent d'effroi.

J'ai contemplé son visage meurtri et couvert d'hématomes. Comme il ne s'était pas encore nourri, il n'avait pas pu guérir. Ses lèvres étaient enflées. À la vue des bleus qui essaimaient son torse et des estafilades ensanglantées qui lui barraient la poitrine, j'ai senti une douleur lancinante dans mon propre dos. Il ne portait en tout et pour tout qu'un jean raide de crasse et constellé de taches. Mon cœur s'est serré et je me suis soudain retrouvée paralysée de douleur, douleur qui ne devait rien à celle qu'il endurait et que notre lien mental me permettait de partager avec lui, et tout aux sentiments qu'il m'inspirait.

— *Ça va.*

Le son de sa voix, dans ma tête, m'a ramenée à la réalité.

Je me suis tournée vers la pauvre chose tapie dans le coin. Le petit garçon devait avoir huit ou neuf ans. Une taille normale pour son âge, avec des cheveux blonds, et des yeux bleus.

— Salut, ai-je dit en m'approchant.

Il a ouvert les yeux et m'a regardée comme si j'étais sur le point de lui asséner un coup de règle sur les doigts avant de le traîner chez le proviseur.

— Tout va bien, l'ai-je rassuré, et au moment où j'ai posé la main sur son épaule pour le tirer vers moi, il m'a mordue.

— Aïe !

J'ai retiré ma main et regardé l'empreinte superficielle sur ma peau. Un huitième de seconde, j'ai contemplé l'idée de le mordre à mon tour, mais j'ai toujours préféré le sang aux arômes plus ronds. La sève trop fraîche, prépubère, très peu pour moi.

Je me suis forcée à lui sourire avec le maximum de compréhension dont j'étais capable. Après tout, il était mort de trouille. Je pouvais parfaitement concevoir qu'il m'ait mordue.

J'ai avancé ma main à nouveau et cette fois il m'a donné un coup de pied. Et puis il m'a tiré les cheveux. Et il s'est accroché à mon chemisier...

— Ah ! Ça suffit ! (Je l'ai empoigné par les épaules en exerçant assez de pression pour lui faire écarquiller les yeux.) J'essaie de t'aider d'accord ?

Je l'ai fixé intensément. D'un regard apaisant. Enchanteur.

Son corps s'est détendu et n'a plus offert de résistance. J'ai pu le soulever dans mes bras, et foncer en direction de la porte. En quelques secondes, j'étais ressortie, j'avais contourné le bâtiment et m'étais dirigée vers le poste de sécurité à l'entrée du parc. Quelques mètres avant de l'atteindre, j'ai posé le petit garçon par terre. Il avait les jambes flageolantes et le regard vitreux.

— Écoute-moi bien, petit, lui ai-je dit en le fixant. Tu vas aller trouver le vigile, là, lui dire ton nom, le nom de ta mère et ton numéro de téléphone. (Il le connaissait forcément, n'est-ce pas ? J'ai essayé de me souvenir si moi-même, à huit ans… mais bon, là, on parlait d'une époque bien antérieure à l'invention du téléphone. Une époque où même le morse n'existait pas.) Tu connais ton numéro de téléphone ?

L'espace d'une fraction de seconde, son regard s'est éclairé et il a semblé comprendre ce que je lui disais. Il a hoché la tête.

Parfait.

Je l'ai fixé intensément et je lui ai envoyé ce message silencieux : *Tu vas indiquer ton numéro de téléphone aux gardes et ensuite tu vas tout oublier à mon sujet. Tu vas oublier le méchant vampire qui t'a kidnappé. Et aussi le vampire épouvantablement sexy qui a souffert les pires maux afin de ne pas te faire de mal. Tout ça n'était qu'un mauvais rêve, et c'est ce qui arrive quand on s'empiffre de hot-dogs. Et tant que tu y es, tu vas obéir à ta maman, ranger ta chambre et faire de ton mieux à l'école.*

Ben oui quoi ? À quoi bon être une Super Vamp si, de temps à autre, vous ne pouvez pas faire quelque chose de bien pour l'humanité ?

Plusieurs réponses se sont présentées à mon esprit : l'intérêt d'être une Super Vamp, c'est de faire des mini-Super Vamps. D'assujettir les humains et de se nourrir. Ou encore – réponse qui remportait toujours un maximum de suffrages – de gagner des tonnes de fric pour subvenir aux besoins de la nichée de petits Super Vamps, assujettir les humains et naturellement se nourrir.

J'ai fait la sourde oreille à ma conscience – j'avais l'impression d'entendre ma mère – et j'ai tourné les talons.

Un de sauvé. Au suivant.

J'ai regagné le bâtiment, retraversé la salle des machines et gagné le sous-sol.

Je me suis penchée au-dessus de Ty et je lui ai touché l'épaule.

— Hé, tu m'entends ?

— Oui, a-t-il soufflé avec difficulté.

Il a bataillé pour ouvrir les paupières et l'espace d'une fraction de seconde j'ai vu combien ses yeux, d'ordinaire d'un bleu intense, étaient ternes et voilés par la souffrance. Une bouffée de rage est montée en moi. J'en connaissais un qui allait se faire sauvagement botter le train sitôt que Ty serait en sécurité.

— Je vais te transporter hors d'ici, ai-je dit en glissant les mains sous son corps.

J'ai effleuré sa chair meurtrie et tuméfiée et il a regimbé. Il a serré les mâchoires pour réprimer un hurlement de douleur et ses crocs se sont enfoncés profondément dans sa lèvre. Jusqu'au sang.

— Excuse-moi.

— C'est bon, a-t-il réussi à articuler. Crois pas... je... ne peux... pas... bouger.

Chaque mot était un combat et mon cœur s'est serré.

Cela faisait si longtemps qu'il mourait de faim qu'il ne pouvait pas guérir. Il n'était plus qu'une plaie béante. Certes, je pouvais le transporter, mais cela allait être très douloureux. Si douloureux que j'ai compris que j'allais devoir trouver autre chose.

Je me suis souvenue de la nuit où il m'avait rejointe chez moi et où il m'avait laissé boire son sang pour la toute première fois. Un pieu m'avait transpercé l'épaule, je souffrais le martyre et quelques gorgées de son sang avaient suffi à me requinquer. Et puis, c'était également grâce à cet épisode que, depuis, nos esprits étaient liés. Si je le laissais boire mon sang, cette connexion mentale s'en trouverait renforcée. Chez nous les vamps, l'échange de sang, ce n'est pas de la rigolade. Ça crée un lien indéfectible. C'est un engagement qu'on ne prend pas à la légère. C'est... bref, vous avez compris l'idée.

J'avais déjà mis le doigt dans l'engrenage, et ça ne me plaisait pas du tout parce que je savais, de façon rationnelle, que toute relation entre Ty et moi était condamnée d'avance. Il n'était pas mon genre, ni moi le sien. On fonçait droit vers une issue tragique. N'importe quelle vampirette héréditaire aurait sauvé les meubles et foncé se changer les idées dans le Neiman Marcus[1] le plus proche ouvert vingt-quatre heures sur vingt-quatre.

Sauf qu'il n'existait aucun Neiman Marcus ouvert vingt-quatre heures sur vingt-quatre, et que je n'étais pas n'importe quelle vampirette.

J'avais bu son sang. J'avais couché avec lui. Et la vérité, c'est que je l'aimais bien. C'était un sentiment dont je ne pouvais me défendre, et qui, puisque je devais mettre de la distance entre nous, me compliquait singulièrement la tâche.

Mais cette distance, je devais la mettre. Je n'avais pas le choix. Je ne perdais pas de vue que j'avais quelques bébés vamps à mettre au monde.

Enfin chaque chose en son temps.

J'ai regardé, à l'intérieur de mon poignet, les lignes bleues et saillantes qui, sous la peau douce et halée, pulsaient de force vitale. J'ai dénudé mes crocs, je les ai plantés dans une veine, et j'ai approché la plaie de ses lèvres.

Quand les premières gouttes de sang ont coulé dans sa bouche, j'ai vu sa pomme d'Adam se mouvoir. Une fois. Deux fois. Il a remué les lèvres et lapé la morsure. Et puis, quelques secondes plus tard, son bras a bougé, il a capturé mon poignet dans sa main pour le maintenir devant sa bouche. J'ai senti la pointe de ses crocs effleurer ma peau, puis s'enfoncer profondément dans ma chair. J'ai lâché un hoquet et je me suis appuyée contre son corps, les yeux clos.

1. Chaîne de grands magasins.

Il a bu longuement, et avec une telle avidité que j'ai fini par ressentir quelques effets secondaires assez malvenus.

Non, non, non, me suis-je rappelé. Les circonstances étaient tout sauf propices. La situation était même périlleuse. Nous n'étions pas dans quelque appartement de rêve, à Manhattan. Il n'y avait pas de champagne au frais sur la table de nuit, des pétales de roses sur les draps, et Barry White en train de susurrer dans les enceintes. Mais c'était plus fort que moi. C'était Ty, et il m'avait tellement manqué et – oh ! Oooooooh…

Il a écarté sa bouche juste avant que le Oh ne se métamorphose en Ouiiiiiiiii !

J'ai chancelé contre la table et essayé de me remettre les idées en place. Et à l'instant où je venais de réussir à les rassembler en un truc à peu près cohérent, j'ai entendu la voix, glaciale, sur le pas de la porte.

— Bien, bien. Si c'est pas touchant.

30

Il s'appelait Drake Logan, et c'était un vampire héréditaire.

Le premier élément, je l'ai appris parce qu'il a dit :

— Je suis très heureux de faire enfin votre connaissance, miss Marchette. Drake Logan pour vous servir.

Quant à la seconde information, je l'ai déduite de moi-même sitôt que son odeur s'est engouffrée dans mes narines. J'ai aussitôt eu un flash-back de mon enfance. Que de fois, à minuit, je m'étais cachée dans le bahut pour espionner les bonnes humaines qui se racontaient les derniers ragots du château en s'empiffrant de gâteau de riz aux raisins.

Je sais.

Le seul souvenir de cette odeur me donnait la nausée. Et la sentir à nouveau a bien failli me faire vomir pour de bon.

Je tiens à souligner que j'avais eu plus d'une fois l'occasion d'affronter des vampires sadiques par le passé – un passé d'ailleurs assez récent. Quelques mois plus tôt seulement, ma route avait croisé celle de Vamp le Maudit, un congénère qui kidnappait des filles, les convertissait et, l'aube venue, laissait au soleil le soin de les réduire en cendres. Dans la foulée, j'avais eu affaire à Ayala, une vampire de la haute, qui se trouvait également être ma cliente, qui m'accusait d'être responsable de la mort de son amant loup-garou (une longue histoire). Mais ce type coiffait incontestablement au poteau tous les dangereux psychotiques qu'il m'avait été donné de rencontrer.

Drake était grand, il avait des cheveux bruns lissés en arrière, et des yeux noirs intenses qui essayaient de me transpercer. Il portait un pantalon noir, une chemise de couleur sombre, et la quantité de gel qu'il avait mis sur ses cheveux aurait fait passer la coiffure de Monsieur Météo pour naturelle. Il était beau, comme n'importe quel autre vampire héréditaire – d'une beauté éblouissante même, surtout lorsqu'il souriait. Mais son regard, lui, demeurait de glace. Bon, je sais – ça aussi, c'était un grand classique vampirique, mais l'impression que ce regard produisait était étrange, décalée : plutôt que de m'inspirer, comme d'habitude, un *Beurk ! Encore un qui se croit sorti de la cuisse de Jupiter*, il a fait naître en moi une vague de terreur.

— Je vois que vous êtes arrivée juste à l'heure pour le dîner. (Il s'est avancé dans la pièce et a fouillé la pénombre du regard.) Où est notre jeune ami ? Ou ce qu'il en reste du moins. (Son sourire s'est évanoui.) Il n'est plus là.

— Et la lumière s'en fut, ai-je raillé.

Le regard de glace est revenu se poser sur moi.

— Vous vous êtes débarrassée de lui.

— Je l'ai rendu à qui de droit. Enfin, euh... (J'ai réfléchi à toute berzingue.) Après l'avoir mis en lambeaux, naturellement. (En face d'un dangereux psychotique, je devais au moins me montrer aussi dangereuse et psychotique. Ou en tout cas le lui laisser croire, sinon, je n'allais jamais réussir à sortir de là avec Ty.) Et puis j'ai dévoré son cœur, ai-je ajouté.

Au regard qu'il m'a décoché, on aurait pu croire que je venais d'avouer que j'avais voté démocrate. (Pour votre info : la majorité des vamps héréditaires sont des républicains enragés.) Il a froncé les sourcils et a fait un pas dans ma direction. Puis un autre.

— Stop ! Ou je dévore également le vôtre. Juré craché.

Cette fois il a souri, et une onde de terreur m'a secoué l'épine dorsale. Je sais c'est dingue. Jamais, de toute mon éternité, je n'avais mangé d'organes. J'aurais pu, si je l'avais voulu. Ne suis-je pas une vampire sans foi ni loi ?

La vérité c'est que je ne faisais pas le poids face à ce type. Il était plus âgé que moi. Bien plus âgé, si j'en jugeais par la profondeur de ses pupilles et l'assurance avec laquelle il me toisait. J'avais vu mon père (qui est âgé de plus de huit cents ans) défier avec ce même regard sa voisine Viola. Certes, dans ces moments-là il avait en général une tronçonneuse à la main, ou un club de golf, ou au moins un bidon de désherbant super puissant. Bref, vous avez compris.

— Et si c'était moi, qui vous arrachais le cœur ? a-t-il lancé en remuant les sourcils. Qu'en dites-vous ? Naturellement, Ty pourra assister au spectacle. Cela dit, vu qu'il n'est pas en grande forme, il devra se contenter des commentaires, action par action.

J'ai coulé un regard en direction de Ty. Son visage, jusque-là d'une carnation livide, terreuse, reprenait des couleurs, lentement mais sûrement. Le problème, c'est que, même s'il était à présent rassasié, il était resté trop longtemps affamé. Il n'allait pas retrouver ses forces de sitôt. Son corps était encore meurtri et les zébrures laissées par le fouet étaient à vif et suppurantes. Il avait besoin de se remettre. De dormir.

Aïe.

Logan a continué d'avancer vers moi et je me suis écartée légèrement de Ty. Il demeurait vulnérable et je ne voulais pas que Psycho Vamp recommence à le torturer quand, à l'évidence, c'était après moi qu'il en avait.

— Coup de sifflet, c'est parti pour la première action, le puissant Drake Logan s'avance, et tend les mains..., a claironné mon adversaire comme s'il était en train de commenter un match du Superbowl. (J'ai esquivé les mains qui voulaient me saisir et j'ai tourbillonné sur moi-même.) Et il avance toujours, il vise la gorge.. (J'ai rentré la tête dans les épaules, virevolté une fois de plus, en trébuchant, parce que cette fois il avait tenté de me plaquer avant que j'aie pu retrouver mon équilibre.) Elle est rapide, la petite, mais Logan l'est davantage. Voilà maintenant qu'il va capturer son bras... (J'ai esquivé l'attaque, et ce mouvement a eu pour effet de me rapprocher du mur.) Et qu'il va de nouveau lui sauter à la gorge...

Je me suis tassée sur moi-même d'un mouvement d'épaules, et la main de Logan m'est passée au-dessus de la tête, mais son autre main, surgissant d'en bas, m'a empoigné la gorge et l'a serrée comme dans un étau. La pression exercée était telle que tout est devenu brumeux autour de moi. Il m'a envoyée dinguer contre l'autre mur, si violemment que l'impact de mon corps a fait voler des morceaux de ciment par terre. Et avant même que j'aie pu rouvrir les yeux, il était à nouveau sur moi, à m'empoigner, m'étrangler, me jeter à terre, me malmener, comme si j'étais une poupée en chiffon.

— Elle faiblit, les amis. La curée va pouvoir commencer. Logan va lui arracher la jugulaire et festoyer de son sang. Tu entends ça, Ty ? Elle va mourir de mes mains. Je vais te l'enlever exactement comme tu m'as enlevé Loralei.

Et vas-y qu'il m'empoigne. Et que je m'étouffe. Et qu'il me frappe, et m'écrase. Interminablement.

— Bon, assez joué, a annoncé Logan. (À ce stade-là, c'est à peine si sa voix arrivait à couvrir les battements de mon cœur.) Je vais l'éventrer et me baigner dans son sang.

Beurk ! Dans tes rêves, mon coco.

J'ignore quel facteur a joué ici – mon dégoût, ou ma colère. En tout cas, j'ai réussi à rassembler assez de détermination pour lever mon genou pile au moment où il allait m'empoigner à nouveau. Je lui ai asséné un coup en plein dans l'estomac, et mon assaillant est allé voler contre le mur opposé, qui s'est effrité sous l'impact.

J'ai peiné à me remettre debout mais cela fait, en moins d'une fraction de seconde, je l'avais rejoint de l'autre côté de la pièce, et avant qu'il ait pu reprendre ses esprits, je lui ai balancé un coup de pied là où ça fait bien mal.

Certes, il était plus âgé, ce qui lui donnait un avantage question assurance. Mais moi qui étais plus jeune, j'avais plus à perdre – mon éternité, et une paire de mules poisseuses que j'étais déterminée à sauver coûte que coûte.

Il s'est jeté sur moi, et moi sur lui. Il m'a mordue au bras, fort ; je lui ai dévissé la tête, résolue à ne pas lâcher prise, même si le sang qui jaillissait de ma blessure était en train de ruiner définitivement mon jean Chloé. La douleur que j'éprouvais était à la limite du supportable, mais elle n'était rien comparée à mon exaspération. Pour le coup, j'étais vraiment très énervée.

On parle d'un jean Chloé !

D'un coup d'un seul, j'ai vu rouge. J'ai dégainé mes crocs et lâché un sifflement de rage effroyable. J'ai lâché sa tête, l'ai repoussée violemment en arrière, puis j'ai empoigné sa gorge, à deux mains, et j'ai serré, de toutes mes forces, tout en l'écrasant contre le mur.

— Non !

En dépit du battement assourdissant de mon cœur j'ai réussi à entendre la protestation de Ty, mais je ne saurais dire avec certitude ce qui s'est passé ensuite. Si ce n'est qu'à un moment donné, j'étais à deux doigts de planter mes crocs dans la gorge de Psycho Vamp, et que l'instant d'après, je me suis retrouvée par terre, les quatre fers en l'air. Ty était debout devant moi, en train de vaciller, comme s'il allait s'effondrer d'un instant à l'autre.

J'ai vu un truc noir disparaître tel un courant d'air par la porte. Psycho Vamp avait pris le large. Ty et moi étions seuls.

J'ai fait le point rapidement sur ce qui venait de se passer et un frisson phénoménal m'a secoué. J'avais failli.. j'avais été à deux doigts de... commettre un meurtre.

— Tout va bien, a murmuré Ty avant de chanceler sur ses jambes, et de s'affaler contre le mur.

Une fraction de seconde plus tard, Ash a déboulé, le pistolet à bout de bras, Zee et Mo sur les talons, arme au poing eux aussi. Plusieurs autres hommes, vampires et garous mêlés, les suivaient.

— Lil ? Ash s'est agenouillé devant moi et a soulevé mon bras ruisselant de sang.

— Il a filé, ai-je dit en montrant la porte.

— Qui ?

— Le vam... pire, ai-je haleté (Chaque mot s'accompagnait d'une déflagration de douleur dans ma tête.) Le ravisseur de Ty.

— On n'a croisé personne. Zee, vas jeter un œil, a-t-il ajouté en faisant signe à son frère avant de se retourner vers moi. Vous perdez beaucoup de sang.

— Je suis une vampire. Ça va aller. (Ou, du moins, ça irait lorsque je me serais douchée et glissée entre mes draps pour dormir et me ressourcer. Ty, en revanche...) Occupez-vous de lui, ai-je soufflé en montrant le chasseur de prime qui n'était plus que l'ombre de lui même.

— C'est ce que nous allons faire.

À sa demande, plusieurs de ses acolytes ont encerclé Ty et l'ont soulevé. En voyant qu'ils s'apprêtaient à l'évacuer, la panique s'est emparée de moi.

— Attendez ! ai-je protesté en me relevant.

Je me suis précipitée et j'ai caressé délicatement son visage meurtri. Des questions, innombrables, dansaient dans ma tête.

— Je ne comprends pas...

Il a pris ma main et l'a serrée.

— Ce n'est pas le moment, a-t-il réussi à articuler entre ses lèvres tuméfiées. Je t'expliquerai tout. Promis.

J'ai hoché la tête et j'ai commencé à m'écarter, mais il a retenu ma main, fort, comme s'il refusait de la lâcher.

Comme si.

Mais tout de même, il la serrait vraiment fort, et il me fixait droit dans les yeux, avec intensité, comme s'il cherchait à puiser de la force en moi.

— C'était drôlement bien joué, a-t-il répliqué enfin.

Il a lâché ma main. Je me suis reculée et retournée vers Ash.

— Où l'emmènent-ils ?

— Dans un lieu où il sera en sécurité. (Un lieu où, à l'évidence, vu l'expression fermée de Ash, je n'étais pas la bienvenue.) Il y sera très bien, a-t-il ajouté, confirmant par là même qu'il n'allait pas m'en indiquer l'adresse. On va le remettre sur pieds, faire le point sur ce qui s'est passé et ensuite il pourra vous contacter.

— Que s'est-il passé ?

— À en juger par l'état de ce lieu, vous avez fait du grabuge.

— Je veux dire *après*.

Ty m'avait empêchée de commettre l'irréparable. Pour une raison qui m'échappait, il avait sauvé son tortionnaire. Notez bien que je ne m'en plaignais pas. En matière de culpabilité, j'avais déjà ma dose depuis que j'avais accidentellement expulsé Killer du canapé, la veille. Mettre quelqu'un en charpie – même un sale type – n'aurait rien laissé présager de bon pour le repos de ma conscience.

— Pourquoi a-t-il fait ça ? ai-je demandé.

Ash m'a regardée bizarrement et je me suis souvenue qu'il n'avait même pas vu Psycho Vamp, et encore moins assisté à l'intervention de Ty.

— Vous ne voulez pas appeler quelqu'un ? a demandé Ash en me touchant le bras. Vos parents, peut-être ?

J'ai grimacé.

— Je pense que je me sens assez mal comme ça.

Il a lâché un petit rire, sympathique et chaleureux, qui a ruisselé sur moi et a mis un instant la douleur entre parenthèses.

— Je vous dépose chez vous ?

— Non, non. Allez rejoindre Ty.

La dernière chose dont j'avais besoin, c'était d'accueillir Ash chez moi à un moment où je n'étais pas au zénith de ma forme. C'était dans des circonstances analogues de faiblesse que j'avais bu le sang de Ty. Je ne voulais même pas songer à ce qui pourrait se passer si jamais je goûtais, même du bout des lèvres, à un démon.

— Mais pas n'importe quel démon, a précisé Ash avec un sourire. Un des plus anciens.

31

— Alors, je lui ai dit qu'elle pouvait garder ce maudit engin parce qu'il va de soi que j'ai largement de quoi m'offrir douze douzaines de tronçonneuses si l'envie m'en prend. Mes revenus excèdent de très loin ceux d'une humble garelle.

— Il n'a pas vraiment dit ça à Viola, n'est-ce pas ? ai-je demandé à mon frère Max, qui était vautré à côté de moi sur le canapé.

Nous étions dimanche soir. Le dîner de ma mère battait son plein. Mon père, club de golf en main, monopolisait l'attention en faisant la démonstration de son dernier swing.

Max a secoué la tête.

— Pas en face. Il lui a fait porter une lettre par Hugo.

Il a désigné le grand gaillard baraqué qui se tenait dans un coin de la pièce : Hugo Divine, le dernier messager garde du corps engagé par mon père, un type intimidant au visage buriné, aux cheveux gominés, et engoncé dans un costume vert. On aurait cru le produit d'un rapport non protégé entre madame Shrek et Tony Soprano.

— C'est sa nouvelle stratégie pour donner à Viola un sentiment d'infériorité et de vulnérabilité, a poursuivi

Max. Il espère qu'elle va craquer sous la pression, rendre la tronçonneuse et venir se prosterner à ses pieds.

— Ça ressemble étrangement à son ancienne stratégie.

— Tu connais papa, a fait Max en haussant les épaules. Il ne va pas se refaire.

Contrairement à ma mère qui, elle, était en train d'évoluer – jamais je n'aurais pensé dire ça. Elle agissait en personne convenable – même si elle continuait à en faire encore un peu trop. Mon regard s'est reporté sur mon frère Jack, installé dans un fauteuil, pieds calés sur un pouf, un verre de sang à la main. Ma mère lui tournait autour, préoccupée de son bien-être. En le voyant se trémousser, elle a fait signe à Sally, une des domestiques, qui s'est précipitée pour regonfler les coussins de Jack. (N.B. : j'ai dit qu'elle évoluait, pas qu'elle était complètement aliénée. Pourquoi aurait-elle levé le petit doigt quand elle disposait d'une armada d'humains dévoués ?) Oui, elle avait adopté un comportement décent. Elle n'avait même pas fait une seule remarque désobligeante à Mandy.

Bon, certes, elle n'en avait pas eu l'occasion puisque ma future belle-sœur avait été retenue à la morgue et que Jack était venu seul. Mais je suis à peu près certaine que Jacqueline Marchette aurait gardé ses piques pour elle.

Depuis trois quarts d'heure que j'étais arrivée, c'est à peine si elle m'avait accordé un regard. J'avais donc aussi échappé à ses remarques – *quand vas-tu enfin te trouver un vrai travail ?* ou *Gruella DeMaurier a quatre-vingt-seize petits enfants, et moi pas même un.*

Elle n'avait pas non plus fait de commentaire sur ma tenue. Je portais une nouvelle robe à bretelles en mousseline froissée Rebecca Taylor (j'avais eu besoin d'un petit remontant après mon face à face avec Psycho Vamp), des sandales Vivia en python, et un petit sac Chan Luu en soie rebrodée de perles. J'étais fabuleuse, comme d'habitude, et ma tenue était irréprochable, seulement ma mère avait toujours l'art de trouver la petite bête.

Mais pas ce soir-là.

J'ai regardé Nina I, à l'autre bout du salon, qui riait d'une remarque de Rob. Ces deux-là s'entendaient bien et, à en juger par l'étincelle prédatrice dans les yeux de Nina, j'ai eu le pressentiment qu'ils pourraient bien plonger dans le jacuzzi de mes parents avant les douze coups de minuit. Ou filer dans une chambre. Ou disparaître dans un placard.

L'un dans l'autre, ce dîner que je redoutais tant ne se déroulait pas si mal. J'aurais dû être contente.

— Quel dommage que la mère de Remy n'ait pas pu venir, a observé Max.

Que dis-je, contente ? Extatique, oui.

J'ai reporté mon attention sur Remy, qui feignait d'être captivé par le swing de mon père. Avec son jean noir, son tee-shirt gris et ses mocassins en cuir, ses cheveux en bataille et son regard pétillant, le chef de la police était vraiment appétissant. Il sentait bon le savon et la virilité, et rien d'autre – aucune fragrance sucrée et écœurante comme celle du gâteau de riz aux raisins qui aurait pu jurer avec mon *Eau de barbe à papa*.

Nous venions de passer une demi-heure à bavarder et échanger des potins, et je lui avais fait part de mon dernier fait d'armes professionnel : Juste et Suze avaient bien accroché et projetaient de se revoir. Et lorsque je lui avais parlé de mes difficultés à caser Rachel, la garelle-chihuaha, Remy, béni soit son cœur éternel, m'avait indiqué le nom d'un garou-épagneul. (Qui aurait pu se douter que ça existait ?) Le garou en question venait de renoncer, après un bref essai, à entraîner une équipe de basket minime (sur le terrain, avec toutes ces balles qui volaient, il devenait fou) et avait pris un poste d'administrateur communal. Il était stable, gentil, et prêt à se caser et fonder une famille.

Oui, Remy était un chouette vampire. Un gentil vampire. Le vampire parfait. Et je l'aimais bien. D'ailleurs, en sa présence, je sentais des fourmillements dans le ventre.

Rien de comparable aux vibrations puissantes que Ty provoquait en moi, mais cela suffisait à me laisser penser que peut-être... Et ce d'autant plus que Remy était là, et Ty non.

Certes, ce n'était pas de sa faute s'il n'était pas là. Cela faisait à peine quarante-huit heures que je l'avais retrouvé. La blessure sur mon bras avait entièrement guéri, mais celles de Ty pouvaient prendre plus de temps à se résorber, ce qui expliquait pourquoi il ne m'avait pas encore contactée.

Pour la énième fois, j'ai hésité à l'appeler, mais je ne savais pas trop quoi lui dire.

Je suis heureuse que tu ailles bien ?

Tu me manques ?

Je t'aime bien ?

J'espère que tu m'aimes bien ?

J'espère que tu n'en as rien à fiche de moi, comme ça, je pourrais me dire que tu es un menteur, un sale type, et me dévouer à quelqu'un qui sera en mesure de m'offrir, lui, une cérémonie d'engagement, une lune de miel aux Fiji, et une demi-douzaine de bébés vamps...

J'ai ignoré ces questions et j'ai essayé de me concentrer sur l'histoire que racontait Max – sa dernière prise de tête avec un photocopieur. (Mon frère est terriblement sexy et affreusement rasoir.) J'ai réussi, à coup de hochements de tête, à survivre aux dix minutes suivantes, avant de devoir déclarer forfait.

J'ai filé à l'anglaise pour aller dans le parc, m'asseoir en haut des marches qui menaient à des jardins paysagés en contrebas. Je serais bien rentrée dare-dare à Manhattan, mais nous n'avions pas encore chassé, et je ne voulais pas que ma mère, à cause de moi, remette en sourdine ses instincts maternels pour laisser libre cours à ceux de la vamp vengeresse. Mieux valait marcher dans le sens du vent, m'estimer heureuse de passer un moment tolérable et supporter sans broncher le reste de la soirée.

J'ai sorti mon portable et j'ai appelé Esther pour savoir où elle en était de son travail sur la robe de mariée. Elle n'était pas chez elle, et je suis tombée sur son répondeur. J'ai laissé un message et appelé Evie.

— J'espère que je ne te réveille pas.

— Je regarde *Dog The Bounty Hunter*[1].

— Pourquoi n'y a-t-il pas un bon épisode des *Experts* quand tu en as vraiment besoin ?

— Désolée.

Evie ignorait tout de l'enlèvement de Ty. Pour elle, il était un sale type imbu de sa personne qui, après une nuit torride en ma compagnie, n'avait pas été capable de décrocher son téléphone.

— C'est pas grave. D'autant que j'ai des vues sur un nouveau mec. Je suis totalement sous le charme.

— Vous vous êtes déjà embrassés ?

— On n'en est pas encore là.

— T'es tant sous le charme que ça !

— Que tu dis. Écoute. J'ai pensé qu'on pourrait organiser un rencard entre Gwen Rowley – la photographe amateur – et Monsieur Météo.

— Je ne savais pas que Monsieur Météo était un de nos clients.

— Il ne l'est pas, mais Gwen si, et comme elle aime bien faire des photos, et que lui adore se faire prendre en photo, je me disais qu'on pourrait voir ce que ça donne.

— Pourquoi accepterait-il de sortir avec une de nos clientes ?

— Parce j'ai des photos. Compromettantes.

1. Bounty hunter : chasseur de primes.

J'ai raconté à Evie le fiasco de notre tête à tête en calèche. En faisant l'impasse sur l'épisode où j'avais effrayé les chevaux.

— Tu es diabolique.

— Il faut tirer parti de ce qu'on a. Dis-lui que s'il accepte ce rendez-vous, il récupérera les photos.

— D'accord.

Nous avons évoqué quelques autres dossiers de clientes et puis Evie a dit :

— Essaie de dormir un peu.

— Oui.

— Je suis sérieuse. Arrête de penser à lui.

— Ty ? Qui est Ty ? ai-je lancé avant de raccrocher.

Un long frisson a ondoyé le long de mon épine dorsale. Mince alors ! Le seul fait de parler de lui me mettait dans tous mes états et…

La pensée est restée en suspens car mon regard venait de butter sur le cow-boy délicieusement ténébreux qui se dressait à quelques mètres de moi, près d'un bosquet d'arbres.

Il était vêtu d'un jean noir et était torse nu sous sa veste en cuir noir. Ses cheveux bruns mi-longs étaient lâchés sur ses larges épaules. Sa peau portait encore quelques traces de blessures, mais dans l'ensemble, il semblait aussi fort et musclé que d'habitude.

— *Merci.*

Sa voix grave a résonné dans ma tête, et les frissons se sont accentués. Et puis soudain, il était là, devant moi, si grand, si puissant, si débordant de santé que mon cœur a fait une petite embardée.

— Merci pour ton sang, a-t-il ajouté, à voix haute cette fois.

— De rien. Tu n'étais pas très en forme. Je devais agir.

— Et je n'ai pas encore eu l'occasion de te témoigner ma reconnaissance.

— C'est bon. Tu n'étais pas vraiment en état de parler.

Je dévorais littéralement son visage des yeux, ses yeux bleu fluo ourlés de cils noirs charbonneux, son nez parfait, sa mâchoire carrée, ses lèvres sensuelles. Mon regard s'est posé sur la petite cicatrice qui barrait un de ses sourcils – un vestige de son existence humaine qui, en me rappelant que Ty était différent de moi, aurait dû me ramener à la réalité avec la force d'une décharge électrique.

Mordu. Héréditaire. Pas question.

Au lieu de quoi, des fourmillements ont envahi mes doigts. Je brûlais d'envie de tendre les mains vers lui.

— On dirait que tu te sens mieux, ai-je observé.

— Beaucoup mieux.

On s'est regardé dans les yeux un long moment, sans savoir trop quoi se dire. C'est dingue, non ? J'étais plus proche de lui que je ne l'avais jamais été de qui que ce soit – vamp ou autre – et pourtant, il me semblait que des milliers de kilomètres nous séparaient.

— Tu l'as sauvé parce que tu as une dette envers lui, c'est ça ? ai-je fini par demander. (Je n'avais eu de cesse de me repasser cette scène en boucle, et cela avait soulevé bien des questions, et autant de réponses possibles.) Tu lui as pris quelque chose, ou quelqu'un, et maintenant, tu as une dette. C'est pour ça que tu l'as sauvé.

— Ce n'est pas lui que j'ai sauvé, a-t-il répondu en me regardant droit dans les yeux. Mais toi. (Il a détourné le regard avant que je puisse faire un truc vraiment idiot. Me jeter sur lui pour l'embrasser, par exemple, ce dont je brûlais d'envie.) Je sais ce que c'est de vivre avec du sang sur les mains, a-t-il poursuivi, la tête tournée obstinément vers les jardins. Je ne voulais pas qu'une telle chose t'arrive. (Il a secoué la tête.) Tu n'es pas comme moi, Lil.

— Tiens donc. Et quand as-tu découvert ça, Sherlock ?

Il a laissé échapper un sourire fugace.

— Je ne parle pas ici des différences entre homme et femme, a-t-il repris, avec gravité. Entre vampire converti et héréditaire. Nous sommes différents d'autres façons. Tu as...

— La langue bien pendue ? l'ai-je coupé, en me souvenant de ce qu'il avait confié à Ash.

Il a souri à nouveau.

— Ça, et un cœur, aussi. Une conscience.

— Toi aussi.

Il a secoué la tête.

— C'est ce que je croyais, jusqu'au jour où j'ai commis l'irréparable. Logan m'a obligé à regarder mes actes en face.

— C'est lui qui t'a créé, n'est-ce pas ?

Il a hoché la tête.

— À l'époque, avant ma conversion, je braquais des banques – j'attaquais les trains qui faisaient des convois de fonds. C'était mon gagne-pain. Je ne faisais jamais de mal à personne. Je prenais l'argent, et je filais. Mais un jour, ça a mal tourné. (Il s'est reculé de quelques pas et son regard s'est perdu au loin.) D'après mes informations, ce train ne devait pas transporter de passagers. Mais une fois à bord, j'en ai trouvé un plein wagon. Ils étaient terrorisés. Ils hurlaient. Des hommes ont voulu se jeter sur moi, et j'ai tiré. L'un a été touché au genou, un autre à l'épaule. Des blessures superficielles. Mais ensuite, cette femme... (Il a fermé les yeux.) Elle s'est ruée sur moi, de toutes ses forces, en poussant des cris stridents, comme si elle voulait m'arracher la tête. Je n'avais pas l'intention de tirer. J'ai juste voulu la repousser, mais le pistolet était armé, le coup est parti tout seul. La balle s'est logée dans sa poitrine, elle est morte sur le coup. J'étais couvert de sang. (Il s'est passé la main sur le visage.) J'ai retourné le pistolet sur moi, et j'ai tiré.

— Tu t'es suicidé ?

— J'ai essayé. La culpabilité était insoutenable. Je ne pouvais pas m'imaginer continuer à vivre avec ce poids. Alors, il fallait en finir. J'allais rendre mon dernier souffle, mais Logan était là, et il a décidé que la mort serait un châtiment trop doux pour moi. J'avais tué la femme qu'il aimait, qu'il avait décidé de convertir afin de passer l'éternité à ses côtés. Il savait combien j'étais effondré. Il le voyait à mon regard, et il a décidé que la meilleure façon de me punir n'était pas de me trancher la gorge. Mais de me convertir, de me forcer à vivre éternellement avec mon remords. Et c'est ce qu'il a fait. Et chaque fois que je retrouve un peu de joie dans l'existence, il est là pour me rappeler à l'ordre. Avant, la plupart du temps, je me méprisais, mais je m'accommodais de mon remords. Et puis je t'ai rencontrée, et pendant un petit moment, tu m'as fait oublier tout ça. Tu m'as fait rire.

— C'est pour ça qu'il s'en est pris à moi.

— Oui. Et c'est pour ça que toi et moi... (Il s'est enfin retourné vers moi et m'a regardée, droit dans les yeux.) On ne peut pas être ensemble.

Cela ajoutait une croix sur l'ardoise déjà bien remplie des raisons pour lesquelles Lil Marchette et Ty Bonner n'avaient aucun avenir en enfer.

— Je comprends.

— Nous deux... c'est une mauvaise idée.

J'ai hoché la tête.

— Très mauvaise.

Son regard s'est assombri et s'est posé sur mes lèvres.

— Pire que mauvaise, a-t-il renchéri.

— Exécrable, ai-je surenchéri, les lèvres parcourues de picotements.

— La plus grosse erreur que je pourrais faire, c'est de m'attacher à quelqu'un.

— Pareil pour moi. Je suis entièrement focalisée sur ma petite entreprise, et je n'ai pas besoin de distractions.

— Même des étreintes sans lendemain, dictées par la fièvre de l'instant, seraient une mauvaise idée.

Cela a réveillé en moi un souvenir et mes tétons se sont durcis.

— Une très mauvaise idée.

— Nous ne pouvons pas nous revoir. Logan me surveille. Je ne peux pas prendre le risque qu'il te fasse du mal. Je ne le prendrai pas.

— Entièrement d'accord. Qu'on me fasse du mal ? Ce n'est pas ma définition d'un bon moment. (J'ai passé la langue sur mes lèvres.) Cela étant, je suis une vampire héréditaire. Une adversaire, et on l'a vu, à la mesure de ce Logan.

J'étais en train de tâter le terrain : en plus de devoir piétiner mes rêves de bonheur éternel, je n'allais pas renoncer *non plus* au repos du guerrier. Et Ty avait beau prendre très à cœur cette histoire de dette éternelle, je savais que, secrètement, il me désirait autant que moi je le désirais. Du moins l'espérais-je.

— Je suis parfaitement capable de veiller sur moi.

Il m'a regardée, l'air de dire, *Ouais, c'est ça.*

— Tu es un vrai marshmallow.

— Un marshmallow qui sait donner des coups de pieds au cul quand le besoin s'en fait sentir. (J'ai étréci les yeux.) Ne m'oblige pas à te le prouver.

Il a baissé les yeux et regardé mes pieds. J'ai suivi son regard.

Avais-je vraiment envie que mes sublimes mules à talons connaissent, elles aussi, un sort funeste ?

J'ai relevé la tête et nous nous sommes défiés plusieurs minutes durant, sans mot dire. J'ai cru qu'il allait passer à l'attaque, mais non. Un grand sourire a éclairé son visage.

— Tu es un drôle de numéro, tu sais.

— Il paraît.

Après un autre long, interminable silence, il a passé la langue sur ses lèvres et dit :

— Je devrais y aller. J'ai rendez-vous avec Ash. Pour le boulot.

— Je te souhaite une belle éternité.

— À toi aussi.

— Eh bien, vas-y, ai-je lancé en voyant qu'il ne se décidait pas à bouger. À moins que tu ne penses à la même chose que moi.

— À savoir ?

— Que nous devrions peut-être nous faire des adieux un peu plus… significatifs. Tu vois, c'est évident que toi comme moi, on a besoin d'une conclusion digne de ce nom. Sinon, tu serais déjà de l'histoire ancienne et moi je serais en cet instant en train de siroter du AB– avec le chef de la police de Fairfield.

Il a froncé les sourcils et lancé un regard noir en direction de la maison de mes parents, derrière moi.

— Remy Tremaine est ici ?

Franchement, je n'avais pas dit ça pour exciter sa jalousie, mais je dois avouer que je n'étais pas mécontente de constater que c'était tout comme.

— Oui, ma mère l'a invité. C'est mon cavalier, ce soir.

Ty a contemplé la maison quelques secondes de plus, comme s'il essayait de dompter la jalousie qui le dévorait, puis il a secoué la tête.

— Tu as raison. On a besoin d'une conclusion en bonne et due forme. Tu avais une idée précise en tête ? (Il m'a regardée droit dans les yeux.) Une poignée de main ?

— Euh, pas exactement… *Embrasse-moi*, lui ai-je suggéré silencieusement. *Embrasse-moi, et emporte-moi dans tes bras, dans la cabane de la piscine, d'où on ne ressortira que lorsque j'aurai eu une bonne dizaine d'orgasmes et que tu n'auras même plus la force de te tenir debout.*

Un sourire s'est dessiné sur ses lèvres.

— Un baiser sur la joue ?

— Non.

Abruti.

— Un petit signe de main ?

— Pas vraiment. Ou alors, cela risquerait d'être un doigt d'honneur.

— Un sourire.

— *Non.*

— Bon, langue au chat.

Oh, et puis au diable ! On était au XXIe siècle, et je ne rajeunissais pas.

— *Ça.*

Et c'est *moi* qui l'ai embrassé.

L'épilogue n'a pas eu lieu dans la cabane de la piscine.

Quand j'ai enfin rouvert les yeux et repris mon souffle après le baiser le plus extraordinaire de mon éternité, je me suis retrouvée sur une plage baignée par le clair de lune, les orteils enfoncés dans le sable, les cheveux ébouriffés par la brise.

— Qu'est-ce que…

Ty a posé un doigt sur mes lèvres.

— Tous les vampires ont un talent spécial. (Il a haussé les épaules.) Le mien, c'est l'illusion.

Allons bon. Voilà autre chose. Je savais que tous les vampires héréditaires avaient un p'tit truc en plus, outre leur envoûtante fragrance. Un pouvoir spécifique à chacun, unique. Ce que j'ignorais, en revanche, c'est que Notre Grand V. Tout Là-Haut avait également doté les mordus d'un petit bonus.

Mon frère aîné, Max, peut faire jaillir la foudre. Rob sait déclencher une tornade. Jack est capable de traverser les murs. Moi ? Je renifle une bonne affaire dans un rayon de vingt kilomètres.

Mais je dois avouer que Ty nous battait tous à plate couture.

J'ai regardé autour de moi, les yeux écarquillés : le reflet du clair de lune sur l'océan, les vagues qui venaient laper le rivage et ourler mes mules d'une dentelle d'écume, les palmiers qui oscillaient sous la brise.

— Je sais que tu adores la plage.

Il le savait parce qu'il avait rôdé dans ma tête. Dans mes pensées. Dans mes fantasmes. J'ai bien senti que j'aurais dû m'indigner, et être contrariée, mais vous connaissez, vous, une indignation, si bien fondée soit-elle, qui résiste à l'appel impérieux des sens ? J'attendais ce moment depuis trop longtemps pour tout gâcher par des reproches.

J'ai souri.

— C'est parfait.

— Non, pas tout à fait, a-t-il objecté en me couvant d'un regard de braise.

Il m'a caressée des yeux et, juste comme ça, des crochets ont sauté, des boutons se sont défaits, ma robe a voleté jusqu'à terre et je me suis retrouvée en tenue d'Ève, perchée sur mes mules, frémissante d'impatience.

Je voulais qu'il me touche. Je le voulais vraiment *très fort*. Je voulais sentir ses mains rêches sur mon corps, sa peau nue contre la mienne. Mes seins se sont dressés, avides de caresses, et j'ai essayé de respirer pour calmer mon cœur emballé.

— Voilà, a-t-il repris, après m'avoir plusieurs fois contemplée de pied en cap. Maintenant c'est parfait.

— Que tu dis, ai-je articulé avec peine, la bouche soudain pâteuse. C'est ton tour.

Je l'ai reluq... – euh, je veux dire, je l'ai fixé intensément, et la veste en cuir a glissé sur le sable, dénudant ses épaules carrées et les courbes de ses bras. *Ouais, bébé !* Le bouton de sa braguette a sauté et la glissière a commencé à descendre, lentement. Et a calé à mi-chemin, bloquée qu'elle était par un obstacle volumineux.

J'ai rameuté toute mon énergie. *Allons, un petit effort !* Mais cette maudite fermeture Éclair a fait la sourde oreille.

— Ah, au diable ! ai-je fini par rouspéter, en franchissant les quelques pas qui nous séparaient pour prendre les choses en main.

J'ai effleuré son entrejambe, attrapé la fermeture et tiré, de toutes mes forces. L'objet de ma convoitise a jailli et m'a sauté dans la main, tout dur, tout chaud. Je l'ai caressé délicatement, j'en ai exploré les contours du bout des doigts, avant de remonter lentement vers la toison sombre et soyeuse.

Ty a gémi, et ce son s'est transformé en grondement dans ma tête et soudain je ne pouvais plus attendre davantage.

Je l'ai aidé à retirer son pantalon, je me suis débarrassée de mes chaussures, et je l'ai attiré par terre, sur le sable. Je me suis juchée à califourchon sur lui et j'étais à *ça* de passer enfin aux affaires sérieuses quand il a posé ses mains sur mes épaules.

— Attends, a-t-il soufflé.

Je me suis immobilisée, le corps en suspens à quelques centimètres au-dessus du sien.

— Attendre quoi ?

— Ça.

Et là, il m'a embrassée, avec une fougue et une passion sans pareille.

Ça a été un baiser interminable, vorace, vibrant d'urgence et d'impatience.

Il m'a retournée sur le dos, et s'est glissé entre mes cuisses. J'ai cambré les reins. Je voulais le sentir plus profondément… encore plus fort… *Voilà.*

Parfait. Comme *ça*.

L'écho d'un soupir rauque et sauvage a résonné dans ma tête et je me suis forcée à ouvrir les yeux. Son visage était tout près du mien, ses lèvres étaient entrouvertes, crocs dénudés. Il a vrillé son regard dans le mien, et je me suis surprise à tendre le cou pour mieux le lui offrir.

Ouh là ! *Une conclusion, Lil, souviens-toi.*

Ah ouais.

J'ai refermé les yeux, pour me soustraire à cet échange de regards et interrompre la connexion, et je me suis concentrée sur mon objectif : l'orgasme.

Un orgasme et rien d'autre. Pas de morsure. Pas d'échange de sang. Pas de connexion cosmique. De communion des esprits. Ou des âmes.

Ty Bonner n'était pas mon âme sœur.

Même si je le déplorais.

Plus encore, c'était là notre dernière étreinte. Notre dernier baroud d'honneur avant qu'il ne poursuive sa route, et que je reparte m'occuper de ma vie. Une fois que le soleil commencerait à grimper vers l'horizon, c'en serait fini.

Mais en attendant…

J'ai glissé les bras autour de son cou et me suis abandonnée à la délicieuse sensation qui emportait mes sens. Ce serait la nuit la plus torride, la plus mémorable de mon éternité.

Garanti.

Épilogue

— Je m'amuse comme une folle ! a annoncé Mandy en se laissant choir à mes côtés pour boire une longue gorgée de sa Margarita.

Elle portait un voile de fortune parsemé de pochettes de préservatifs et un tee-shirt, rebrodé de pastilles à la menthe, qui proclamait *Suck for a buck*[1] en lettres roses pailletées.

Mouais...

Inutile de vous dire que, pour cadre de ce rite de passage (autrement connu en langage humain comme un EVJF, enterrement de vie de jeune fille), j'avais soigneusement rayé de la liste tous les repaires de vamp. À la place, j'avais embarqué tout le monde (Mandy, Evie, les Ninas, deux copines de Mandy elles aussi expertes en cadavres, Esther et Shirley, et moi) au Night of Enchantement, à Brooklyn, qui proposait des spectacles façon Chippendales. Personnellement, j'avais plutôt en tête un dîner en petit comité chez Spago, mais ça, c'était avant d'acheter *Comment organiser un enterrement de vie de jeune fille qu'elle n'oubliera jamais*. Compte tenu de ma condition

1. Un dollar la pipe.

de vampirette héréditaire, je n'avais jamais eu l'occasion d'organiser ce genre de raout et je devais me mettre au parfum. Et en découvrant les exemples de soirées décrites dans le bouquin, j'avais vite changé d'avis et renoncé à l'idée du restau chic.

Il me fallait trouver un truc qui dépote. Et transpire de mauvais goût.

On y était.

J'ai regardé Nightrider, le type harnaché de bottes, d'un chapeau de cow-boy et d'un string en cuir, qui se pavanait sur le podium et se dirigeait vers notre table. Sous laquelle j'aurais volontiers plongé.

— Il est mortel ! a piallé une des copines de Mandy. You-hou ! (Elle s'est levée et a agité un billet de un dollar.) Par ici !

— Oui, moi aussi !

La copine numéro deux l'a imitée, en brandissant un billet de cinq.

— Il me rappelle un peu Wilson lorsqu'il est excité par le cours d'une action, a observé froidement Nina II en regardant le musclor avancer vers nous en se dandidant. (Nina II, conservatrice et comptable BCBG de son état, filait depuis plusieurs mois – et grâce à mon entremise – le parfait amour avec son compagnon d'éternité, un analyste financier conservateur.) Mais de là à dépenser un dollar pour un baiser… C'est un peu cher payé, a-t-elle ajouté. Quand tu penses à ce que tu peux acheter avec un dollar.

— Détends-toi, l'a rabrouée Nina I, qui arborait mon carré Hermès (*sniff*) et une robe Chanel rose pailletée super glam. C'est la fête. Tu es supposée t'éclater et faire n'importe quoi.

J'ai cependant remarqué qu'elle n'avait pas encore entamé son rouleau de billets de un dollar. Elle avait également envoyé quatre textos a mon frère et était, en cet instant, en train de contempler d'un air rêveur l'écran de son portable.

Mon cœur a sautillé et j'ai souri.

J'ai regardé ensuite ce qui se passait du côté d'Esther et de Shirley, qui s'étaient postées devant l'un des podiums adjacents et agitaient des billets en direction de Power Tool, un grand mec super costaud coiffé d'un casque de chantier. Il est allé secouer son gagne-pain au nez d'une Esther médusée, avant de lui retirer le billet des doigts. Je l'ai vue haleter et j'ai pris bonne note de me lancer dans les meilleurs délais dans la chasse au converti.

Je lui étais archiredevable.

Elle avait vraiment fait des miracles avec la robe. Sans le vouloir, certes, mais c'était le résultat qui comptait.

Voyez-vous, alors qu'elle était sur le point de terminer les modifications les plus radicales, un désastre s'était produit. Le nom du désastre ? Miffy.

La chatte avait pris la robe en grippe dès le premier jour (une petite maligne, celle-là) et lorsque Esther l'avait étalée sur la table de la salle à manger pour procéder à la dernière coupe, l'animal était passé à l'attaque.

Génial, vous dites-vous.

Non. Loin de là.

Miffy avait fait son remake d'*Attraction fatale* à une semaine du jour J, et cinq jours à peine avant les prises de vue pour le portrait officiel de la mariée. Je n'avais pas eu le courage de l'annoncer à Mandy, qui était déjà *muy* paniquée, parce que ma mère avait fait venir le fameux docteur Pierre Claude Van Dorien pour en savoir plus long sur la maladie de mon frère. Vous parlez d'un sale coup.

J'étais foutue.

Ma mère – après m'avoir suffisamment accablée de culpabilité pour m'obliger à accepter un vrai rencard avec Remy dans un futur proche –, avait fait une ultime tentative pour amener Jack à rompre avec Mandy. Elle avait même engagé un détective privé (la femme qui se trouvait en cet instant planquée derrière une réplique en carton géante de Zorro) dans le fol espoir que Mandy arracherait ses vêtements pour jouer au papa et à la maman avec Nightrider, ou quelque autre atrocité de même acabit – soit, pour ma mère, des munitions qui lui permettraient de prouver à Jack qu'il s'apprêtait à faire la plus grosse bêtise de son éternité.

Pour en revenir à la robe, elle était fichue, et nous n'avions plus que deux options : soit Mandy enfilait une des robes d'exposition de Shirley, soit Esther en créait une de toutes pièces. J'avais fourni le tissu, une dizaine de magazines spécialisés et un logis temporaire à Miffy, pendant qu'Esther s'attelait à l'ouvrage.

Elle nous avait livré la robe chez le photographe, et lorsque je l'avais découverte, j'avais embrassé sa créatrice. Un geste venu droit du cœur, et entièrement dépourvu d'ambiguïté parce que 1) j'adorais la robe et je suis 100 % hétérosexuelle et 2) Esther allait pouvoir reprendre Miffy chez elle.

J'avais déjà Killer, et un chat morveux, prétentieux et fainéant qui monopolisait l'oreiller, ça me suffisait amplement.

Je sais, je sais. N'était-ce pas le canonissime chasseur de primes qui aurait dû monopoliser mon oreiller ?

Si seulement.

Conclusion.

C'est ce que nous avions décidé alors que nous nous ébattions dans la cabane de la piscine. Puis plus tard chez lui. Puis encore plus tard chez moi. Et pour finir en survolant Central Park.

Vous parlez d'une nuit incroyable. Notre dernière, à l'évidence. Je n'étais pas son genre, et lui n'était pas le mien. Il était parti renouer avec sa vie de chasseur de primes et payer sa dette envers le redoutable Drake

Logan, et moi, j'étais retournée à mes moutons et à mes fantasmes.

Entre nous, c'était de l'histoire ancienne. Vraiment.

Ma petite entreprise affichait une santé florissante, grâce au coup de fouet d'*Amour, Gloire et Télé*. Ils avaient diffusé des extraits de notre folle équipée en calèche. Je ne sautais pas de joie d'avoir été propulsée sous les projecteurs – j'étais devenue une sorte de célébrité locale – mais je ne pouvais pas me plaindre de la publicité qu'avait recueillie Vamp'n'Love. Je rentrais désormais – roulement de tambour, s'il vous plaît – assez d'argent pour payer mes factures de cartes de crédit, et par conséquent, j'étais bien trop débordée pour m'angoisser à propos de Ty.

Au contraire, je la jouais ultra-cool – traduction : ni pleurs, ni suppliques –, chaque fois que nous nous croisions par hasard, ce qui était assez fréquent car je n'avais pas renoncé à ajouter le nom d'Ash et de ses démoniaques homologues à mon fichier clientèle (qui dit démons forts en sexe dit femmes comblées et donc fric qui tombe du ciel) et Ty avait d'étroites relations professionnelles avec eux.

— Viens voir maman, mon grand !

La voix de Shirley a couvert la musique et les paroles de *I'm Too Sexy* ont chassé Ty de mon esprit.

Enfin, presque.

Shirley arborait un pantalon en polyester rouge, une blouse à fleurs et embaumait Emeraude. Et lorsque la propriétaire mamelue de Wedding Wonderland s'est hissée sur le podium pour se lancer dans une chorégraphie pelvienne (qui créait surtout de sacrés tangages à l'étage supérieur), Power Tool (un malin, celui-là) a opéré un demi-tour en direction des coulisses et l'a laissée danser toute seule.

— On va se faire jeter, a dit Evie en se tournant vers moi. Tu le sais ?

L'espoir fait vivre.

— Tant qu'elle n'essaie pas d'en tripoter un, on ne risque rien, me suis-je entendue répondre. Laisse-la faire son numéro. Elle est juste excitée.

Et on pouvait la comprendre. En plus d'avoir réussi son examen de passage dans la cour des grands (avec le mariage de Jack et Mandy), Shirley avait décroché quelques autres grands mariages. Le bruit s'était vite répandu qu'elle proposait des robes de mariées uniques en leur genre, et ce grâce au photographe qui avait réalisé le portrait de Mandy et de votre servante. J'avais, pour ma part, parlé de *Wedding Wonderland* lors d'une interview que j'avais accordée à propos des extraits d'*AGeT*. Shirley avait engagé Esther et l'avait nommée styliste en chef, et elles étaient déjà en train de dessiner une collection pour l'automne.

— Houston, je crois que nous avons un gros problème, a insisté Evie lorsque Shirley a déboutonné son chemisier avant de le faire tournoyer en l'air à bout de bras, tandis que des dizaines de femmes ivres psalmodiaient, *Vas-y ! Vas-y !* Tu ne crois pas qu'elle va vraiment... Ouh là là !

Un élastique a claqué, et le soutien-gorge s'en est allé.

Evie a lâché un hoquet.

J'ai hurlé

Et c'est tout, les amis...

Remerciements

Écrire n'est pas chose facile, et je n'y parviendrais pas sans l'aide de plusieurs personnes clés : ma merveilleuse éditrice, Charlotte Herscher, qui me donne le sentiment que je suis capable d'écrire un bon roman ; mon agent, Natasha Kern, qui m'apaise dans les moments de panique et qui, elle aussi, me donne l'impression que je suis capable d'écrire un bon roman ; mon mari aimant, qui accepte que je déserte les fourneaux lorsque je suis aux prises avec une date butoir ; mes amis écrivains, Nina Bangs et Gerry Bartlett, qui me soutiennent et m'encouragent, et sont toujours partants pour échanger points de vues et ragots sur le milieu de l'édition. Je vous remercie tous et toutes du fond du cœur !

Et je ne saurais assez remercier mes lectrices qui m'envoient des lettres, des e-mails et qui visitent ma page MySpace. Vos encouragements signifient beaucoup pour moi.

Composé par Nord Compo Multimédia,
7, rue de Fives, 59650 Villeneuve-d'Ascq

Cet ouvrage a été imprimé
en mai 2010 par

FIRMIN-DIDOT

27650 Mesnil-sur-l'Estrée
N° d'impression : 100199
Dépôt légal : mai 2010

Imprimé en France

FLEUVE NOIR
12, avenue d'Italie
75627 Paris Cedex 13